연인

박미윤 장편소설

연인

박미윤 장편소설

작가의 말

이 소설은 제가 처음 쓴 장편소설입니다.

제1회 4·3평화문학상에 응모했다가 최종심에 올라 몇 줄의 심사평을 읽게 되는 영광을 주기도 한 작품입니다. 지금까지 고쳐오면서 처음에 쓸 때 4·3의 전반적인 것을 제 소설만 읽고도 독자들이 이해할 수 있게 하겠다는 생각이 욕심이었다는 것을 깨달았습니다. 그래서 개인이 마주하고 겪어낸 4·3에 주목해서 고진석과 양윤자의 이야기를 쓰게 됐습니다. 그것은 우연한 기회였습니다. 4·3 자료를 조사하다가 성산에서는 어떤 여교사가 약혼자의 석방을 위해서 서북경찰과 결혼했다는 이야기를 알게 되었고, 몇 년 후에는 신문에서 일본에 사는 여성이 4·3 때 헤어진 연인을 찾아서 제주에 왔다는 것을 봤습니다. 두 여성은 같은 사람이 아니었지만 내 상상 속에서 두 여성은 한 사람이 되고 이야기가 시작됐습니다.

이 소설은 역사적 사실에 기초하였으나 '영실'이라는 가상 마을에서 이루어지는 사건들을 재구성했으며 등장인물은 모두 가상의 인물임을 밝힙니다.

4년 전에 첫 소설집을 낼 때 작가의 말에 '느리지만 꾸준히 글을 쓰고 싶다'는 말을 썼습니다. 제가 내세울 것이 끈기밖에 없다는 생각이 듭니다. 글이 끈기만으로 되는 것은 아니지만 십 년, 이십 년 후를 상상해도 책상에 앉아 토닥토닥 글을 쓰고 있는 사람으로 남고 싶습니다.

항상 든든한 버팀목이 돼 주는 가족들과 '애인' 소설동인 회원들에게 고마움을 전합니다.

차례

1. 가까운 거리, 먼 그대

오사카 간사이공항의 모습이 보이기 시작했다. 육지에서 바다로 곧게 뻗은 다리는 공장의 컨베이어 벨트처럼 보였다. 컨베이어 벨트 위의 상자 같은 차들이 끊임없이 간사이공항을 향하거나 떠나고 있었다.

엄마는 자신의 집요한 응시가 착륙시간을 조금이라도 더 단축할 수 있다는 것처럼 비행기 창에 머리를 붙이고 아래를 내려다보고 있었다. 엄마는 시선을 그대로 고정한 채 내 손을 꽉 잡았다. 엄마의 손끝에서 느껴지는 가느다란 떨림은 한 마리 나비의 날갯짓이 폭풍우를 일으키듯이 나에게 와선 태풍이 되었다. 이번 여행이 엄마 마지막 소원의 마침표가 아니라 시작점이 될 것 같은 불길한 예감이 들었다.

나는 마중 나오기로 한 신지가 혹시 마음이 바뀌어 오지 않았으면 어떡하나 걱정됐다. 신지가 알려준 전화번호가 있었지만 신지가 받지 않는다면 나와 엄마는 고진석 씨를 만나지 못하는 것이다. 일본까지 왔는데도 고진석 씨를 찾지 못한다면 엄마는 실망감에 전설 속 신부처럼 먼지가 되어 풀썩 사라질지도 몰랐다. 신혼 첫날에 대나무 잎이 바람에 흔들리는 모습을 자객이라 생각하여 도망간 신랑을 기다렸다는 신부, 몇 년 만에 신랑이 돌아와서 혼례 활옷을 여전히 입고 있는 신부를 안았을 때 먼지가 되어 폭삭 내려앉았다는 신부가 바로 엄마였다. 나는 투명인간처럼 허깨비가 된 엄마를 찾아 헤매는 상상을 하다가 고개를 저었다.

엄마는 천천히 걸으며 주위를 두리번거렸다. 이번 여행을 머릿속에 문신으로 남겨두려는 것처럼 보였다. 엄마는 간사이공항의 천장을 올려다보았다. 나도 엄마의 시선을 따라갔다. 스테인리스 골조물들이 대칭을 이루며 지붕을 덮고 있었다. 그 사이사이로 푸른 하늘이 눈을 찔렀다.

"이게 일본 하늘이구나."

엄마는 한국의 하늘이 다르고 일본의 하늘이 다른 것처럼 중얼거렸다. 엄마에게는 저 하늘이 일본에 입국하면서 바라보는 마지막 하늘일지도 모른다는 생각이 들었다. 다시 뱃속 깊은 곳에서부터 목구멍까지 꼬챙이가 관통하는 것 같았다. 목구멍이 알싸하게 아려왔다.

입국심사장에서 입국 심사원은 간단히 방문 목적을 물어보고 5일간의 일본 체류를 허락했다. 나는 캐리어를 찾고 입구 쪽으로 걸어나갔다.

큰 키에 몸은 호리호리하다는 게 신지가 설명해준 자신의 인상착의였다. 신지는 자신을 잘 알아볼 수 있게 빨간색 옷을 입겠다고 했다. 자동문이 열리고 닫힐 때마다 맨 앞에 빨간 셔츠를 입은 남자가 강렬하게 눈에 들어왔다. 신지를 찾아 두리번거릴 필요가 없었다. 호리호리한 몸을 인식하기 전에 빨간 셔츠와 스케치북에 '양윤자님, 이혜수님, 웰컴'이라고 쓴 글이 보였다. 색색의 형광펜으로 쓴 피켓 속의 글자들이 수백 개의 노란 리본이 돼 내 눈에 들어왔다. 엄마가 숨을 한 번 크게 쉬었다. 신지가 성큼성큼 걸어와 내가 잡고 있던 캐리어를 건네받으며 말했다.

"이모님, 혜수 씨, 제가 신지입니다."

엄마는 신지의 얼굴에서 누군가의 얼굴을 찾아내는 것처럼 그의 얼굴을 뚫어질 정도로 바라보았다. 신지가 캐리어를 들지 않은 오른손을 내밀었다. 그의 손을 마주 잡자 억센 손아귀의 힘이 느껴졌다. 신지에게 빨간 옷은 어울리지 않았다. 사십 대 중반쯤으로 보이는 신지는 보통 땐 무채색을 즐겨 입는 사람처럼 보였다. 그가 빨간색 옷을 입은 건 오직 나와 엄마의 눈에 잘 띄게 하기 위한 연출 같았다. 신지의 빨간색 셔츠는 금방 사서 가격표만 떼고 걸친 것처럼 새 옷의 냄새가 났다. 나는 그가 고지식한 사람일 거라 단정했다. 자신을 잘 볼 수 있게 튀는 옷을 입겠다고 하고 스케치북에 엄마와 내 이름도 대문짝만하게 쓰는 남자는 내 경험에 비춰 봤을 때

매사에 염려가 많은 재미없는 남자였다.

먼저 차에 타고 있던 엄마와 나는 신지의 동선을 눈으로 조심스럽게 따라갔다. 신지는 캐리어를 트렁크에 싣고 차를 출발했다. 침묵이 어색하여 내가 말을 꺼냈다.

"한국말을 잘 하시네요."

"아버지가 가르쳤습니다. 어릴 때 아버지에게 매를 맞으며 배울 땐 반항하는 마음으로 배우기 싫었습니다. 그러나 덕분에 지금은 한국기업 일본지사에서 일하고 있습니다."

신지의 억양엔 한국말을 자주 쓰지 않는 사람 특유의 어색함이 있었다. 그에게선 지적인 면이 보였고 엄마를 처음 부를 때의 호칭으로 '이모님'을 쓸 정도로 한국 정서에도 능통해 보였다. 엄마는 신지와 나의 대화에는 관심 없는 척 자동차 옆으로 빠져나가는 풍경만 계속 보고 있었다. 하늘 위에서 내려다봤을 때 컨베이어 벨트 같던 다리 위를 신지의 자동차가 달렸다. 다리 옆은 바다였다. 엄마는 바다에서 시선을 떼지 못했다. 꼭 한번은 만나야 할 사람의 아들인 신지를 뚫어지게 바라보던 그 악착같던 엄마의 시선이 자동차 옆으로 흩어졌다.

"먼저 아버지에게 갑니다. 가는 동안 불편하면 말해주십시오."

엄마가 신지를 향해 고개를 끄덕였다.

밀레니엄 버그로 대혼란이 올 거라는 작년의 걱정은 기우였다는 듯이 2000년은 무사히 밝았고 나는 미혼인 채로 마흔을 맞았다. 한 살을 더 먹는 건 어느 해나 마찬가지였지만 삼십 대에서 사십 대가 되는 것은 다른 느낌이었다. 나는 더 단단한 어른이 돼야 할 것 같은 부담감으로 한 해를 시작했다.

아버지가 돌아가시기 전에는 엄마의 건강검진을 아버지가 알아서 챙겼기 때문에 나는 직장 의료보험으로 건강검진을 받게 돼서야 엄마의 건강검진을 떠올리게 됐다.

엄마는 평소에 어디 아픈 곳이 없다고 했고 당뇨나 혈압수치도 정상이었다. 가끔 소화가 잘 안 된다고 했지만, 소화제를 먹으면 말끔히 가라앉곤 했기 때문에 엄마 건강에 대해서는 별걱정을 하지 않았다.

엄마는 건강검진 후 담당 의사와 상담하라는 소견서를 받았지만 내가 회사 일로 정신없었기 때문에 엄마 혼자 담당 의사와 상담했다. 엄마는 별일이 아니고 이것저것 찍는 정밀검진을 했다고 말했다. 그 검진결과를 보러 엄마와 병원에 같이 간 날은 내 휴가의 첫날이기도 했다. 엄마는 혼자 간다고 우겼지만, 그동안의 무심함을 떨쳐버릴 겸 동행하기를 내가 고집했다.

의사가 안경을 벗어 신중하게 닦을 때 거의 매일 환자를 대하는 의사도 사형선고를 내릴 때는 마음의 준비가 필요하다는 것을 눈치챘어야 했다. 의사는 두꺼운 책 위에 벗어놓았던 안경을 다시 쓰고서도 차트를 여러 번 걷어보았다. 차트를 탁 소리 나게 덮어놓고 의사는 보드에 걸려있던 엑스레이 사진을 가리켰다.

"위암 말기입니다. 여기 보이시죠? 종양이 위에 퍼져있고 이쪽에서 여기까지 이미 상당한 전이가 이뤄진 상태입니다. 연세도 있으시고 지금 상황으로는 수술도 힘들 수 있습니다."

의사의 말은 계속되고 있었지만 처음 듣는 외계어처럼 이해되지 않았다. 엄마의 얼굴을 쳐다보았다. 엄마는 남의 이야기를 듣는 것처럼 태연했다. 위암, 전이, 수술 같은 말들이 겨우 내 의식을 헤집고 들어왔을 때 나도 모르게 벌떡 일어섰다.

"수술하면요, 수술하면 살 수 있죠?"

"장담할 수는 없습니다. 길어야 일 년이라는 말씀밖에 드릴 수 없군요."

"그러니까 장담은 못 하지만 수술하면 더 살 수도 있잖아요."

"수술 결과에 따라 변수가 있을 수 있지만, 연세도 있고 위를 상당히 절제해 내더라도 전이된 범위가 넓어서 장담할 수 없습니다."

의사는 연세가 너무 많다는 말을 또 늘어놓았다. 엄마가 나에게 유일한 가족이라며 의사의 멱살을 잡고 싶었다.

엄마는 내가 진료비를 계산하는 동안 병원 로비에 앉아 재방송되는 드라마에 눈을 돌렸다. 머릿속에 위암이라는 말이 가득 차 아무 생각도 나지 않았다. 나와 달리 엄마는 마치 다른 사람이 암에 걸린 소식을 들은 것처럼 덤덤해 보였다. 길어야 일 년이라니. 소화가 잘 안 된다며 엄마가 소화제를 밥 먹듯이 먹을 때 눈치챘어야 했다. 옆집 아줌마가 엄마 몸이 축났다며 걱정하는 말을 할 때 당장 병원에 왔어야 했다. 매일 보면서도 신경 쓰지 않은 나에 비해 옆집 아줌마가 보는 눈이 더 정확했을 것이다. 나는 엄마가 눈에 익숙해서 엄마 몸이 축났는지 잘 알 수가 없었다.

"엄마, 일단 집에 가자, 집에 가서 얘기해, 무조건 수술하고 항암치료 받는 거야, 엄마도 마음 단단히 먹어야 해."

"회가 먹고 싶구나."

엄마는 검진결과를 알기 전에 우리가 하려고 했던 걸 상기시켰다. 엄마는 자신의 일상에 아무런 변화가 없다는 듯이 태연하게 굴었다.

엄마는 접시 위에 담긴 회를 집어 천천히 씹었다. 내가 회를 한 점 집고 초장에 담근 채 멍하니 있을 때 엄마가 말했다.

"혜수야, 나 살 만큼 살았고 수술할 필요 없다. 수술 대신 엄마 소원 하나만 들어줬으면 좋겠구나."

"무슨 소리야, 일단 수술해. 어떻게 알아, 경과가 좋아서 엄마 예전처럼 건강해질지. 엄마, 약해지지 마. 나한텐 이제 엄마뿐이잖아. 내 생각해서라도. 알았지, 엄마."

"혜수야, 엄마 마지막 소원은…… 누구를 찾았으면 싶다. 찾고 싶은 사람이 있구나. 잊으려고 산 세월이었는데 죽을 날을 받아놓으니까 꼭 한 번 만나야 할 것 같다."

"엄마, 내 마지막 소원은 엄마가 수술받는 거야. 내 소원은 못 들어주는 거야?"

"혜수야, 엄마는 몇 년 더 살겠다고 내 몸에 칼 대고 그런 것 하기 싫구나."

엄마는 단호하게 말하고 나서 회를 천천히 씹었다. 엄마는 유약한 면이 있기는 했지만 한 번 안 된다고 하면 당신의 뜻을 꺾지 않는 분이었다.

"절대 안 돼. 엄마 죽어가는 거 그냥 보고 있기만 하라는 거야? 수술하면 살 수도 있다잖아. 엄마, 나도 엄마 소원 들어주는 대신 엄마도 하나는 내 소원 들어줘."

"알았다. 그 사람 찾고 나서 생각해보마."

엄마가 죽기 전에 꼭 만나고 싶다는 사람이 엄마의 첫사랑일 것만 같았다. 엄마의 첫사랑, 잊으며 살았는데 죽기 전에 꼭 한번 만나고 싶은 사람. 수술을 마다하는 엄마가 꼭 만나 겠다는 사람에게 질투를 느꼈다. 남은 시간 동안 나와 알뜰히 보내겠다는 말을 듣고 싶은 건 아니었지만 엄마의 시간을 그 남자가 뺏어갈 것 같은 느낌이 들었다. 한편으론 엄마가 그 남자를 만나고 나서 삶의 의지를 불태운다면 수술을 받겠 다고 결심할지 모른다는 희망도 생겼다. 의사는 수술을 받더라도 장담할 수 없다고 했지만 말기 암 환자가 극적으로 완치되었다는 얘기를 어디에선가 들었다고 애써 자위했다. 나 혼자 머리를 굴리며 회를 필요 이상으로 꼭꼭 씹었다.

엄마가 찾고 싶다는 사람의 인적사항을 받아들었을 때 점 하나를 갖고 어떤 그림 일부인지 맞춰 보라는 것처럼 어이없었다.

고진석.

이름만 달랑 적혀있었기 때문이었다. 이것만 갖고는 절대 그 사람을 찾지 못한다고 소리칠 때마다 엄마는 조금씩 단서를 흘렸다.

1922년 제주.

태어난 해가 나오고 그 사람의 출신 지역이 나왔다. 제주는 엄마의 고향이기도 했다. 1922년생이면 엄마보다 네 살 연상이었고 팔십을 내다보는 나이였다.

"엄마 고향 사람이라면 거기 사람한테 물어보면 될 거 아니야?"

"고향에서도 그 사람의 행적을 모르더구나."

엄마는 작은 소리로 얼버무렸다. 난 엄마가 정말 제대로 물어보았을지 의심스러웠다. 엄마 고향이 제주였지만 제주에 엄마 가족이나 친척이 있다는 말을 들어본 적이 없었고 한 번도 엄마가 고향 나들이로 제주에 다녀오는 걸 보지 못했다. 이상해서 물어보았을 때 하나 있던 외삼촌은 난리 통에 죽었고 그 영향인지 외할아버지, 외할머니 다 돌아가시고 가 보았자 돌아볼 친척도 없다고 엄마는 말했다.

"아마 일본에 있을지도 모르겠구나."

엄마가 중얼거리는 소리를 일본이라는 나라를 특정한 것이 아니라 외국에 있을지도 모른다는 소리로 들었다. 좀 더 캐고 들었으면 고진석 씨를 찾는 고생을 덜 했을 것이다.

"엄마, 이미 고인이 됐을 수도 있어."

"그랬을지도 모르지. 안 되면 생사라도 알고 싶구나."

"왜 그렇게 찾고 싶은데? 엄마 첫사랑이었어? 아버지에게도 숨겼던 뭐, 그런 거야? 왜 이제야 이렇게 주책이야? 엄마 살 궁리를 해야지. 수술도 마다하고 왜 꼭 찾아야 하는데?"

엄마가 찾고 싶은 그 남자에게 집착할수록 난 찾지 못할 이유를 들이댔다. 그러나 엄마는 한결같이 죽기 전 마지막 소

원이며 고진석 씨를 찾고 나서 수술을 받겠다는 카드로 나를
무력화시켰다.

엄마는 통증이 밀려와 방바닥을 데굴데굴 구르다 진통제를
먹었다. 엄마의 통증은 정기적으로 찾아오지 않았다. 통증은
불시에 엄마를 습격했다. 매달 내는 공과금처럼 대비할 수 있
는 것이 아니었다. 엄마 대신 요리를 하겠다고 주방에서 설치
다 서툰 칼질에 엄지를 베었을 때였다. '아, 씨' 소리를 지르
고 '엄마, 밴드' 외치면서 안방 문을 열었을 때 엄마는 뜨거운
물에 들어간 개구리처럼 몸을 비틀고 있었다. 엄마는 신음을
내며 허리를 꺾었다.
"고진석 씨 소식은 없니?"
식은땀을 흘리며 숨을 쌕쌕 몰아쉬면서도 그 사람 소식을
채근하자 더는 참을 수 없던 난 바락바락 소리를 질렀다.
"그 사람 만나기도 전에 엄마가 먼저 죽을 것 같아. 제발
이제 그만하고 수술받자."
진통제 약효로 통증이 지나가면 신음을 죽이려 꽉 물었던
엄마의 입술은 피가 배었다. 엄마는 진단결과가 나오기 전에
이미 자신의 병을 예감했을 거란 생각이 들었다. 알아채지 못
할 통증이 아니었다. 내가 억지로 끌고 가 건강검진을 받지
않았다면 엄마는 계속 나에게 병을 숨겼을지도 모른다.

내가 이미 혼자서도 세상을 버틸만하니까 빨리 아버지, 오빠 곁으로 가고 싶었던 걸까.

노인네 빨리 죽어야지 하는 넋두리가 다른 사람들에게는 장사치의 남는 게 없다는 말과 마찬가지로 거짓말이었지만 엄마 앞에서는 진실이었다. 고진석 씨를 만나기 위해서 엄마는 그때까지만 버티고 있는 것 같았다.

고진석 씨를 찾는 건 검찰에 있는 지인의 도움을 받았다. 그 지인은 경찰 정보과장을 지내다 퇴직한 후 소일거리로 일을 맡아 처리해준다는 사설탐정을 소개해 주었다. 그 방면에 이미 일을 잘 하기로 소문이 났는지 지인들의 특별한 부탁이 아니면 일을 맡아주지도 않는다고 했다. 예상했던 것보다 빨리 엄마의 남자가 드러났다. 그는 일본에 있었다. 전에 고진석 씨의 인적사항을 물어볼 때 일본에 있을지도 모르겠다며 엄마가 중얼거렸던 말이 떠올랐다. 엄마는 고진석 씨가 일본에 있다는 것을 확신했던 듯했다. 그때 더 자세히 캐묻지 못한 것이 후회됐지만 이미 지난 일이었다.

통역해줄 대학생까지 옆에 앉혀놓고 국제전화번호를 눌렀다.

"여보세요. 모시모시, 고레와 간꼬꾸데스. 조또마떼 구다사이. (여보세요. 여기는 한국입니다. 잠깐만 기다려주세요)"

나는 대학생이 써준 말을 읽었다. 내가 이렇게 말하고 나서 대학생이 전화하게 된 사연을 일본어로 얘기할 차례였다.

"신지입니다. 말씀하십시오."

대학생에게 수화기를 넘겨주기 전에 또렷한 한국말이 건너왔다. 신지의 한국말은 의사소통하는데 아무런 문제가 없어서 통역을 부탁한 대학생의 도움이 필요 없었다. 신지는 내가 쏟아내는 말 중간에 듣고 있다는 반응을 보이며 자신이 내 말을 충분히 이해하고 있다는 믿음을 주었다. 신지는 고진석 씨의 아들이었다.

"아버지는 요양 중이십니다. 여기에 없습니다. 전화번호를 가르쳐드리겠지만 통화는 힘들지 모릅니다."

나는 요양원의 전화번호를 메모하고 나서, 옆에서 안절부절 못하는 엄마에게 말했다.

"고진석 씨 아들하고 통화됐어. 고진석 씨 살아있대."

엄마의 표정이 환해졌다.

"살아있을 것 같았단다."

"요양 중이래. 이제 어떻게 할 거야? 요양원으로 전화해 볼까?"

엄마가 고개를 끄덕이자마자 나는 요양원의 전화번호를 누른 다음 대학생에게 수화기를 넘겼다. 나는 대학생에게 고진석 씨를 바꿔 달라고 일본말로 얘기해달라고 말했다. 대학생은 일본말로 몇 마디를 나누다가 나에게 말했다.

"규칙상 보호자가 아닌 분과는 통화할 수 없다는데요?"

엄마의 얼굴이 실망으로 어두워졌다. 그러나 대학생이 가고 난 후 엄마를 다시 보았을 때 엄마의 얼굴은 달빛을 받은 목련처럼 고왔다. 나는 엄마의 얼굴을 보자 엄마가 무슨 말을 할지 감이 왔다. 목련이 꽃잎을 통째로 떨어뜨리기 직전처럼 엄마에게서는 절실함이 느껴졌다.

"만나러 가고 싶구나."

내가 예상했던 말이었다. 엄마를 혼자 보낼 수는 없는 일이었고 나는 직장을 어떻게 해야 하나 고민했다. 휴가는 이미 썼고 다시 휴가를 신청했을 때 받아줄 만큼 회사 사정이 한가하지도 않았다.

나는 집안 사정을 이유로 사직서를 냈다. 후회되지는 않았다. 모아놓은 돈도 있었고 중요한 것은 엄마의 남은 시간 동안 내가 항상 옆에 있을 수 있다는 사실이었다.

그 후 신지와 몇 번의 통화가 더 이루어졌다.

"아버지께서 혹시 많이 아프신가요?"

"네."

어디가 어떻게 아프다는 말을 신지가 구체적으로 하지 않아 어쩌면 고진석 씨는 요양원에서 생명을 연장하는 기구들을 주렁주렁 매달고 있지 않을까 하는 상상을 하기도 했다.

궁금했지만 신지가 먼저 얘기해주지 않는데 꼬치꼬치 물어보기가 민망했다. 엄마와 나는 일방적으로 고진석 씨를 방문하는 입장이기 때문이었다.

마지막 통화에서 신지는 자신이 직접 공항에 마중 나오겠다는 말을 했다. 고진석 씨가 요양 중이라는 말을 들었는데도 일본으로 고진석 씨를 만나러 가는 우리나, 우리를 마중 나오겠다는 신지나, 뭔가 가장 핵심적인 것을 서로 에둘러 모른 척하는 것 같았다. 나는 그것이 고진석 씨의 정확한 건강상태라는 걸 알았지만 발설하지 않았다.

"엄마, 고진석 씨가 많이 아픈가 봐, 그래도 일본 갈 거야?"

엄마가 캐리어에 카디건을 두 개 넣을까 한 개 넣을까 고민하면서 저울질하고 있을 때 내가 말했다.

"살아있을 때 얼굴은 보겠구나."

자칭 죽을 날을 받아놓았다는 엄마가 얼마나 아픈지 알 수 없는 고진석 씨를 만나러 가는 게 나는 영화에서나 나올 기괴한 일처럼 느껴졌지만, 엄마에게는 자연스러운 일인 모양이었다.

"엄마, 카디건 두 개 다 갖고 가도 돼. 난 짐이 별로 없어. 참, 그 사람 아들이 공항으로 마중 나올 거야."

엄마는 캐리어에 카디건 두 개를 모두 넣고 닫았다. 짐을 싸는 엄마의 얼굴엔 모처럼 생기가 돌았다.

신지는 차체의 회전을 느낄 수 없을 정도로 부드럽게 운전했고 차가 오사카 시가지로 들어왔을 땐 잠시 차를 세워 엄마가 쉴 수 있도록 배려했다. 고진석 씨도 신지처럼 자상한 사람일까 하고 생각했다. 무슨 일에든 적극적이고 저돌적이었던 아버지, 화가 났을 땐 누구도 말릴 수 없었던 아버지와 고진석 씨는 어쩐지 많이 다를 것 같았다.

신지의 옆모습을 살짝 보았다. 신지의 이목구비는 시원했고 깊은 생각에 빠진 것처럼 보일 때는 가끔 이마를 찡그렸다. 오빠도 그런 버릇이 있었고 내가 애늙은이 같다고 오빠를 놀리곤 했다.

차창 밖으로 처마 끝이 두개의 뿔 모양으로 솟은 성이 따라왔다. 나는 짧게 탄성을 지르며 손가락으로 그 성을 가리켰다.

"엄마, 저것 봐!"

"오사까성입니다. 도요토미 히데요시가 만들었는데 에도막부 전쟁에서 불탔다가 도쿠가와 히데다타가 다시 만들었습니다. 오사까에 왔으니 저곳은 구경할 만합니다."

나의 궁금증을 알아채기라도 한 것처럼 신지가 말했다. 이번 여행의 주요 목적은 고진석 씨를 만나는 것이지만 엄마나 나나 일본여행이 처음이므로 엄마 상태만 괜찮으면 신지와 함께 오사까는 물론 교토까지 관광을 갔다 오기로 예정되어 있었다. 주위에서 달려드는 모든 풍경이 새롭게 다가왔다. 나는 잠시 이번 여행의 목적을 잊어버리고 다른 나라의 풍물에 정신을 흠뻑 뺏겨버렸다. 그러다가도 엄마 몸이 가볍게 나에게 부딪쳐오면 현실의 무게가 내 가벼움을 눌렀다.

차는 오사까 시내를 벗어나 한적한 교외를 달리기 시작했다. 엄마는 고단했는지 잠이 들었다. 어렸을 때 엄마와 외출할 때면 나는 차에서 세상모르고 잠이 들곤 했다. 깨어나 보면 엄마가 나를 안고 있거나 내가 엄마 어깨에 기대어 잠들어 있었다. 그때의 엄마 품은 넓고, 엄마 어깨는 크고 단단해 보였다. 이제 엄마는 어릴 때의 내가 되어 내 어깨에 기대어 잠이 들었다. 목이 흔들리지 않게 조심조심 엄마의 머리를 내 어깨에 기대게 했다. 엄마의 벌린 입에서는 시큼한 냄새가 났다. 남이 맡으면 역겨운 냄새겠지만 나는 엄마 냄새가 좋았다. 내가 자라는 동안 나에게 젖을 먹이고 나를 업어줬던 엄마가 내 어깨에 기대어 잠들었다. 엄마가 조금만 더 오래 살아준다면 내 어깨를 빌려주는 것만 아니라 내 평생 엄마를 업고 다녀야 한다고 해도 좋을 것 같았다.

차는 길을 사이에 두고 양옆으로 숲을 이룬 도로를 한참을 달리다 아담한 삼 층 건물 주차장에 멈췄다. 삼 층 건물은 규모가 작아서 자세히 보지 않으면 개인 주택처럼 보였다. 그러나 자세히 보면 창문은 창살로 막혀 있어서 그 건물이 특수 목적으로 지어진 건물이라는 걸 알 수 있었다. 주차장 옆 연못 주위에는 두 명의 노인이 휠체어를 타고 산책을 하고 있었다. 신지는 내가 엄마를 깨우는 사이에 운전석에서 내려 뒷문을 열었다.

"엄마, 다 왔어."

"응, 응, 여기가 어디냐?"

엄마는 꿈과 현실의 경계에서 잠시 헤매다 결국 고진석 씨를 만나는 순간이 지척이란 걸 알고 긴장으로 몸이 굳어졌다.

신지는 현관 옆에 있는 창구에서 안내인과 몇 마디 얘기를 주고받은 후 엄마와 나에게 따라오라며 오른손으로 복도 쪽을 가리켰다. 중앙에 오밀조밀하게 정원을 축소한 분수대가 있는 로비를 가로지르자 양옆으로 방들이 늘어서 있는 복도였다. 신지는 어떤 방 앞에서 멈췄고 엄마의 얼굴을 잠시 쳐다본 후 방문을 노크했다. 안에서 기척이 들리지 않았지만 신지가 문을 열었다. 문은 사르르 열렸다. 엄마에게서 침 삼키는 소리가 들렸다.

안으로 들어선 신지의 등이 먼저 보였고 그 등이 비켜서자 휠체어에 앉아 있는 한 남자의 뒷모습이 보였다. 어깨는 구부러져 마치 잠을 자는 것처럼 보였다.

"아버지, 손님이 오셨습니다."

신지가 천천히 휠체어를 돌렸다. 남자의 모습이 보였다. 전체적으로 살이 빠져 몸집이 왜소했지만, 뼈대가 굵어 보이는 남자였다. 머리카락이 듬성듬성 빠지고 검버섯이 점령한 얼굴엔 굵고 깊은 주름살이 고랑을 이루었다. 초점 없는 눈동자가 희부연 했고 입가에는 가느다란 침이 흘렀다.

"아버지는 알츠하이머입니다."

신지가 탁자 위에 있던 티슈를 뽑아 남자의 침을 닦았다. 나는 엄마의 얼굴을 쳐다볼 수가 없었다.

"진석이 오라방, 나 윤자우다, 윤자, 기억남수꽈?"

엄마가 고진석 씨의 시선에 맞추기 위해 허리를 숙였다. 신지가 의자를 갖다 주자 엄마는 고진석 씨와 마주 앉았다. 고진석 씨는 낯선 이가 자신을 위협하기라도 하는 것처럼 움찔겁을 내며 말했다.

"내가 안 했수다, 내가 안 했수다."

고진석 씨 눈에 불이 반짝 켜졌다. 일본에 와서 오랫동안 쓰지 않았을 제주 사투리가 그에게서 튀어나왔다. 엄마는 고진석 씨의 손에 자신의 손을 포개놓았다. 그의 눈동자가 다시 빛을 잃으며 잦아들었다.

"와다시와 오나카가 스키마시따. (난 배가 고픕니다)"

고진석 씨는 밥을 빼앗아버린 사람에게 애걸하듯이 비굴한 웃음을 보였다.

"오라버니도 많이 늙으셨네요. 저도 옛날 모습 하나도 없지요? 윤자가 오라버니 보려고 비행기 타고 왔어요. 저 오라버니 보는 게 이번이 마지막일지 몰라요."

고진석 씨가 알아듣지 못해도 엄마는 계속 그의 손을 잡고 말을 했다. 그는 일본말로 무엇이라 중얼거렸다. 엄마의 말에 대꾸하는 것 같지는 않았다. 그래도 고진석 씨는 엄마의 손을 놓지는 않았다.

돌아오는 길에는 아무도 말을 하지 않았지만 각자 생각들이 차 속을 가득 채우는 것 같았다. 한국에서 신지와 통화 후 고진석 씨가 아프다고 내가 말했기 때문에 엄마는 고진석 씨가 병실에 누워있는 모습에서 더 나아가지 못했을 것이다. 엄마가 최악을 상상했더라도 침을 질질 흘리며 과거의 기억까지 흘려버리는 환자 모습은 아니었을 것이다. 알츠하이머라니. 죽기 전에 만나고 싶었던 사람의 기억에서 자신이 사라져버리는 건 어떤 기분일까. 혼신을 바쳐 준비한 연극 무대에서 대사가 사라져버렸던 내 악몽이 겹쳤다.

엄마에게 고진석 씨는 평생 다시 만나지 않아야 더 좋은 인연이었을지 모른다. 어떤 젊은 날, 엄마에게 사랑스러운 모습으로 각인된, 두근거렸던 엄마 심장 속의 청년 모습으로 남아야 했는지도 모른다.

"잘못 한 것만 같습니다. 미리 아버지가 알츠하이머라고 말해야 했습니다."

신지가 조심스럽게 말했다. 엄마와 내가 지금 이런 상황에 있게 된 일련의 과정들을 되짚어 보았다. 엄마가 고진석 씨를 만나고 나면 생을 악착같이 부여잡을 것이라 여겼던 나는 신지에게 엄마가 신지의 아버지를 꼭 만나야 한다고 말했다. 엄마가 나에게 그랬듯이 엄마의 마지막 소원이라고 못을 박으며 신지를 압박했다. 그래서 신지는 자신의 아버지가 알츠하이머라는 걸 말하지 못했을 것이다.

"아닙니다. 진석 오라버니를 저렇게라도 봤으니 여한이 없습니다."

엄마의 말투가 신지를 닮아가고 있었다.

"이모님, 마음이 아픕니다. 아버지는 나도 모릅니다."

신지가 엄마의 마음을 다독여 주려는 게 보였다. 예전에 사랑했던 여자를 알아보지 못하는 것은 어쩌면 사소한 일일지도 모른다. 고진석 씨는 아들조차 몰라보는 것이다.

나는 엄마가 신지의 아버지와 어떤 관계였는지 확실히 말해주지 않았다는 것에 생각이 미쳤다. 엄마 혼자 짝사랑했다면 죽음을 앞두고 이렇게 고진석 씨를 찾아 나서지는 않았을 것이다. 나 혼자 고진석 씨와 엄마는 서로 사랑했지만 어쩔 수 없는 상황 때문에 헤어진 관계라고 추측했을 뿐이다.

"엄마, 이제는 소원 다 풀었지?"

"그래, 한국으로 돌아가기 전에 한 번 더 만나서 마지막 인사를 해야겠구나."

엄마는 '그래'와 '인사를 해야겠구나'가 호응 관계는 되지만 내 물음에 대한 대답으로는 모순이라는 걸 모른 척하고 있었다. 엄마가 '마지막 인사를 하고 싶구나'가 아니라 '마지막 인사를 해야겠구나'라며 떠나기 전에 고진석 씨를 또 만나겠다고 밝히고 있었다. 엄마는 고진석 씨가 그때는 자신을 기억하리라 헛된 희망을 갖고 있는 것일까.

"엄마는 뭐 하러 또 만나려고 그래?"

신지에게 다시 폐를 끼친다는 생각이 들었다. 만나봐야 알아보지도 못하고 대화도 할 수 없는 상황인데 굳이 마지막 인사를 한다는 엄마한테 쏘아붙였다.

"네, 당연히 만나셔야 합니다."

신지가 흔쾌히 말을 받았다. 자기 마음대로 결정하는 엄마에 대한 서운함과 신지에게 미안한 마음에 나는 창밖으로 고개를 돌렸다. 차는 그리 높지 않은 산을 끼고 도로를 달리고 있었다. 산 중간에 시멘트 수로를 만든 게 보였다. 엄마 몸에 시멘트 수로처럼 달라붙어 있을 암 덩어리들이 연상됐다. 나는 눈을 꾹 감아버렸다.

　엄마의 잠든 모습을 확인하고 호텔 객실의 불을 껐다. 멀리 강변도로를 질주하는 차들이 보였다. 차들은 서로 빛의 꼬리를 물고 도로를 흘러 다녔다. 그 빛의 꼬리가 한 점 날아든 것처럼 객실의 전화가 울렸다. 신지였다.
　"자지 않습니까? 로비입니다. 괜찮으면 내려오겠습니까?"
　나는 절실히 누군가와 얘기하고 싶던 순간이었다. 신지가 전화하지 않았으면 한국의 누군가와 끊임없이 얘기하거나 혼자서 술을 마시며 내 머릿속의 얘기를 누구에게든 들려주고 싶었다. 그런 내게 신지는 전화를 걸어주었고 나는 기쁜 내색을 숨기지 않고 로비로 내려갔다.
　신지는 어울리지 않았던 빨간색 셔츠는 벗어버리고 하늘색 줄무늬 셔츠에 청바지를 입고 있었다. 신지가 데리고 간 곳은 호텔에서 가까운 조그만 사케 집이었다. 하얀 주방 모자를 쓰고 일본식 옷을 입은 콧수염의 사내가 안주를 만들었다. 주방장 앞으로 턴테이블이 있고 테이블 의자는 거의 다 찼다. 신지와 나는 나란히 앉아 사케를 마셨다.
　"신지 씨, 고마워요."
　진심이었다. 사심 없이 신지의 길고 흰 손 위에 내 손을 올려놓고 싶을 정도로.

"아닙니다. 이모님과 혜수 씨가 꼭 온다는 생각이 들었습니다. 그리고 꼭 와야 한다고 생각했습니다."

신지는 들고 왔던 가방에서 두꺼운 공책 두 권과 제본한 책 한 권을 꺼냈다. 공책들은 겉장까지 누렇게 변색된 낡은 것이었다.

'나의 기억'

공책 겉장에 색이 번진 펜글씨가 가지런했다. 한 획, 한 획 각을 뜨듯이 힘찬 필체였다.

"요양원에 갈 때면 책을 읽어드렸습니다. 아버지가 좋아하던 책을 고르려고 아버지 서재를 정리하다가 이 공책들을 찾았습니다. 찾기 어려운 곳에 있었습니다. 아버지가 쓴 아버지 이야기입니다. 한국어 사전을 찾아도 모르는 말이 많았습니다. 아버지 글 읽으면서 아버지 인생을 알았습니다."

신지의 얘기를 모아봤을 때 두꺼운 공책 두 권은 고진석 씨 자서전이었다. 고향이 엄마와 같은 제주도니까 사전에서도 찾을 수 없었던 말들은 제주도 사투리인 게 분명했다. 고진석 씨 자서전에 엄마를 언급한 부분이 있었을 것이다. 엄마가 고진석 씨를 만나러 간다고 했을 때 왜 신지가 흔쾌히 허락했고 공항까지 마중 나왔는지 짐작이 됐다.

나는 첫 페이지를 펼쳤다.

〈나는 고진석. 1922년 6월 23일 태어났다. 부는 고만구, 모는 김을생. 아버지는 내가 네 살이 채 되기도 전에 돌아가셨기 때문에 떠올릴 추억이 없다. 우리 집은 가진 게 몸 밖에 없을 정도로 가난했다. 어머니에 대한 강렬한 기억은 4월 초파일의 살생이다. 형과 나, 어머니가 밭에서 김을 매다가 집에 돌아오는 길이었다. 길가 덤불에서 부스럭거리는 소리가 들렸다. 어머니가 네 신세나, 나 신세나, 입속으로 중얼거리면서 큰 돌멩이를 들었다. 부스럭거리는 소리가 난 쪽으로 돌멩이를 냅다 내리쳤다. 잠시 후 어머니 손아귀에는 창자가 터진 꿩 한 마리가 들려있었다. 어머니는 4월 초파일날 살생을 했다. 어머니에겐 어떤 금기를 뛰어넘는 행동이었다. 배를 곯아 얼굴이 누렇게 뜬 형과 내 얼굴을 보다 못해 어머니는 금기를 뛰어넘었다. 꿩의 얄팍한 고기와 고깃국물을 형과 나는 서로 다투며 먹었지만, 어머니는 속이 좋지 않다며 입에 대지 않았다.〉

고진석 씨가 까까머리 어린아이가 되어 공책 안에 나타났다. 고진석 씨도 나처럼 누군가의 금쪽같은 자식이었다는 당연한 사실이 놀라움과 함께 내 마음에 들어왔다. 엄마도 외할머니가 있었고 외할머니에게 엄마는 눈에 넣어도 아프지 않은 자식이었을 것이다. 모든 엄마는 태어날 때부터 엄마였던 것 같은 착각은 무엇일까.

신지는 제본된 책을 나에게 밀었다.

"이것은 복사본입니다. 아버지는 일본어가 아니라 한국어로 썼습니다. 어릴 때 매를 때리면서 익히게 할 정도로 아버지는 내가 한국어를 배우기를 원했습니다. 내가 한국어를 배워서 이것을 읽기를 원하셨는지는 잘 모르겠습니다. 아버지 글은 한국 사람이, 그것도 제주 사람이 읽어야 합니다. 혜수 씨가 읽게 됐습니다. 그건 우연이 아닙니다. 그러니까, 그,"

"필연이라는 거죠. 꼭 그렇게 돼야 하고 됐어야만 하는, 그 말을 하고 싶은 거죠?"

"아, 네. 맞습니다."

일본 사케 집에서 한국말을 주고받는 나와 신지를 힐끔 쳐다보는 손님은 있었지만, 그 시선은 짧게 끝났다. 잔술로 주는 사케는 천천히 취기를 퍼트렸다. 하얀 주방 모자를 쓴 사케 집 주인이 주방을 치우기 시작했다. 그걸 신호로 다섯 정도 되는 손님들이 일어서기 시작했다.

신지가 호텔까지 배웅을 해주겠다고 했다. 낯선 이국땅에서 여자 혼자 밤길을 간다는 건 위험한 일이기도 했지만 어쩐지 신지는 취기 오른 내가 고진석 씨 자서전을 어디에서 놓칠까 봐 따라왔다는 생각도 들었다. 자서전을 가슴에 더 꽉 안았다.

"신지 씨, 아버지는 요양원에 계신 지 오래됐나요?"

"아닙니다. 일 년쯤입니다."

일 년. 엄마가 조금만 더 일찍 고진석 씨를 만나겠다고 했으면 엄마의 기억을 간직하고 있을 때 그를 만났을 수도 있었다. 그리고 그 일 년은 엄마가 나와 있을 수 있는 최대한의 시간과 비슷했다. 신지의 아버지처럼 아프더라도 엄마가 내 곁에 오래 있었으면 하는 생각으로 가슴이 뻐근해졌다.

"신지 씨!"

"혜수 씨!"

거의 동시에 서로의 이름을 불렀다. 큭, 내 웃음소리 사이로 한 줄기 따뜻한 바람이 지나간 것 같았다.

"먼저 말씀하십시오."

"아까부터 궁금했는데 아버지한테 매 맞으면서도 왜 한글을 그렇게 배우기 싫어했나요?"

"아버지는 공책에 할아버지, 할머니, 아버지, 어머니, 대한민국 등 생각나는 대로 쓴 단어들을 열 번씩 따라 쓰라고 했습니다. 집 밖에 나가서는 절대 쓰지 않을 말들을 따라 쓰는 게 시간 낭비처럼 생각됐습니다. 아버지가 내준 숙제를 하지 않아서 매를 맞으면서도 반성은 하지 않았습니다. 친구들 앞에서는 한국적인 것을 조롱하며 완전한 일본사람처럼 행동했습니다. 그러나 그들한테 나는 한국인입니다. 아버지가 일본 국적을 갖고 있어도 나는 반쪽만 일본인이 아니라 그냥 한국 인이었습니다. 그들은 나에게서 한국을 찾아내 불이익을 주려고 했습니다. 그럴수록 나는 나에게 이런 대접을 받게 하는 아버지가 미웠습니다. 그래서 한글을 배우기 싫었습니다."

"그렇군요. 신지 씨는 아까 저에게 무슨 말을 하려고 했어요?"

"사실은 처음 혜수 씨 전화 받았을 때 아버지가 알츠하이머이고 아무도 알아보지 못한다는 말을 일부러 하지 않았습니다. 그렇게 말하면 만나러 오지 않을 것 같았기 때문입니다. 아버지 자서전을 읽고 나서 이모님과 제 아버지가 꼭 만났으면 했습니다. 아버지가 건강하셨다면 제가 아버지 모시고 한국으로 갔을 겁니다."

신지와 더 대화하고 싶었는데 호텔 앞까지 와버렸다.

"내일 아침에 다시 오겠습니다. 오사까성과 동대사는 이모님도 보면 좋아할 겁니다. 안녕히 주무시기 바랍니다."

신지가 돌아섰다. 멀어지는 그의 등에서 한글 쓰기 숙제를 하지 않아 매를 맞는 어린 신지를 보았다. 써먹지도 못할 한국어 공부를 억지로 시키는 아버지한테 반항하는 어린 신지를 향해 손을 흔들어 주었다. 내 손짓이 부른 것처럼 신지가 돌아보았다. 재빨리 손을 거둬 자서전을 마주 꽉 잡았다. 신지가 웃었다. 신지의 웃는 모습을 처음 본 것 같았다.

　호텔에 돌아온 나는 엄마가 깨지 않게 미등을 켜고 신지가
준 자서전을 읽기 시작했다.

2. '나의 기억' – 징용

　형님이 징집되어 끌려가자 어머니는 매일 부엌 구석에 정화수를 떠놓았고, 나도 형님이 생각날 때마다 총알받이 되지 말고 무사히 살아 돌아오라고 빌었다.

　어머니는 날 밝기가 무섭게 밭으로 나가 일을 했지만, 우리 가족은 항상 배가 고팠다. 공출로 빼앗기다 보면 집에는 먹을 게 얼마 남지 않았다.

　동네에 양길성이라는 사람이 있었다. 양길성의 어머니는 처음 우리 동네에 들어왔을 때 배가 남산만 했다는 소문이 있었다. 아버지도 모르는 애를 배서 친척 집인 양 씨 아저씨네 집에 몸을 풀러 왔다고 했지만 양길성의 어머니는 아들을 낳은 후에도 떠나지 않고 동네에 머물렀다. 양 씨 아저씨네 바깥채에 살면서 아저씨네 일을 돕기도 했고 동네에 품을 팔기도 했다. 양길성의 어머니는 제 몸 아끼지 않고 일을 하여 동네 사람들이 좋아하였지만 양길성은 악동이었다. 물 허벅 진 여자를 놀라게 하여 물 허벅 깨는 게 그의 가벼운 악행에 속할 정도였다. 양길성의 어머니는 아들이 저질러놓은 일을 수습하느라 동네 사람들에게 매일 고개를 조아려야 했고 그런

것이 화병이 되었는지 일찍 세상을 떴다. 양길성은 어머니가
죽은 다음에도 양 씨 아저씨네 바깥채에 계속 머물렀고 언제
부터인가 일본 순사 기무라의 하수인이 되어 동네 사람들을
괴롭히기 시작했다. 일본 순사도 이가 갈렸지만, 일본 순사
의 개노릇하는 양길성의 악행은 목불인견이었다. 그는 누구
네 집에 감춰둔 놋그릇까지 싹싹 훑어 군수물자라며 빼앗았
고 평소 자기 눈에 밉상이었던 사람들에겐 죄를 만들어 씌웠
다. 양길성은 양 씨 아저씨도 봐주지 않았다.

그러던 중 인자 사촌 누님이 목을 맸다. 동네 야산에 땔감
을 주우러 갔던 동네 아이들 중 한 명이 검붉은 혀를 한 자
나 늘어뜨린 인자 누님의 시신을 발견했고 넋이 반쯤 나간 그
아이는 밤마다 헛소리를 한다고 했다. 인자 누님을 욕보인 기
무라 순사는 지은 죄가 있어 며칠 모습을 보이지 않았지만
양길성은 인자 누님이 먼저 기무라에게 꼬리를 치며 다니는
걸 자기가 봤다며 동네방네 떠들고 다녔다.

인자 누님을 묻은 날, 큰어머니는 실신하여 누웠고 어머니
와 작은어머니가 큰어머니 옆을 지켰다. 사촌 용석이가 헛간
에서 낫을 꺼내 나가는 걸 작은아버지와 내가 용석이 발에
질질 끌려가면서 말렸다.

"용석아, 참아. 줄초상 난다."

나에게 낫을 뺏긴 용석은 가슴을 탕탕 치며 마당에 누워

사지가 뜯긴 짐승처럼 울부짖었다. 그런 광경이 진정되는 걸 보고 집으로 돌아가는 길이었다. 큰아버지 집을 염탐했는지 양길성이 골목 모퉁이의 어둠 속에 서 있다가 도망가는 것이 보였다. 나는 양길성을 쫓아 뛰었다. 아비 없는 자식이라고 동네 사람들이 무시한 시간이 있더라도 인자 누님이나 동네 사람들에게 양길성이 이렇게 해선 안 되는 일이었다. 기무라에게 능욕당한 걸 다 아는데 인자 누님이 먼저 꼬리 쳤다며 행실이 나쁜 여자라고 양길성이 손가락질할 순 없는 일이었다. 달려나가 양길성을 발로 차고 엎어진 그를 찍어 눌렀다. 양길성은 몇 걸음 도망쳤지만 다시 나에게 잡혔다. 손과 발이 나가는 대로 그를 치고 땅에 박았다. 형님마저 없는데 나라도 운신하여 집안을 지켜야 한다는 생각이 그 순간엔 물러서 있었다.

다음 날, 순사들에게 잡혀 매를 맞고 경찰서에 갇혔다. 일본 순사들은 면회도 시켜주지 않았다. 밖에서 속이 타고 있을 어머니를 생각하니 후회가 밀려왔다. 그러다 며칠 후 계속된 고문으로 만신창이가 된 내 앞에 양길성이 나타났다. 그는 부기가 빠지지 않은 낯짝을 내 가까이 들이밀었다. 내 얼굴도 고문으로 부어오르고 손톱엔 시커멓게 피가 몰려 있었다.

"동네 사람들 다 나를 오해하는데 내가 나서서 일을 안 보면 일본 순사들 더 날뛴다. 내가 앞에 막아서서 더 설치는 거처럼 하니까 일본 순사들이 이만큼이라도 하는 거다."

"어느 집에 제사 놋그릇 있는 것도 다 쓸어 가고 평소에 사이가 안 좋던 집엔 누명 씌워서 잡혀가게 하고 기무라가 인자 누님을 겁탈한 거 무마한 것도 동네를 위한 거였냐, 완전 장하네."

양길성은 나의 비난에도 낯짝 한 번 바꾸지 않았다.

"젊으니까 앞뒤 가리지 않고 그렇게 날뛸 수 있지. 내가 너를 생각해서 다 준비해둔 게 있어. 기대하라고."

"그딴 소리 집어치워. 여기서 간과 쓸개를 씹어 먹으며 당신 죽일 날을 기다리겠어."

나는 쇠창살을 잡고 소리쳤고 양길성은 불길한 웃음을 흐흐 흘리며 멀어져갔다.

나는 장독도 다 풀리지 않은 몸으로 일본으로 향하는 연락선을 탔다. 갈중이를 입은 어머니는 눈가를 자꾸 옷깃으로 눌렀다. 용석이와 친구 승기가 손을 흔들었고 그 옆에는 검정 치마를 입은 그의 누이 윤자가 떠나가는 배를 빤히 쳐다보고 있었다. 일본으로 노무자를 팔아넘기고 전쟁에 필요한 노무자를 강제 징용하던 때였다.

일본에서 먹고 자는 기본적인 것만 해결하면서 나는 고된 노동에 시달려야 했다. 군수 물품을 만드는 공장에서 나는 왼쪽 손가락 세 마디마저 잘렸다. 계속되는 잔업과 야간작업으로 기계적으로 손을 놀리면서 졸음을 참지 못했다. 악 소리를 지르며 정신을 차렸을 때는 손가락들이 이미 절단된 뒤였다. 야마다 공장장은 찔끔 병원비만 던져두고 나머지는 자기 주머니 안으로 집어넣었다. 일을 못 해 며칠을 굶었다. 그러던 중에 공장에서 일하던 부산 사람이 야마다에게 심하게 맞는 일이 생겼다. 그 부산 사람은 배탈이 나서 변소를 들락날락했는데 이걸 본 야마다가 욕했다.

"바가야로, 조센징, 변소 가는 게 핑계 아니야? 바지를 까이 바닥에서 똥을 눠 보라."

울상이 된 부산 사람은 이러지도 못하고 저러지도 못해 다리를 비비 꼬며 야마다 눈치만 보았다. 야마다가 부산 사람의 허리끈을 풀며 야비하게 웃었다. 시커먼 속옷이 내려지고 거뭇한 그것이 힘없이 달랑거리는 게 보였다. 야마다는 낄낄 웃으며 부산 사람의 뒷무릎을 발로 찍었다. 부산 사람이 넘어졌다. 그의 괄약근이 풀어지며 묽은 똥이 쏟아졌다. 더럽다며 야마다는 자기 분이 풀릴 때까지 부산 사람을 짓밟고 발로 찼다. 그 날 부산 사람은 아무도 없는 공장 안에서 목을 맸다.

다음 날 항상 말이 없이 자기 일만 하던 강상수라는 조천 사람이 공장 파업을 주도했다.

"지렁이도 밟으면 꿈틀하는 법인데 우린 지렁이보다도 더 못해서야 되겠습니까. 잔업에 야간작업까지 하라면 다 했지만, 우리에게 돌아오는 건 야마다의 욕과 부당한 폭력이고 우리가 항상 걱정해야 하는 건 우리의 안전과 배고픔이지 않습니까. 하나는 약하지만, 이 공장을 움직이는 우리가 뭉치면 저들도 우리를 얕보지 못할 겁니다."

공장 안의 조선 사람들이 모두 파업에 동참했고 야마다의 횡포를 계속 겪어왔던 공장 내 일본인들도 동조했다. 공장 파업을 하는 동안 난 이상한 열기에 휩싸여 들떴다. 혼자 일제 앞잡이 양길성을 때려눕혀 일본 순사들에게 잡혀갈 때의 두려움이 없었다. 혼자는 쉽게 꺾였지만, 공장 내 조선 사람들이 모두 뭉치자 꺾이지 않았다. 열 사람이 모이면 한 사람의 열 배에 해당하는 힘이 아니라 그 이상의 힘이 생겼고 그 열기가 고스란히 나에게 돌아왔다.

야마다가 더러운 조센징이라 욕하던 조선 사람들이 모두 파업을 하자 공장은 돌아가지 않았다. 당장 일을 하지 않으면 뜨거운 맛을 보여주겠다며 길길이 날뛰던 야마다는 사장의 순시가 있고 나서 성질을 죽일 수밖에 없었다. 강상수의 애기를 들은 일본인 사장은 자신의 이익을 위해서 야마다를 무시했기 때문이었다. 강상수는 파업주동자로 일본 경찰에 잡혀가 옥고를 치르긴 했지만, 공장에 일손이 부족하였는지 한 달 만에 풀려났다. 야마다는 전처럼 노동자들에게 함부로 하지 못했다.

난 강상수에게서 책들을 빌려 읽었다. 강상수가 독립운동을 하다 위험해지자 일본으로 도피해 왔다는 소문을 듣고 강상수를 더 따르게 되었다. 계급투쟁, 프롤레타리아 등의 말들이 강상수의 입을 통해 쉽게 설명돼 나오고 난 그것들을 흡수했다. 착취와 억압이 없는 사회는 내가 꿈꾸는 사회였다.

조선이 해방됐다. 조선 노동자들은 얼싸안고 아리랑을 불렀다. 그리운 고향으로 돌아가기 위해서 짐들을 정리하면서 마음은 벌써 고향에 닿아 있었다.

대판을 떠나오기 전에 강상수와 나는 야마다를 만났다. 고향으로 가기 전에 그동안의 정을 생각해서 술을 사겠다는 우리의 제안을 받아들여 야마다는 술을 거나하게 마셨다. 야마다는 단순무식한 사람답게 우리에게 어떤 저의가 있을 것이라는 생각 없이 공짜 술을 실컷 먹자고 벼르는 모습이었다. 술에 취해 몸을 가누지 못하는 야마다를 강상수가 어깨동무하여 같이 휘청거렸다. 으슥한 골목에 접어들자 내가 준비했던 칼로 야마다를 찔렀다. 같이 마시는 척하며 내가 많은 잔술을 밑으로 쏟아버린 걸 야마다는 눈치채지 못했다. 강상수

는 야마다의 의심을 피하려 야마다와 계속 대작을 했고 내가
야마다를 찌를 때는 야마다가 도망가지 못하도록 그를 잡았
다. 야마다는 공포로 눈자위를 붉게 물들이며 골목에 널브러
졌다.

　인자 누님이 목을 맸는데도 인자 누님이 먼저 기무라에게
꼬리를 치고 다녔다고 음해한 양길성은 그다음 차례였다.

3. 기억 안의 그대

고진석 씨의 자서전을 읽으며 고진석이라는 한 사람의 인생을 훔쳐보는 기분이 들었다. 몇 장을 읽다가 닫아버렸다. 나는 자서전에 엄마가 어떻게 추억되고 있는지 알고 싶었다. 신지는 내가 이 자서전을 읽는 게 필연이라고 했지만, 엄마를 매개로 해서 일어난 일이므로 엄마에게 우선권이 있는 것만 같았다.

엄마는 노안으로 돋보기 없이는 책을 읽는 게 불가능했고 몇 분을 그렇게 읽으면 눈이 충혈되곤 했다. 엄마는 고진석 씨의 자서전이라 하면 모든 걸 제쳐놓고 여기에 매달릴 게 뻔했다. 일본 방문 일정은 엄마의 건강 때문에 사박 오일로 짧게 잡았는데도 엄마의 암이 자기 존재를 알리려 엄마를 잡아 뒤틀어 놓는 순간이 일정하지가 않아서 나는 매 순간이 긴장되었다. 자서전에 대해서는 한국으로 돌아가서 말하는 게 좋을 것 같았다.

엄마와 내 물건이 섞인 캐리어가 아니라 내 가방에 자서전을 넣었다. 업무상 필요한 잡동사니를 넣고 다닐 수 있게 큰 손가방을 마련한 나 자신을 대견스러워하며 자서전을 아래쪽으로 밀어 넣었다. 볼펜 모양의 녹음기가 손에 잡혔다. 립스틱과 썬크림, 수첩 사이에서 부대끼고 있었다. 볼펜 녹음기는 행사 기획 답사를 나가서 책임자의 인터뷰 내용을 담을 때 필요했다. 녹음기는 볼펜형이라 수첩에 메모하면서 녹음을 할 수 있었고 녹음을 한다고 일일이 허락받기 귀찮을 때도 유용했다. 가끔은 기획 답사를 하면서 머릿속에 들어온 내 단상들을 내 목소리로 남겨놓기도 했다. 메모하는 것보다 빨라서 녹음기를 자주 이용했다. 주위에서 보는 사람은 혼자 말하는 나를 보고 이상하게 생각했지만, 나에겐 그건 일의 연장일 뿐이었다.

사표를 제출했을 때 과장은 농담하는 사람을 바라보듯 했다. '찾아가는 고궁' 행사 기획을 마친 지 얼마 되지 않았을 때였다.

"혜수 씨, 휴가 보내다 보니까 쭉 쉬고 싶어진 건가? 이번 프로젝트 내가 칭찬 많이 안 해서 섭섭했던 거야?"

과장의 책상 위에는 내가 기획했던 '찾아가는 고궁'을 취재한 기사가 펼쳐져 있었다. 그 기사는 신문 문화면에서도 가장 큰 지면을 차지했다.

고궁에 사전답사 간 날엔 비가 내렸다. 처마에서 뚝뚝 떨어지는 물이 웅덩이에서 동심원을 그리며 퍼져나갔다. 고개를 꺾어 천정의 단청을 바라봤다. 여러 문양들을 배열한 다음 휘문양이 퍼져나갔다가 다시 반복되는 단청은 볼 때 화려하게 느껴지기도 했고 소박하게 느껴지기도 했다. 빗물 위에 단청의 모습이 비췄다.

단청을 비추는 거대한 물방울 반구는 그렇게 탄생했다. 크기가 일정하지 않은 물방울 모양의 반구를 바닥에 늘어놓았다. 그 반구는 단청의 모습을 비추는 재질이어야 했다. 사람들은 고개를 들어 천정의 단청을 보기도 하겠지만 물방울 모양의 반구에 비친 단청에도 주목하리라 나는 확신했다.

반응이 좋았다. 방문객들은 지친 다리를 쉴 겸 물방울 반구 위에 앉기도 했고 꼬마들은 물방울 반구 위에 드러누워 단청을 쳐다보았다. 쓱 보고 지나가 버릴 공간이 휴식을 취하며 단청을 감상하는 공간이 되었다고 책임자가 좋아한 대목이었다.

일을 하나 맡으면 밤샘도 마다하지 않고 덤벼들던 열정이 엄마가 아픈 후엔 시들해졌다. 일에 파묻혀 살다가 엄마의 위암 판정 후에 문득 고개를 들어보니 내 주위엔 아픈 엄마밖에 없었다. 엄마가 이 세상에 없는 후의 내 삶이 상상되지 않았다. 엄마가 시한부 인생을 사는 마당에 하나뿐인 딸이 일에 몰두한다는 게 무의미하게 느껴졌다. 내가 지금까지 무엇을 위해 달려왔는가 하는 내 생애 전반에 대한 회의감이 밀려들었고 그런 느낌들이 사표를 쉽게 쓰게 만들었다.

"일단 쉴 만큼 쉬어봐. 혜수 씨만큼 베테랑도 이 업계에서 찾기도 힘들잖아."

과장은 그렇게 말은 했지만 내가 빠지더라도 회사는 잘 굴러갈 것이다. 엄마가 많이 아프다, 길어야 일 년밖에 살지 못한다, 남은 시간 동안 엄마를 위해 엄마와 같이 있겠다고 과장에게 말하지 않았다. 어쩐지 내가 엄마를 위하는 것이 아니라 거꾸로 나를 위한 행동인 것 같았다. 과장에게는 그저 집안일이라 말하고 내 책상을 정리했다.

신지와 오사까성과 동대사를 관광하기로 한 날이었다. 서울에서 여행 일정을 짜기 전에 오사까 근처에 있는 관광지를 둘러보겠냐고 엄마에게 물어보았을 때 엄마는 그러자고 했다. 입을 달싹이다 닫힌 그다음 말은 '마지막 일본여행일지도 모르는데……'였을 것이다.

엄마와 간단히 아침 식사를 마치고도 신지와 만날 시간이 많이 남아있어서 가방에서 녹음기를 꺼냈다. 아버지가 돌아가시자 아버지 목소리를 조금이라도 녹음시켜 놓을 걸 하고 후회하던 친구가 있었다. 그 친구는 아버지 핸드폰 번호를 해지하지 않았고 때때로 충전도 시켰다. 평소에는 무뚝뚝하지만 힘들어하면 '그까짓 것 갖고 그러느냐, 시간이 약이다. 다

지나간다.'고 하던 아버지 목소리가 그립고 아버지가 사무치게 보고 싶으면 전화를 한다고 했다. 몇 번의 신호음이 가다가 전화를 받을 수 없다는 안내 멘트가 떠도 그는 아무 말이나 주절거렸고 한참이나 속의 말을 하다가 전화를 끊었다. 그것만으로도 친구는 많은 위안을 받는다고 했다. 가방에서 녹음기를 찾은 이후에 친구의 이야기가 떠올랐고 엄마의 목소리를 녹음해야겠다는 생각이 들었다.

"엄마, 이거 녹음기인데 시간 날 때마다 엄마 하는 얘기 녹음하려고."

엄마는 조그만 볼펜형 녹음기를 신기하다는 듯이 쳐다보며 입을 가까이 대고 아, 아, 소리 냈다.

"이거 지금도 녹음 되는 거니, 내 말 녹음해서 뭐 하려고 그러냐?"

"왜긴, 엄마 얘기 다 듣고 양윤자 여사님 자서전 써 주려 그러지."

엄마는 내가 말은 이렇게 했지만 자신이 죽고 난 후 녹음된 목소리를 들으며 엄마를 추억하려는 내 마음을 읽은 모양이었다. 글쓰기를 싫어하는 딸이 자서전을 쓰겠다고 하니 속마음이 뻔히 보였을 것이다.

"엄마는 시집가기 전까지 해녀였다. 엄마 고향 영실은 동네가 바다를 끼고 있어서 여자들은 거의 해녀였단다. 너의 외할머니도 해녀였고 외할머니의 어머니도 해녀였지."

엄마는 해녀 시절의 이야기부터 꺼내놓았다. 그런 얘기는 천천히 듣고 제일 먼저 고진석 씨와 엄마와의 관계를 묻고 싶었지만, 엄마가 스스로 얘기를 꺼낼 때까지 기다려야 할 것 같았다.

엄마와 신지는 다섯 사람이 손을 잡고 늘어서도 되는 길이의 큰 성벽 돌 앞에서 포즈를 취했다. 엄마는 두 손을 맞잡았고 신지는 엄마의 어깨에 손을 올려놓았다. 다정한 모자지간처럼 보였다. 엄마는 어느 때보다도 밝아 보였다. 무채색의 옷을 즐겨 입는 엄마였지만 죽음 예고장을 받은 후에 검은색, 회색 톤의 옷들은 죽음을 상징하는 것처럼 보여 나는 엄마에게 억지로 밝은 색상의 옷들을 사 주었다. 엄마는 내가 사 준 민트색 카디건을 걸치고 있었다. 밝은 색상이 밝은 엄마의 표정과 어울리는 것 같아 나도 덩달아 기분이 좋아졌다.

"이렇게 큰 돌을 어떻게 끌고 왔을까, 정말 크기도 크구나."

엄마는 성벽을 손바닥으로 가만히 쓸어보았다.

"이 오사까성 주위로 적의 침입을 막기 위한 호수가 이중으로 파여 있습니다. 방어를 위해 만들어진 요새라고 할 수 있습니다. 그때는 지금처럼 기술이 발달 되지 않았고 순전히 권력과 칼의 힘으로 일반 백성들의 노동력이 착취됐습니다."

신지가 엄마에게 설명해줬다. 엄마는 신지가 말을 할 때마다 신지의 얼굴을 뚫어져라 쳐다 보았다. 평소의 엄마는 자기주장을 잘 하지 않고 대화를 할 때 상대방의 눈길을 오래 치받지 못하는 사람이었다. 신지의 얼굴을 오래 쳐다보는 엄마는 내가 익히 알고 있는 엄마의 모습이 아니었다.

일본 전국을 제패하고 중국 대륙까지 넘봤던 토요토미 히데요시의 초상이 꼭 쥐 면상을 닮았다고 생각하는데 엄마가 가슴 아래를 쥐어뜯으며 주저앉았다. 일본에 오기 전 열흘 동안 잠잠했던 암 덩어리가 여행을 즐기는 엄마를 시샘이라도 하는 것처럼 존재를 드러냈다.

"엄마!"

신지와 내가 동시에 주저앉은 엄마를 부축하려 했다. 내가 밑으로 내던진 가방 안에서 립스틱이 떨어져 또르르 굴렀다. 가방 안에서 진통제와 물을 꺼냈다. 내가 할 수 있는 일은 엄마 옆에 쪼그려 앉아 엄마의 통증이 지나가길 기다리는 것밖에 없었다.

"다이조부데스까? (괜찮습니까?)"

멀리서 지켜보던 안내인이 다가와 말을 걸었다. 그는 이내 얼굴을 찡그리며 누군가를 불렀다. 엄마는 신음도 내지 않고 입술만 물어뜯으며 아픔을 참았지만, 엄마의 의지를 배반한 오줌이 엄마의 바지를 적셨다. 오줌은 바지를 적시고도 바닥까지 흥건했다. 신지가 엄마를 업었다. 어쩔 줄 몰라 당황하는 나와 달리 신지는 재빨리 움직여 주차장으로 향했다. 신지의 윗옷이 엄마의 오줌으로 젖고 있었다. 엄마는 통증의 파도 너울을 이를 악물고 넘으면서도 신지의 차를 타자 카디건을 벗어 차 시트 위에 깔아놓고 그 위에 앉으며 신지의 윗옷을 더럽힌 것을 걱정했다.

신지는 호텔 객실까지 엄마를 업고 왔다. 엄마는 걱정하는 신지에게 어서 가라고 재촉했고 신지가 나가자 급하게 욕실로 들어갔다. 엄마는 혼자만의 공간이 필요한 것 같았다. 물 떨어지는 소리 사이로 엄마 울음소리가 새어 나왔다. 씻는 걸 도와주겠다고 했을 때 한사코 혼자 씻겠다며 욕실로 들어간 엄마가 샤워기를 틀어놓고 울고 있었다. 집안에서도 양말이나 덧신을 챙겨 신어 맨발을 보여주지 않을 정도로 자신에 대한 단속이 심했던 엄마였다. 그런 엄마였기에 공공장소에서 실례를 한 건 엄마의 자존심을 뭉개놓는 일이었을 것이다. 엄마가 숨기려는 가느다란 울음소리에 목이 메었다. 아기가 자신의 불편함을 울음으로 크게 알리는 것처럼 엄마도 나에게 크게 울어줬으면 싶었다. 숨기는 게 아니라 내가 이렇게 아프니까 알아달라고 내 앞에서 엉엉 울었으면 싶었다. 자식에게 짐이 되기 싫어하는 엄마 앞에서는 난 언제나 미성숙한 어린아이일 뿐이었다.

가방에서 엄마가 갈아입을 속옷을 꺼냈다. 여행 오기 전에 내가 사줬던 속옷들은 하나도 들어있지 않았다. 전에부터 입어왔던 면이 늘어진 속옷들이 보였다. 내가 버리라고 했던 속옷들이 가방에 옹기종기 모여 있는 것을 보면서 집안에 상표도 뜯지 않았을 새 속옷들을 생각했다. 엄마가 돌아가시면 상표도 뜯지 않은 속옷들처럼 나 혼자 집안에 남을 터였다. 엄마는 이렇게 엄마 없는 세상을 어떻게 사냐고 보채기만 하는 나에게 기댈 수가 없었는지도 모른다.

나와 같이 호텔 식당에서 간단한 식사를 하고 올라온 엄마는 한결 기분이 안정돼 보였다. 시간 간격을 두고 찾아올 고통이었으므로 얼마간은 시간을 벌었다는 여유처럼 보였다. 폭력을 당하던 어떤 아이가 친구들의 구타가 막 끝난 날은 몸은 아프지만 마음은 편안하다고 말했다는 청소년상담가의 말이 떠올랐다. 며칠은 매 맞지 않고 지낼 수 있다는 안도감이라 했다. 엄마도 암의 폭력이 한번 휩쓸고 지나가자 그런 안도감을 느끼는 모양이었다. 그러나 어떤 해결책도 없다면 왕따 당하는 아이는 계속 시달림을 받을 것이고 엄마는 주기가 더 짧아지는 고통에 말라갈 것이다.

"양윤자 여사님, 할 일도 없는데 첫사랑 얘기 좀 들어봅시다."

엄마가 피식 웃었다. 그 웃음이 허락의 신호라도 되는 것처럼 나는 녹음기 스위치를 눌렀다.

"아, 아, 이제 녹음 되는 거냐, 그나저나 무슨 얘기 하라고 자꾸 그러냐?"

"아무 얘기나, 일단은 신지 씨 아버지 얘기부터 하시지요."

"언제 물어오나 했다. 그 사람 찾는다고 할 때도 어떤 관계냐고 꼬치꼬치 캐묻지 않던 네가 참 고맙고 기특하고 그러더라. 내가 이렇게 속 깊은 딸 낳았나 했다. 그러니까 신지 아버지는 네 외삼촌의 친구였다. 윗동네에 살았는데 학교를 같이 다닌 갑장 중에서 둘이 제일 친했지. 댓돌에 진석 오라버니 신발 두 짝이 놓여있으면 그냥 기분이 좋더구나. 내가 그 검정고무신을 신기 좋게 돌려놓았지. 난 새벽부터 물허벅 지고 밭일까지 하고 와서 피곤했지만 감자를 쪄 그 방으로 갔지. 오라버니들이 공부하는 것 보다가 나도 한글 가르쳐달라고 하면 승기 오라버니는 방해된다고 화를 냈는데 진석 오라버니는 내가 그만하겠다고 할 때까지 한글도 가르쳐주고 계산도 가르쳐줬구나. 나야 진석 오라버니가 가르쳐주는 게 좋아서 계속 그 방에 있고 싶었지만, 진석 오라버니가 힘들까봐 눈치껏 일어서곤 했단다. 그러다 진석 오라버니가 집에 간다고 하면 인사를 핑계로 마당에 나와서 얼굴을 한 번 더 보고 그랬구나."

고진석 씨 얘기를 할 때 엄마의 눈은 달빛을 내비치는 구슬처럼 반짝였고 표정은 고진석 씨에게 공부를 가르쳐달라던 어린 계집애처럼 맹랑해졌다. 타인의 얘기를 들을 때 예의상의 반응을 잘 하지 않던 나는 어린 엄마의 친구처럼 깔깔거리며 맞장구를 쳤다.

엄마는 가늘게 코를 골았다. 오사까성에서 바지에 실례했던 엄마의 부끄러운 기억도 잠들었다. 시계는 9시를 가리켰다. 신지에게 고맙다는 말을 하고 싶었다. 그러면서도 신지에게 전화할 핑계를 찾고 있지 않나 주저하는 마음이 일었다. 주저하는 것이 더 이상하다는 마음이 덮쳐오고, 우물쭈물하는 내가 낯설어 아버지 생각이 났다. 앞뒤 가리지 않고 덤벼드는 성격은 자신을 빼닮았다고 나를 예뻐해 주던 아버지였다. 반면에 엄마는 성급하게 날뛰는 나를 불안하게 쳐다보곤 했다. 아버지는 나를 대하는 것에 비하면 오빠한테는 내가 보기에도 차갑게 대했다.

오빠는 섬세한 남자였다. 어버이날이면 오빠는 편지지 몇 장에 걸쳐서 감사의 편지를 엄마와 아버지에게 썼지만 난 학교에서 선생님들이 억지로 쓰게 한 감사편지도 쓰는 시늉만 했다. 몇 달 전부터 계획적으로 아껴서 모은 용돈으로 오빠는 엄마와 아버지의 취향에 딱 맞는 선물을 준비했지만 난

'내가 선물이야'하고 입으로 때웠다. 그랬기 때문에 나는 아버지에게 대담한 딸이었고 아버지에게 오빠는 약해빠진 놈이었다. 남자 대 남자로서 아버지는 오빠에게 높은 기대치가 있었고 그걸 오빠가 충족시켜주지 못하는 것 같았다. 아버지는 오빠의 섬세함을 나약함과 동격에 놓고 남자의 위신을 깎아내린다고 여겼다. 엄마가 그런 오빠를 두둔하면 아버지는 더 화를 냈다.

신지가 전화를 걸어왔다. 내 심장이 제멋대로 날뛰었다.

"이모님은 괜찮습니까?"

"네, 괜찮아졌어요. 지금은 주무세요. 신지 씨, 정말 고마워요. 난 그때 어떻게 해야 할지 당황했어요. 신지 씨가 없었으면 어땠을지 상상이 안 되네요."

"아닙니다. 내가 없었다면 혜수 씨도 방법이 있었을 겁니다."

신지는 내일 오전에 호텔로 찾아오겠다는 약속을 했다. 내일은 교토 방문 일정이 있었다. 엄마는 서울에서 우리가 계획했던 대로 교토를 여행하고 싶다고 말했다. 교토는 오사카에서 전철로 40분 정도면 갈 수 있는 거리였지만 나는 망설여졌다. 그러나 엄마의 처음이자 마지막 일본여행이라는 말 앞에서 나는 그대로 고개를 끄덕이고 말았다. 신지는 엄마와 나의 교토 여행에 동행하겠다는 것이었다. 나흘째 되는 날은 쉬면서 쇼핑을 할 예정이었지만 엄마가 고진석 씨를 한 번 더 보겠다고 일정을 바꿨기 때문에 모레도 신지의 신세를 져야 했다. 신지에게 자꾸 신세를 져서 미안해지면서도 그를 만나는 것이 기다려졌다.

"혜수야, 그런 것 팔지 않을까 싶구나. 아기들 차는 그것 말이다."

내가 알았다고 대답하고 호텔 엘리베이터를 타는데 눈물이 났다.

그래, 엄마, 이제는 나에게 기대. 내 앞에서 아프면 아프다고 울고, 이렇게 해 달라, 저렇게 해 달라 마구 보채라고요.

나는 우쭐한 기분에 엘리베이터 거울을 보면서 어깨와 주먹에 잔뜩 힘을 주고 천하장사 포즈를 취했다.

평소의 엄마는 나에겐 말하지 않고 호텔 밖을 나와서 기저귀 파는 곳을 찾아 헤매고 다닐 사람이었다. 나에게 기저귀 사는 것을 부탁한 엄마가 나에게 기대는 것 같아 나는 내가 비로소 어리광부리던 딸에서 어른이 된 것 같은 기분이 들었다.

호텔에서 한 블록 떨어진 곳에 편의점이 있었다. 푸드 코너를 거의 점령한 도시락에 잠시 눈길을 주다가 일회용 기저귀를 찾았다. 일본어로 기저귀를 설명할 재간이 없어서 편의점 구석구석을 눈으로 더듬었다. 노인용 요실금 팬티와 기저귀를 손에 잡으면서 아기가 되어가는 엄마 생각에 다시 가슴이 저릿했다.

욕실에서 기저귀를 차고 나온 엄마는 검은색 주름치마를 입었다. 기저귀 선이 바지에 배길까 봐 치마를 입은 것 같았다. 오래전에 생리대도 필요 없어진 엄마는 큰 기저귀를 찬 게 어색한 모양이었다. 몸에 거추장스러운 혹을 단 사람의 표정이 얼굴에 남았다.

엄마가 일찍 서두른 바람에 신지가 도착하려면 한 시간이나 남아서 난 녹음기를 꺼냈다. 기저귀를 차서 어색한 엄마의 주의를 다른 데로 돌려놓고 싶기도 했다.

"아, 아, 어디까지 얘기했더냐?"

의외로 엄마가 적극적이었다. 평소에 내가 하는 말을 조용히 잘 들어주기만 하던 엄마였다. 직장 상사를 향한 육두문자의 욕도, 결혼한 친구들과의 식사 자리에서 느꼈던 소외감도 엄마는 적절한 추임새를 넣으며 들어주었다. '속상했겠구나.', '나라도 화가 나겠다.' 엄마가 이런 맞장구를 쳐주는 것만으로도 나는 많은 위로를 받았다. 엄마도 나에게 하고 싶은 말이 많았을 것이다. 그러나 나는 엄마의 얘기를 들으려 하지 않고 내 말만 하고 살았다는 생각이 들었다. 이제는 내가 엄마의 얘기를 들어줄 차례였다.

"음, 고진석 씨가 공부 가르쳐주니까 찰싹 옆에 붙어서 떠나기 싫어한 것까지 했어."

"애는 참, 부끄러워서 그렇게 찰싹 옆에 붙어있진 않았단다. 진석 오라버니는 시대만 잘 만났으면 학생들을 훌륭히 가르치는 선생님이 되지 않았을까 싶구나. 어떻게 그렇게 설명을 잘해주는지. 그런데 인물만 잘나면 뭐하냐. 그런 게 소용없는 어지러운 세상이었지. 진석 오라버니는 동네 사람들 해코지하던 못된 인간 때린 죄로 억지로 일본으로 가게 됐어. 내가 떠나는 진석 오라버니 보려고 부두에 나갔잖니. 오라버니가 떠나니 내 마음 한쪽에 구멍이 뚫려 바람이 숭숭 넘나드는 것 같았구나. 승기 오라버니 말로는 일 년 있으면 돌아온다고 했는데 진석 오라버니는 오 년을 보내고야 해방돼서 제주에 돌아왔단다. 오라버니가 돌아와서 마냥 좋더구나. 재재거리며 달려드는 파도들이 정겹게 느껴졌구나. 오라버니가 제주에 돌아왔다. 꿈도 꿀 수 없는 먼 일본에서 보려면 한숨에라도 달려갈 수 있는 가까운 곳으로 왔다, 생각하는 것만으로도 행복했지. 물소중이의 끈을 위로 올리면서 하늘을 쳐다보면 그 하늘이 나를 위해서 더 푸른 것처럼 보였구나. 손에 든 망사리도 테왁도 어제의 그것이 아니었어. 모든 게 처음 느껴본 것처럼 생생했단다. 숨 쉬는 공기도 어제 것이 아니라 오늘 처음 맡아보는 것이었고 길가에 하릴없이 밟히는 잡초도 예사롭게 보이지 않았구나. 갯가에 걸어오는 동안 주변에 그렇게 많은 들꽃들이 있었는지 보면서도 놀랐지. 그 들꽃들은 예전부터 있던 것이지만 내 눈에 가득 들어오는 것은 내 마음이 꽃처럼 달떠있기 때문이라 생각하며 얼굴을 붉혔단다. 물가에서 놀던 왜가리가 해녀들의 말소리에 놀라 날아오를 때 물을 힘껏 차는 소리, 그 소리에 동그라미를 만드는 물의 무늬도 예사롭게 보이지 않더구나. 전에는 보이지 않았던 것들이 보이고 이 모든 것에 마음을 둘 정도로 샘솟는 정을 주체할 수가 없었단다. 오라버니, 제 마음을 몰라도 괜찮습니다, 바다에 몸을 맡겨 숨비소리가 멀리 퍼질 때도 진석 오라버니 생각만 나더구나."

엄마는 병목현상으로 막혔던 목구멍이 뚫린 것처럼 말을 쏟아냈다.

엄마에게 얼마나 많은 말들이 숨어있던 것일까.

4. '나의 기억' – 귀향

한라산은 구름을 어깨에 두르고 올록볼록한 오름들을 양 팔 가득 품고 있었다. 시퍼런 바다가 그런 한라산의 몸을 탐 내는 것처럼 한라산이 바다로 내달린 흔적들, 용암 바위를 흰 포말로 희롱했다. 나는 코를 한껏 벌름거리며 냄새를 빨아 들였다. 제주에 왔음을 실감하게 하는 냄새였다. 군수 공장 에서 기름 냄새에 찌든 코는 예전에 제주를 떠나기 전 흡입했 던 냄새를 기억해냈다. 젓갈을 희석해 오래 묵힌 것 같은 비 린내였다. 제주와 대판을 오가는 연락선 주위를 갈매기들이 날아다녔다. 까마귀도 고향 까마귀가 반갑다더니 항구까지 따라온 갈매기들이 나의 귀향을 축하해주는 것처럼 보였다.

항구에 도착한 연락선 앞은 마중 나온 사람들과 배에서 내 리는 사람들로 혼잡했지만 나를 마중 나온 사람은 없었다. 오 늘 도착한다고 연락하기에는 시간이 촉박했던 탓이다. 연락했 으면 승기는 모든 일을 내팽개치고 나를 마중 나왔을 것이다. 가방을 고쳐 메며 나는 길을 재촉했다. 오 년 동안의 공장 생 활을 정리했지만 짐은 세월에 비하면 너무나 가벼웠다.

제주의 산천은 내가 가 있는 동안 변하지 않았지만, 읍내는 많이 달라져 있었다. 집들은 더 많아졌고 구경하기 힘들었던 유리문들이 햇살을 받아 반짝였다. 높은 건물도 많이 늘었고 간판과 전봇대가 건물들 사이로 고개를 내밀었다. 돈이나 좀 가진 집들은 집 벽에 백회로 칠을 했고 돌담 사이사이를 시멘트로 바르기도 했다. 흰색 저고리와 검정 치마를 입은 여자들 사이로 양산을 맵시 있게 든 신식 여자가 구두 굽 소리를 날렵하게 날리며 걸었다. 갈중이 옷을 입은 노인을 봤을 때는 어머니가 아닌가 한 번 더 쳐다보기도 했다.

읍내에 있는 작은아버지 댁에 먼저 들릴까 고민하다 날이 어두워지기 전에 고향으로 가는 트럭을 타기로 결심했다. 작은아버지 댁엔 시간을 넉넉하게 잡아 다음에 들릴 작정이었다.

마을 어귀에 들어서자 한가운데 자리 잡은 팽나무가 나를 맞았다. 제주에서는 집 변소 옆에는 감나무를 심었고 마을을 위해선 옛날부터 마을 중앙에 팽나무를 심었다. 그늘을 짙게 드리운 팽나무를 보자 비로소 집에 도착했다는 안도감이 들었다. 나무 아래서 땀을 식히고 있는 나를 어떤 여자가 힐끗 쳐다보고 지나쳐 우리 집 쪽으로 걸어갔다. 그녀는 구덕에 푸성귀를 담고 있었다. 같은 동네 여자이겠지만 도무지 누구인지 알 수가 없었다. 그녀의 뒤를 따라가는 꼴이 된 나는 자꾸 돌아보는 그녀가 낯설었다. 그녀가 옆집의 정낭을 내려놓으면서 나를 다시 쳐다보았다.

"진석 오라방, 나 정옥이우다."

나는 옆집에 사는 계집애 정옥을 생각해냈다. 그녀가 정옥이라고 밝히자 내 기억에서 그녀의 어릴 때 얼굴이 처녀의 얼굴과 겹쳐졌다.

"정옥이구나. 몰라보겠네."

"삼춘이 오라방 잘 지내라고 매일 본향당에 가서 소지 걸어놓고 빌었수다."

정옥은 그 말을 하자마자 획 집 안으로 들어가 버렸다. 정옥은 그동안 혼자 지낸 어머니를 안쓰러워했는지 나를 살갑게 보지 않았다. 본향당은 신당이었다. 동네에서 본향당은 가까운 거리는 아니었다. 까막눈인 어머니가 흰 한지에 소원을 빌고 나뭇가지에 걸어놓는 것이 소지였다. 나는 나뭇가지에 매달려 꽃처럼 흔들리는 소지들을 생각했다.

어머니는 큰절을 올린 내 손을 잡았다. 뼈대가 만져지는 손엔 굴곡이 많았다. 두 아들의 무사 귀향을 빌면서 본향당 옆 오래된 팽나무의 늘어진 가지에 소지를 걸던 손이었다. 까막눈인 어머니가 아들들의 평안을 위해 가슴에 대고 소원을 빌며 나뭇가지에 매단 소지의 흔들림이 있었기에 나는 어머니와 마주 앉을 수 있었다. 그러나 해방이 되어도 형님에게서는 아직 아무 소식이 없고 어머니는 앞으로도 계속 그 손으로 빌고 팽나무에 소지도 계속 걸어놓을 것이다.

"몸 성히 살아 돌아와 줘서 고맙다. 기석이도 무사히 돌아와야 할 텐데."

승기의 편지에서 형님은 계속 소식이 없다는 것을 알고 있었지만 직접 어머니 입을 통해 들으니 혼자 오 년을 묵묵히 견딘 어머니의 세월이 아프게 잡혔다. 어머니 곁에 와서야 내가 맡고자 했던 냄새가 어머니 냄새였음을 알았다. 묵은 젓갈이 희석된 것 같은 어머니 냄새였다. 어머니는 마디가 없어진 내 왼쪽 손을 애써 보지 못하는 척했다.

"양길성 그 개새끼는 어떻게 됐습니까?"

어머니는 내가 경찰서에 갇혔을 때가 생각나는지 이마에 잔뜩 주름을 만들었다.

"해방되니까 동네 사람들한테 못되게 한 짓이 있어서 동네 안에 살지 못하지. 야반도주 했쩌."

양길성의 히죽거리던 웃음소리가 바로 옆에서 들리는 것처럼 아직도 생생했다. 일본 군수 공장에서 일하던 조선 노동자들은 굶어 죽지 않을 만큼의 생활을 위해 공장에서 죽도록 일만 해야 했다. 연락선을 타고 제주에 올 때 내 수중에는 쥐꼬리만큼의 돈밖에 없었다. 내가 없는 사이에 폭삭 늙어버린 어머니를 오래 대면하기가 어려워 나는 급한 볼일이 있는 것처럼 불쑥 일어섰다.

"큰댁에 인사드린 다음 승기한테 가 보겠습니다."

"승기는 지금 네 작은아버지 공장에서 일한다. 가도 없을 거여."

"승기 부모님한테라도 인사드리고 오겠습니다."

작은아버지는 제주 읍내에서 작은 공장을 운영하고 있었다. 승기가 거기에서 일하고 있다는 소리였다. 무리해서라도 작은아버지한테 들렀으면 작은아버지는 물론 승기도 거기에서 볼 수 있었을 터였다. 그러나 만약 내가 읍내에서 승기를 만났으면 거기서 지내느라 어머니 뵙는 걸 며칠 미뤘을 것만 같았다.

큰댁에 인사드리고 나서 나는 승기네 동네를 향해 발걸음을 재촉했다. 승기네 마을에 들어서면 마을 중앙에 있는 공회당에서 바닷가 쪽에 승기의 집이 있었다. 나와 승기는 어렸을 때부터 동네는 달랐지만 어울려 지냈다. 승기는 공부 욕심이 많아 항상 학교에서도 두각을 나타냈고 활자화된 것은 무엇이나 무섭게 읽어댔다. 나는 그런 승기에게 놀자고 보채는 쪽이었다. 학교가 끝나면 우리는 갯바위에서 어랭이와 우럭을 잡았다. 갯밭에서 잡은 갯지렁이를 소금에 절여놓은 걸 미끼로 썼다. 소금에 절여놓으면 갯지렁이가 질겨져서 미끼로 그만이었다. 그렇게 잡은 어랭이와 우럭을 승기 어머니가 간장에 졸여주면 염치불구하고 승기 집에서 저녁 한 끼를 해결하곤 했다. 승기를 생각하자 입가가 저절로 벌어지고 발걸음이 가벼웠다. 승기와는 핏줄 이상으로 서로 당기는 게 있었다. 전생에 서로 부부가 아니었냐고 어른들이 놀릴 정도로 나와 승기는 서로를 아꼈다. 눈빛만 봐도 서로의 기분을 짐작할 정도로 승기와 나 사이에는 친구 이상의 공감이 흘렀다.

승기네 집에는 정낭이 한 개 올려져 있었다. 가까운 데 나가 있고 지금 집에는 아무도 없다는 뜻이었다. 나는 정낭 앞에 앉았다. 구멍이 숭숭 뚫린 현무암을 처음 보는 것처럼 손으로 쓸었다. 올레 초입에서 여자가 걸어오고 있었다. 하얀 저고리에 검정색 치마를 입은 여자였다. 나는 괜스레 마음이 울렁거렸다. 좀 전에 우리 동네에서 정옥이를 보았을 때와는 다른 기분이 들었다. 가까이에서 여자를 마주 바라본 것이 아주 까마득한 옛날 일 같았다. 승기네 동네 여자라면 승기의 안부를 물어볼 수 있을 터인데 마음이 울렁거려서 말을 꺼낼 수가 없었다. 갸름한 얼굴에 코가 곧고 반짝거리는 눈을 가진 여자는 가까이 오자 내 눈길을 피하지 않고 마주 보았다.

"진석 오라방! 저 윤자우다, 윤자."

승기의 어린 누이로만 생각되던 윤자가 지금 내 앞의 여자라는 게 믿기지 않았다. 윤자는 내가 대판에 가 있는 오 년

동안에 처녀가 다 되었고 낭창낭창한 자태에 눈에 확 띄는 용모를 가졌다. 나는 그런 윤자를 어떻게 대해야 할지 몰라 당황했다.

"승기 오라방 만나러 왔구나예? 승기 오라방은 진석 오라방네 작은아버지 공장에서 일해서 지금 읍내에 나가 있수다. 달에 한 번 정도 집에 오니까 조만간 올 거우다. 오라방은 대판에서 언제 온 거마씸?"

"오늘 왔는데 승기 오면 내가 왔다고 전해주라."

나는 자리가 어색해서 말을 홱 내갈기고 발길을 돌렸다.

"진석 오라방, 오랜만이우다. 그동안 어떻게 살고 있을까 많이 궁금하고 걱정했수다."

난 윤자의 말을 돌아선 자세로 들으며 목이 뜨뜻해지는 걸 느꼈다. 승기 부모님은 그동안 건강하셨는지 안부도 묻지 못했지만, 다시 윤자를 부를 수가 없었다. 내가 승기와 같이 공부할 때면 옆에서 공부를 가르쳐 달라던 그 꼬맹이가 윤자였다. 그때까지도 윤자는 승기의 어린 누이로밖에 보이지 않았다. 그러나 내가 어떻게 살고 있는지 걱정했노라니 그 말이 가슴에 턱 얹어지는 것 같은 기분이 들었다. 한 번 더 윤자를 보고 싶었지만 고개를 돌리지 못했다. 막 바다 아래로 떨어지는 해를 보는 척하고 뒤를 돌아보고 싶었지만 열이 오르는 얼굴을 윤자에게 보여주기가 민망했다.

며칠 지나지 않아 승기가 밤에 찾아왔다. 밤이슬에 젖어 바지가 승기의 다리에 엉겨 붙어있었다.

　"날이 밝을 때까지 기다릴 수가 있어야지. 네가 왔다는 윤자 말 듣고 곧장 오는 길이야."

　승기는 가쁜 숨을 몰아쉬었다. 손에는 술병이 쥐어 있었다. 승기는 술병을 내려놓고 내 손을 꽉 잡았다. 그것도 부족한지 내 어깨를 툭 쳤다. 나도 마주 승기의 어깨를 툭 쳤다. '자식' 하며 승기는 내 어깨를 더 세게 쳤다. 나도 승기를 따라 했다. 우리는 웃으며 서로 얼싸안았다. 우리는 떨어져 있는 동안 간헐적으로 오고 간 편지에 쓰지 못했던 얘기들을 안주 삼았다. 나에게서 강상수와 같이 야마다를 처단했다는 얘기를 들은 승기는 놀란 표정이었다.

　"어쩐지 네가 달라졌다는 느낌이 들었는데 이런 것들 때문이었군."

　"작은아버지 공장에서 일한다며? 내일이나 모레쯤 작은아버지한테 인사도 드릴 겸 읍내로 가려 했지."

　"사실은 공장에 일이 없어서 돈 받는 게 미안할 지경이었어. 그래서 아버지 아프다는 핑계 대고 아예 짐 싸고 돌아왔지."

　승기와 나는 서로 궁금했던 것들을 물었고 앞으로의 계획을 잡으며 밤을 지새웠다.

"윤자가 내가 여기 간다고 하니까 내일 날이 밝으면 같이 자기도 데리고 가지 왜 밤에 혼자 가냐며 속상해하던데. 오랜만에 자기 친구 정옥이를 만나겠다고 말이야. 평소에는 혼자서 잘만 다니면서 왜 그런지 모르겠어. 자기가 뭐라고 말이야."

승기는 대수롭지 않게 하는 말 같았지만 내 마음이 다시 울렁거렸다. 윤자가 정옥이를 핑계로 나를 보러오려 했구나. 지는 해를 뒤에 안고 꽃처럼 서 있던 윤자의 모습이 다시 눈앞에 아른거렸다.

저녁에 마을 공회당에서 인민위원회 회의가 있다하여 참석한 자리에서 양길성을 보았다. 해방을 맞아 인민위원회가 동네마다 자치기구 역할을 하고 있을 때였다. 공회당 마당에는 마을 사람들이 많이 모여 있었다. 팽나무 앞에 위원장이 서 있고 순사 앞잡이였던 양길성이 묶인 채 꿇려 앉혀졌다. 희미한 등이 마을 사람들의 그림자를 너울거리게 만들었고 그림자 위로 흥분의 열기가 솟아났다.

인민위원장이 말을 꺼냈다.

"오늘 이렇게 모인 것은 도망갔던 양길성을 붙잡게 돼서 여러분들의 고견을 듣고자 함입니다."

"저 새끼, 위원장이 독립운동 한다고 위원장 부모를 모두 고문으로 죽인 놈인데 우리한테 물어보고 말고 할 게 뭐 있습니까, 똑같이 목숨으로 갚아야 합니다."

위원장의 친척 되는 김 씨 아저씨가 일어서서 양길성을 향해 삿대질했다. 지금의 위원장은 독립투사였고 위원장 부모는 아들의 행방을 대라는 고문을 받다가 죽었다. 양길성은 그 외에도 마을 사람들에게 심하게 했기에 양길성을 마을 사람들 가운데 던져주면 금방 갈가리 찢길 형세였다. 인자 누님을 음해했던 양길성을 보는 용석은 주먹을 부르르 떨었다.

"맞아, 그놈은 죽여야지. 죽여라, 죽여!"

양길성은 잔뜩 움츠려 떨었다. 양길성은 일본의 지배가 하루 아침에 끝날 줄 몰랐을 것이다. 어려서부터 아버지 없이 자랐다고 자신을 깔보고 놀리고 비웃던 마을 사람들이 자신 앞에서 벌벌 떠는 것이 좋았고, 일본 순사가 자신을 믿고 마을 일을 처리하게 하는 데 자부심을 느끼기도 했을 것이다. 코를 풀 때 자기 손을 대기 싫어 일본 순사가 양길성에게 일을 맡긴 것이었지만 양길성은 열성적으로 일본에 충성했다.

"동족을 죽인다면 우리가 일본과 다를 게 뭐 있겠습니까, 자신의 죄를 모르는 사람을 죽이는 건 아무 의미가 없습니다."

여러 말이 오고 가다가 위원장의 중재로 마을 회의는 끝이 났다. 양길성을 진심으로 뉘우치게 하고 석방한다는 결론이 내려졌다. 위원장이 말했다.

"앞으로는 죄짓지 말고 새 나라에 새로운 일꾼이 되게."

"잘못했수다, 죽을죄를 졌수다. 살려줍써."

양길성은 두 손을 싹싹 비비며 큰소리로 외쳤다. 사죄의 절을 하며 머리를 바닥에 쿵쿵 찧기도 했다. 양길성의 이마에 피가 배었다. 위원장이 양길성을 묶고 있던 밧줄을 풀었다. 양길성은 눈물을 흘리며 뻣뻣해진 무릎으로 간신히 섰다.

"저 지독한 놈이 눈물을 다 흘리네."

김 씨 아저씨가 말했다. 그러나 나는 양길성의 부르르 떠는 몸과 달리 이글거리는 눈동자만 눈에 들어왔다. 위원장이 앞으로는 죄를 짓지 말고 살라며 어깨를 두드리기가 무섭게 양길성은 도망쳐 어둠 속으로 사라졌다.

"형, 저놈 쫓아가서 해치워 버립시다."

용석이 당장이라도 달려나갈 태세를 취하자 내가 용석을 잡았다. 나는 양길성을 찾기만 하면 내 손으로 모가지를 잡아 죽여 버릴 생각이었지만 살려달라고 이마를 땅바닥에 찧으며 피를 흘리는 그를 보자 그도 어쩔 수 없이 불쌍한 사람이구나 하는 마음이 앞섰다. 또한 마을 회의에서 결정된 사항을 엎고 양길성을 죽이는 것도 꺼려지는 일이었다. 그러나 도망가던 양길성이 멈춰 서서 이쪽을 노려보는 것을 나는 보았다. 불을 뿜는 눈이 아무래도 마음에 걸렸다.

자치대가 생기기 전에는 일본 앞잡이였던 사람들이 동네

청년들에 의해 사사로이 죽임을 당하는 일이 많았다. 징용과 징병에서 돌아온 사람들이 일제 협력자들을 집단폭행하는 일도 끊이지 않았다. 그러나 동족 간에 살인이 일어나는 혼란을 막아보자는 자치대의 노력으로 제주에서는 다른 곳보다 사망자 수가 적었다. 양길성에게는 운이 좋은 일이었다. 그러나 그것이 나에게는 일생의 독이 되고 말았다. 그때 양길성을 뒤쫓아 가서 야마다를 죽였던 것처럼 아무도 모르게 해치워 버렸으면 내 삶은 달라졌을지도 모른다.

시간이 지날수록 어머니가 차린 밥상 앞이 가시방석처럼 느껴졌다. 객지 생활하다 돌아온 아들에게 따뜻한 밥을 챙겨 주고 싶은 어머니 마음과는 별도로 밥상은 초라하기 그지없었다. 조가 가득 들고 드문드문 보리쌀이 점점이 박힌 밥 안에는 톳도 반 이상을 차지했다. 일본에 있을 때 적은 양일지라도 쌀밥을 먹었던 나는 제주의 식량 사정이 해방 전과 별다를 게 없거나 더 나빠졌다고 느꼈다. 그렇다고 해서 내가 일본에서 먹었던 쌀밥을 그리워하는 것은 아니었다.

"이 쌀밥이 우리 조선을 쥐어짜서 만들어진 쌀밥이오. 우리 조선 사람들은 쌀밥을 구경하기 힘들지만, 우리 조선 땅에서 수확한 곡식이 대부분 이 일본 땅으로 흘러왔소."

공장 파업을 주도했던 강상수가 급식소에서 적은 양이나마 쌀밥을 먹을 때 하던 이야기였다. 해방 전에는 수확한 곡식을 공출로 거의 뺏겨서 배고팠지만 지금 밥상의 초라함은 나로 인한 결과 같아 마음이 쓰렸다. 일본에서 돌아올 때 돈을 많이 벌어 어머니를 호강시켜드리자는 나 자신과의 약속은 지키지 못했고 건강하고 젊은 몸뚱이를 부려 일할 곳도 찾을 수가 없었다. 작은아버지 공장에서 일하던 승기도 공장에 일이 없어서 집에 돌아온 처지였다. 일이 없어서 승기가 돌아왔는데 내가 그 자리에 다시 들어갈 수도 없는 노릇이었다. 아는 사람들에게 취직을 부탁했지만, 취직은 되지 않았고 동네에도 놀고 있는 청년이 부지기수였다.

군정 실시가 선포되었고 몇 년째 흉년이 계속되었다. 햇빛은 대지를 불태우고 농부들이 피와 땀으로 길러낸 곡식을 말려 죽였다. 습기 한 점 없는 대기에는 불 띠가 둥그렇게 똬리를 튼 것 같았다.

어머니의 밭일을 도와주기 위해서 같이 나섰다. 보리의 누런 물결이 바람을 타고 출렁거렸다. 가뭄으로 지난해의 반타작이 될까 말까 한 수확물밖에 기대할 수 없었다. 보리 꼬시락이 옷 속을 파고들어 생살을 할퀴어 놓았다. 나는 보리를 베면서 온갖 밭일을 혼자 해냈을 어머니의 흰 등이 새삼 눈에 밟혔다.

"어머니, 노래 하나 해봅써."

"갑자기 무슨 노래허랜햄시."

"해봅써게, 그래야 덜 힘들 거 아니꽈."

"알았다, 재촉하지 말라, 너녕나녕 두리둥실 놀고요, 밤이 밤이나 낮이낮이나 쌍사랑이로구나, 아침에 우는 새 배가 고파 울고요, 저녁에 우는 새 임 그려 운다, 너냥나냥 두리둥실 놀고요, 밤이 밤이라 낮이 낮이나 쌍사랑이로구나."

어머니의 민요가 끊어지는 듯 이어지는 듯 사붓사붓 들려왔다. 쌍사랑이라는 민요 가사에 윤자 얼굴이 떠올랐다. 윤자에게 내가 가당키나 할까. 모아놓은 돈도 없고 왼쪽 손이 온전치 않은 것도 마음에 걸렸다. 절로 한숨이 새어 나왔다.

어머니는 계속 흥얼흥얼 민요를 불렀다. 집안을 이끌어오느라 어머니는 억세졌다. 내가 어렸을 때였다. 간밤에 태풍이 불어 마당 앞 멀구슬 나뭇가지가 부러지는 소리가 들렸다. 뒷날 어머니는 날이 밝기도 전에 밭에 나가 무너진 돌담을 혼자 다 정리했다. 그 날 어머니의 손엔 날카로운 갈고리가 지나간 것처럼 돌에 찢긴 상처들이 생겨 있었다.

어머니는 맨발에 검정 고무신을 꿰찼다. 내가 본 어머니의 씻은 발은 뒤꿈치가 온통 갈라져 있었다. 발바닥이 물이 말라버린 연못 바닥처럼 쩍쩍 벌어져 살이 보였다. 그럴 때면 애써 시선을 외면하곤 했다. 그런 발에 검정 고무신을 신은 어머니가 쭉정이 같은 보리들을 베고 있었다.

보리 수확은 얼마 되지 않았다. 그럼에도 불구하고 미군정은 정해놓은 공출을 강요했다. 동네 지형이나 사정을 생각하지 않고 일률적으로 공출을 했기 때문에 공출을 많이 낼 수 없는 동네에서는 원성이 쌓여갔다. 그런데도 동네마다 할당량을 다 채우라고 독촉하는 미곡수집 관리인들은 막무가내였다.

"할당량이 있는데 이렇게 미곡이 없다고 발뺌하면 재미없습니다."

"없는 걸 없다고 하는데 할당량만 채우라면 어떡하자는 거요?"

공회당 마당은 미곡수집 관리와 동네 사람들의 언성이 오갔다.

"미곡 수집령 전에 미곡을 팔아버린 집도 많고 비록 미곡이 있다고 해도 미곡 있는 집들이 시장보다 낮은 이 터무니없는 가격에 내놓으려 하겠습니까?"

옆에서 듣던 나도 미곡수집 관리들의 억지에 화가 나서 한마디 안 할 수가 없었다. 그때 경찰들을 태운 차가 공회당 앞에 섰다. 경찰들이 차에서 내리는데 한 경찰이 경찰 모자를 벗었다. 머리에 머릿기름을 잔뜩 바른 사람이 마을 사람들 앞에 섰다. 나는 내 눈을 의심했다. 그 남자는 양길성이 틀림없었다. 양길성이 어깨에 잔뜩 힘을 준 채 말을 시부렁거리고 있었다.

"지금 들어보니 우리 미곡 수집원들이 애로사항이 많은 걸로 압니다. 내가 높은 분들한테는 우리 마을이 잘 협조할 것이라 말을 드렸으니 더 시끄러워지기 전에 집에 숨겨 놓은 양곡들 내어옵서들. 저는 제 직분을 걸고 우리 동네의 발전과 안정을 위해 발 벗고 나서는 겁니다."

양길성의 말이 뱀의 혓바닥에서 짜내는 독 같았다. 동네 사람들 몇이 마지못해 달구지를 끌고 집으로 향했다. 양길성이 해코지를 하면 어떤 꼴이 나는지 익히 경험했던 동네 사람들은 낮게 욕설을 퍼부으며 집에 숨겨 놓았던 양곡들을 실어왔다.

나는 헛것을 보고 있는 것만 같았다. 시대가 바뀌었는데도 양길성이 어떻게 저렇게 떳떳하게 활보할 수 있단 말인가. 동네 사람들 앞에서 잘못했다고 머리를 조아리던 양길성이었다. 목숨을 구걸해야 했던 양길성은 경찰이 되어 거들먹거렸다. 양길성이 내 쪽으로 걸어왔다.

"일본에서 언제 돌아왔냐? 괜히 앞에 나서서 설치고 돌아다니지는 말라. 조용히 살면 별 탈은 없을 거다."

양길성은 내가 인민위원회 회의 때 살려달라고 머리를 조아리던 그를 봤다는 것을 모르는 것 같았다. 그때 나를 봤더라도 못 본 척하는 것이 그에게는 자존심을 세우는 일이었을 것이다.

　나는 대답하지 않고 양길성 앞에 침을 찍 갈겼다. 양길성이 예전의 그 양길성이 아니라면 나 또한 예전의 그 고진석이 아니었다.

5. 사랑의 인사

좁은 골목을 계속 올라가서야 사찰이 보였다. 골목 주변엔 기념품을 파는 조그마한 가게들이 밀집해 있었다. 청수사는 처마가 온통 붉었다. 역사가 깊은 사찰답게 사찰 지붕은 검푸른 이끼로 덮여 있었다. 사찰 안엔 단체 관광객들이 가이드의 빨간 깃발을 보면서 움직이는 모습이 보였다. 한편에선 오케스트라가 클래식을 연주했다. 관광객들이 연주자들을 빙 둘러섰다. 사찰의 고즈넉함과 주변의 푸른 숲과 음악이 어우러지고 있었다.

"클래식 음악이 이런 데서도 잘 어울릴 줄은 몰랐어요."

나는 흥에 겨워서 저절로 나온 행동처럼 보이길 바라며 신지에게 팔짱을 꼈다. 신지의 갑자기 굳어진 몸이 느껴져 나는 팔짱을 꼈던 손을 슬그머니 뺐다. 나는 가방을 고쳐 멨고 흘러내리지도 않은 머리카락을 쓸어 올리고 안경도 올려 썼다. 한 번 어색해진 손은 내 손이 아닌 것처럼 몸에서 겉도는 것 같았다.

엘가의 '사랑의 인사'가 연주되기 시작했다. 바이올린과 첼로의 선율이 흘렀다. 지휘자의 손이 바이올린을 가리키고 바이올린 합주에 이어 독주가 부드럽게 이어졌다. 엘가가 사랑하는 부인에게 헌정했다는 곡은 가까이 있는 사람들끼리 더 친밀하게 끌어당기는 것 같았다. 서로 마주 보며 웃음 짓는 사람들이 보였다. 사랑의 선율은 나만 제외해둔 채 사람들 사이를 날아다니며 부드러운 솜으로 물감을 칠하듯이 사랑의 기운을 주위에 바르고 있었다. 벤치에 앉은 엄마도 눈을 지그시 감았다. 연주가 끝나자 무대 앞으로 빙 둘러섰던 사람들이 환호하며 손뼉을 쳤다.

신지와 엄마가 나란히 걸었다. 자연스럽게 생겨난 구도였다. 작은 키에 아담한 엄마와 마른 체형의 키 큰 신지의 뒷모습은 외형에선 불협화음이었지만 태고부터 어떤 예언에 둘이 이 시간에 같이 걸어야 할 운명이었던 것처럼 자연스러워 보이기도 했다. 둘의 뒷모습을 찍었다. 옆으로 단체관광객이 줄지어 지나갔다. 빨간 베레모에 빨간 유니폼을 맵시 있게 입은 여자 안내원이 빨간 깃발을 위로 올렸다. 따라왔던 관광객들이 걸음을 멈췄다. 쇠기둥이 앞에 놓여있었다. 쇠기둥 위쪽엔 큰 쇠고리 안에 작은 쇠고리 두 개가 장식처럼 매달렸다. 안내원이 빨간 입술을 열었다 닫았다 하며 쇠기둥을 가리켰다. 관광객 중 한 아저씨가 나가서 쇠기둥을 두 손으로 안아서 힘을 썼지만 한 걸음 정도 옮기고 포기했다. 가벼운 웃음소리와 감탄사 같은 말들이 들렸다.

"저 쇠기둥이 이 절 주지가 들고 다니던 지팡이였다고 합니다."

신지가 궁금해하는 내 얼굴을 읽은 모양이었다. 단체 관광객들이 안내원을 따라 가버리자 나는 쇠기둥을 양손으로 힘껏 잡았다. 힘을 줬지만 쇠기둥은 움찔하다가 그만이었다. 힘쓰느라 빨갛게 된 내 얼굴을 보고 신지가 웃었다. 한국에 돌아가면 단청이 없는 청수사의 처마라든가 전체적으로 붉게 보이던 사찰의 모습은 시간이 지나면 사진 속에만 갇히겠지만 신지의 웃음은 잊히지 않을 것 같았다.

엄마가 일본을 떠나기 전에 고진석 씨를 한 번 더 보겠다는 말을 했기 때문에 신지는 다시 호텔로 우리를 데리러 온다고 전화를 해왔다. 다음 날 아침이면 엄마와 난 한국에 돌아가기 위해 공항에 가야 했다. 사박 오일 일정은 짧아서 일본을 둘러볼 마지막 날이었다. 신지와 짧은 대화를 하면서도 평소보다 한 옥타브 높았던 내 목소리가 떠올라 괜히 얼굴이 붉어졌다.

엄마는 외출을 서둘렀다. 잘 하지 않던 화장을 하고 립스틱도 발랐다. 고진석 씨를 마지막 보게 되는 길이라 엄마는 예쁘게 치장하고 싶은 모양이었다. 비록 고진석 씨가 엄마를 알아보지 못해도 엄마는 고진석 씨가 젊은 날 알던 그 사랑스럽고 아름다운 여인이 되고 싶을 것이다. 나는 핑크색 펄을 화장 솔에 묻혀서 엄마 볼에 발랐다. 엄마는 남사스럽게 그 건 왜 바르냐고 말을 하면서도 나를 제지하지는 않았다. 엄마 얼굴에 그려 넣은 홍조는 저녁놀에 물든 하늘처럼 고요해 보 이면서도 용암을 가둔 것처럼 뜨거워 보였다.

"나 같지 않구나."

빨갛게 들뜬 입술로 엄마가 말했다.

차는 삼 일 전에 달렸던 숲길을 천천히 달렸다. 길 양옆으 로 삼나무가 쭉쭉 뻗어있고 삼나무 앞에 잡목들이 삼나무가 벗어놓은 치마처럼 엎드려 있었다. 열어놓은 창으로 늦가을의 햇살이 쏟아졌다.

신지는 겨자색 셔츠가 잘 어울렸다. 아직 신지가 결혼은 했 는지, 결혼했다면 부인은 잦은 외출에 뭐라 하지는 않는지, 아이들은 몇인지, 그에 대해 궁금한 것은 많아도 아는 게 하 나도 없었다. 한 남자에 대해 한꺼번에 많은 것이 궁금한 적 이 없었는데 신지는 많은 것을 궁금하게 만들고 있었다. 사 회생활 하면서 여러 남자를 만나기도 하고 몇 명과는 교제도 했지만 일만큼 신나는 게 없었다. 남자들은 조금만 친해지면 이래라, 저래라, 이런 스타일의 옷은 입어라, 입지 말아라, 간 섭했다. 영혼의 울림이 있던 남자도 교제 기간이 쌓여갈수록 자신은 자유로운 영혼이길 원하면서 나의 영혼을 가둬놓으려 했다. 남자를 만나고 사귀는 일이 피곤했다. 친구들이 하나, 둘 결혼하여도 조바심 같은 건 일지 않았다.

신지는 엄마가 죽기 전에 만나고 싶어 한 옛 연인의 아들일 뿐이었다. 신지가 나랑 무슨 상관이란 말인가. 그러나 그가 혼자였으면 하는 마음이 자꾸 일었다. 신지를 보고 있으면 맞춤한 옷을 입은 것처럼 편안했고 어느새 내 몸의 모든 촉수가 그를 향했다.

삼 일 전에 찾아왔을 때 고진석 씨를 처음 만난다는 긴장으로 주위를 둘러볼 정신이 없었던지 엄마는 찬찬히 주위를 돌아보았다. 다시 찾아온 요양원은 나에게도 숨어있던 여러 부분을 보여줬다. 담을 쌓지 않고 하얀색 나무 울타리로 경계를 지었고 작은 산을 옮겨놓은 것처럼 정원이 꾸며져 있었다. 연못에는 여러 색깔의 잉어들이 유유히 헤엄쳤다.

신지는 엄마와 나를 정원에서 기다리라고 하고 요양원 안으로 들어갔다. 잠시 후 신지는 휠체어에 탄 고진석 씨를 모시고 나왔다. 투명한 햇살 속에서 고진석 씨의 검버섯은 더 도드라져 보였고 듬성듬성한 머리카락은 더 힘이 없고 부스스해 보였다. 고진석 씨는 밖으로 나온 게 좋은지 우리를 향해 웃어 보였다. 그 웃음은 자신을 보는 사람에게서 꼭 웃음의 화답을 받아내겠다는 것처럼 집요했다. 입을 계속 벌리고 있었기 때문에 입술 한가운데서 침이 뚝 떨어졌다. 고진석 씨는 떨어진 침을 바라봤고 이내 무표정으로 돌아갔다.

엄마는 신지에게서 휠체어를 넘겨받은 뒤에 휠체어를 밀며 정원 주위를 천천히 돌았다. 거리가 가까워졌다가 멀어졌다 하면서 엄마가 고진석 씨에게 하는 말들이 가까워졌다가 멀어지곤 했다. 엄마는 녹음할 때 얘기했던 것들을 다시 고진석 씨에게 얘기하고 있었다. 고진석 씨가 오면 주려고 찐 감자를 몰래 숨겨 놓았었다는 말을 하면서 엄마는 소리 내 웃었다. 엄마는 고진석 씨의 닫힌 기억의 서랍 앞에서 계속 서성이고 있었다.

"엄마한테는 아직 신지 씨 아버지 자서전 얘기 못 했어요. 한국에 돌아가면 천천히 하려고요. 그동안 고마웠어요."

내 발에 밟힌 나뭇가지가 뚝 부러졌다. 그 소리에 놀란 잉어들이 다른 쪽으로 몰려가면서 신지의 물그림자를 흩뜨려놓았다.

"아닙니다. 아버지는 이모님과 혜수 씨를 만난 걸 기억하지 못하겠지만 만약 정신이 있다면 이모님과 혜수 씨에게 고마워했을 겁니다. 내일은 공항에 나가지 못합니다. 안녕히 돌아가시기 바랍니다."

당연히 신지가 엄마와 나를 배웅해야 하는데 안 하는 것처럼 서운한 마음이 들었다. 그런 마음을 들키지 않도록 일부러 엄마가 움직이는 동선에 시선을 고정했다. 엄마가 휠체어를 밀면서 연못 방향으로 다가오고 있었다.

"진석 오라방, 저 애가 내 딸 혜수우다. 저 애 오라비는 오래전에 죽어부렀수다. 심성이 참 고운 애였는데. 그 애는 몇 정거장 걸어 차비를 아껴서 어버이날에 선물도 꼬박꼬박 챙겨주는 정이 많은 애였수다. 내 속에서 나왔다고 믿을 수 없을 만큼 남에게 퍼주는 걸 왜 그렇게 좋아하는지."

엄마는 고진석 씨에게 나를 거론해놓고 나머지는 오빠 이야기를 했다. 엄마가 수술을 마다하는 건 저 하늘에 갔을 때 오빠를 만날 수 있기 때문인지도 모른다. 다른 집은 딸이 엄마와 친구처럼 지낸다고 하지만 우리 집은 오빠가 엄마와 친구처럼 지냈다. 선 머슴애 같은 나는 친구들과 바깥으로 나도는 걸 좋아했고 오빠는 집에서 조용히 책을 읽고 사색하는 걸 더 좋아했다. 엄마가 무슨 내용이냐고 물어보면 오빠는 실감 나게 얘기할 줄도 알았다. 나는 주말이면 아침도 거르고 숨 가쁘게 나갔다가 겨우 아버지가 정해놓은 통금시간 전에 들어왔고, 도통 외출을 하지 않는 엄마와 오빠는 그렇게 둘만의 교감의 시간을 나눠 가졌다.

오빠가 등반사고로 죽었을 때 엄마는 병원 영안실에서 쓴 물을 토해냈다. 게워내고 게워내 더는 몸 안에서 게워낼 게 없어졌을 때 엄마는 축 늘어지고 말았다.

아버지와 엄마, 두 분은 애틋하게 다정한 모습을 나에게 보인 적이 없었다. 친구네 집에 놀러 가면 다른 부모들도 모두 우리 부모와 마찬가지로 겉도는 타인들처럼 보였기 때문에 그것이 특별히 이상하다고 생각하지는 않았다. 아버지가 돌아가셨을 때 엄마는 슬프기보다는 화가 난 사람처럼 보였다. 그런데도 엄마는 거의 식사를 하지 못했다. 장례가 다 끝났을 때 엄마의 눈은 동굴처럼 휑했다. 그 후의 엄마의 세월은 나 때문에 버티는 것처럼 보여 조마조마했다.

엄마의 많은 얘기를 듣고도 기억의 서랍을 열지 못하는 고진석 씨는 꾸벅꾸벅 졸기 시작했다. 나무 사이로 비집고 들어오는 햇살이 고진석 씨가 흘리는 침을 비추고 있었다. 엄마는 아주 당연하다는 듯이 손으로 고진석 씨의 침을 닦아 치마에 비볐다. 엄마들이 아이의 침을 닦아주는 것처럼 그 동작은 너무나 자연스러웠다.

"이모님, 이제 들어가도 되겠습니까?"

엄마가 고개를 끄덕이자 신지가 휠체어 손잡이를 넘겨받았다. 신지가 휠체어를 건물 안으로 밀고 들어가기 시작했다. 엄마는 이 세상 마지막이 될 고진석 씨의 뒷모습을 눈에 돋을새김이라도 할 것처럼 쳐다보았다. 막 휠체어가 건물 안으로 들어가기 전에 엄마가 달려나갔다.

"진석 오라방, 나 오라방한테 죽기 전에 미안하다는 말을 하려고 왔수다. 다 이해해마씨. 나 오라방 마음 다 알아마씨."

신지가 걸음을 멈췄다. 고진석 씨는 이미 깊은 잠에 빠져 있는지 고개가 푹 꺾였다. 신지가 엄마에게 더 할 말이 남았냐는 표정으로 쳐다보자 엄마는 고개를 젓고 뒤돌아섰다. 엄마의 발걸음이 허공을 짚는 것처럼 위태로워 보였다.

고진석 씨와 엄마는 만나기는 한 걸까. 상대방을 만난다는 의식이 없는 사람과 얼굴을 맞대었다고 해서 그것이 만남이 될 수 있을까.

엄마가 왜 고진석 씨를 꼭 만나야 했는지, 왜 헤어지기 바로 직전에 미안하다고 말해야 했는지 나는 알 수 없었다. 드라마나 영화에서 볼 수 있는 빤한 이야기처럼 두 분이 사랑하는 사이였지만 어쩔 수 없이 헤어진 것이라고 짐작만 할 수 있을 뿐이었다.

호텔에 도착했을 때는 어스름이 내렸다. 엄마는 먼 길까지 고생했으니 신지에게 저녁을 먹고 가라고 붙잡았다.

"엄마, 신지 씨도 볼일이 있을 텐데 계속 붙잡아두면 어떻게 해?"

엄마가 붙잡지 않았으면 어떤 이유를 대서라도 내가 신지를 붙잡고 싶었다. 그 마음을 들킬까 괜히 엄마에게 타박했다. 신지는 대답하기 전에 잠깐 전화 좀 하고 오겠다며 자리를 피했다.

"신지 볼 때마다 지민이가 생각나는구나."

엄마의 말을 듣자 오빠와 신지가 많이 닮았다는 사실을 내가 애써 외면한 게 아닌가 하는 생각이 들었다. 큰 키와 호리호리한 몸매뿐만이 아니라 둘은 풍기는 분위기도 비슷했다. 남을 위하는 배려의 자세와 조용한 몸가짐, 깊은 눈매까지 둘은 닮았다.

오빠의 죽음은 느닷없었다. 대학을 졸업하고 모 일간지의 기자로 들어간 오빠는 몇 년 후에 싸늘한 시신으로 병원 영안실에 누웠다. 평소 등산을 즐기지도 않을 뿐더러 그즈음엔 신문사 일로 바쁘다며 집에는 일주일에 한 번 정도 들어오기 일쑤였다. 그런 오빠가 산에서 실족사했다는 믿을 수 없는 설명을 들으며 엄마는 까무룩 무너져 내렸다. 퇴직했지만 경찰 간부였다는 지위와 연줄을 이용해 오빠의 석연치 않은 죽음을 캐던 아버지는 언제부터인가 입을 닫아버렸고 엄마와 내가 오빠 이야기를 하면 불같이 화를 냈다.

오빠의 장례식을 치르고 나서 오빠 방에 들어간 적이 있었다. 친구들과 밤늦게까지 술 마시면서 어울리다 돌아온 날이었다. 오빠가 이 세상에 부재한다는 것을 깜박한 채 오빠 방문을 열었다. 내가 왈칵 방문을 열면 스탠드 밑에서 책을 읽고 있던 오빠는 깜짝 놀라 뒤돌아보곤 했다. 그러나 '지민 오빠'하고 부르기도 전에 깊은 어둠이 도사리고 있다가 나를 노려봤다. 불을 켜고 빈방을 보고 나서야 오빠의 부재가 실감 났다. 어쩐 일인지 방은 오빠 스스로 정리했다고 보기에는 너무 어설프게 흔적들이 지워져 있었다. 오빠가 쓰던 가구라든가, 옷들은 엄마가 차마 치우지 못해서 그대로였지만 오빠의 꽉 찼던 책꽂이는 듬성듬성했다. 나는 오빠의 책상 서랍을 열어보았다. 오빠의 책상 맨 아래 서랍에 있던 것들이 없어진 걸 보자 오빠를 누가 지운 것만 같았다. 그 서랍을 오빠는 '영혼의 집합소'라 불렀다. 오빠의 일기장은 물론, 지인에게서 받은 편지들, 글로 꽉 찬 메모 수첩들이 들어있었다. 오빠가 가장 아끼던 것은 상자 안에 들어있던 수빈 언니의 펜팔 편지들이었다. 오빠는 고등학생 때부터 광주에 사는 수빈 언니와 펜팔을 했고 그것은 십 년 넘게 계속 이어졌다. 수빈 언니는 서울에 있는 대학에 올라올 실력이 되었지만, 집안 사정상 그냥 광주에서 대학을 다닐 거라고 말할 때 오빠 얼굴은 실망으로 가득했다. 나는 오빠와 수빈 언니가 편지만 주고받는 게 아니라 결혼을 전제로 주기적인 만남도 갖고 있다고 확신하기도 했다. 두 연인은 유달리 편지 쓰는 것을 좋아했고 내가 먼저 집에 돌아와 수빈 언니 편지를 받게 된 날은 오빠에게서 용돈을 갈취한 후에야 내가 편지를 건네주고는 했다.

어느 날, 편지함에서 편지를 발견한 나는 어떻게 또 오빠를 골려 먹을까 싱긋 웃으며 편지를 집어 들었다. 오빠가 직장을 다니니까 크게 한턱 뜯어내리라 작정했다. 그러나 그것은 수빈 언니의 편지가 아니었다. 오빠가 광주로 수빈 언니에게 보낸 편지였다. 편지 봉투 위에는 수취인 불명이라고 적힌 게 아니라 광주로 편지가 들어갈 수 없다는 내용이 적혀져 있었다. 나는 웃음기를 거두고 그 편지를 오빠 책상 위에 올려놓았다. 그런 편지는 몇 번 더 도착했고 신문사 일이 바쁘다는 오빠는 얼굴을 보기가 힘들었다.

수빈 언니의 편지들과 반송된 편지들이 들어있던 상자도 흔적 없이 치워져 있었다. 엄마는 오빠가 그 방에 없다는 걸 확인하게 될까 봐 오빠 방도 열어보지 못하는 사람이었다. 결국 '영혼의 집합소'를 건드릴 사람은 아버지밖에 없었지만 나는 아무것도 묻지 않았다.

호텔 로비 밖에서 전화 통화를 끝낸 신지가 구하지 못했던 콘서트 입장권을 받은 사람처럼 활짝 편 얼굴로 들어왔다. 그 얼굴은 저녁 시간을 같이 편안히 보내도 된다는 신호였다.

신지는 부인에게 전화로 이쪽 사정을 설명했을까.

신지가 기혼인지, 미혼인지조차 모르는 상황에서도 내 상상력은 가장 최악의 설정을 했다. 그것은 마치 실망을 최소화하기 위해서 미리 준비하는 것과 같았다.

엄마는 잠시 객실에 갔다 오겠다며 신지와 나에게 로비에서 기다리라고 했다. 엄마는 엘리베이터 앞에서 주춤하다 안으로 들어갔다. 엄마의 버릇이었다. 지나치게 몸을 밀착시킨 두 남녀가 프론트에서 체크인을 하고 있었다. 남자의 손은 이미 여자를 더듬고 있었다. 민망하여 고개를 돌렸다.

"엄마가 신지 씨를 참 좋아해서 끝까지 놔주지 않네요."

"아닙니다. 이모님을 잘 모시라고 어머니가 말했습니다."

이모님과 어머니. 난 한순간 그것이 한 사람이 아니라 두 사람이란 것에 혼동이 왔다. 지금까지 신지의 친어머니, 고진석 씨의 부인을 생각하지 못했다. 고진석 씨 부인의 존재를 무시해왔다는 생각에 갑자기 엄마와 나의 일본 방문이 이기적인 행동인 것만 같았다.

주방을 빙 둘러싼 회전 벨트 위에 화려한 색깔의 초밥들이 다양한 접시 위에 놓여 천천히 돌았다. 요리사들의 허리 부근에서 돌아가는 회전 벨트는 요리사들이 빚어놓은 초밥들을 날랐다.

"나도 한 잔 주게나."

엄마가 신지에게 사케를 청했다. 신지가 잔을 하나 더 마련해 엄마에게 사케를 따라줬다.

"엄마는 환자잖아."

놀라서 입을 벌린 나를 상관하지 않고 신지와 엄마는 나란히 사케 잔을 비웠다. 나는 불안한 시선으로 엄마를 바라봤다.

엄마는 평소에 술을 마시지 않았다. 그런 엄마가 사케를 마시는 것을 보면서 예전에 봤던 영화를 생각했다. 젊은 여자주인공이 시한부 인생을 선고받고 자신의 삶이 무엇인가 물어보던 영화였다. 그녀의 삶은 눈코 뜰 새 없이 바쁜 것이었다. 출근 시간도 아까워 차 안에서 외국어를 배운다고 큰소리로 따라 했으며 가정생활과 육아에도 완벽했다. 그러나 그녀의 표정에는 생기가 없었다. 그녀는 시한부 판정을 받은 후 남은 시간 동안 평소의 자신이라면 결코 하지 않았을 행동을 했다. 그녀는 가족들의 걱정에도 불구하고 가고 싶었던 곳으로 혼자 여행을 떠났고 낯선 남자를 만나 짧은 사랑도 나눴다. 꼭꼭 눌러놓았던 자신을 자유롭게 풀어놓았다. 그녀는 여행에서 돌아와 미래에 자신이 함께 있지 못할 아이들의 매년 생일 메시지를 남겼다. 크는 아이들을 상상하며 해마다 다른 내용을 녹음하는 장면에서 나는 울었던 것 같다.

난 엄마가 사케 마시는 걸 말리지 않았고 두 잔의 사케는 엄마의 얼굴을 붉게 물들이고 있었다.

"혜수야, 엄마 죽으면 제주에 묻어다오. 내 살던 동네가 내려다보이는 곳에 묻힐 자리는 다 마련해놨다."

엄마는 술기운인지 어렵게 생각했던 말을 꺼내는 것 같았다. 그러나 나는 아버지 옆이 아니라 제주에 묻어달라는 엄마의 말에 그다지 놀라지 않았다. 수술을 마다하고 고진석 씨를 만나고 싶다고 했을 때부터 엄마는 내가 알던 예전의 엄마와 많이 달랐기 때문이다.

"술 마셔서 어지럽구나. 신지, 이건 내 고마움의 표시니까 받아줬으면 좋겠구나."

엄마는 손가방에서 봉투를 꺼냈다. 엄마는 초밥집에 가기 전에 객실에 올라가 신지에게 사례하기 위해서 돈 봉투를 챙긴 것 같았다.

"이모님, 안 됩니다. 받을 수 없습니다. 아버지도 원치 않을 겁니다."

신지는 자신이 베푼 친절이 금액으로 환산된 데 대해 당황하는 것 같았다. 엄마 손에서 신지 손으로 왔다 갔다 하던 봉투는 내 손 안에 들어왔다. 굳이 받지 않겠다면 한국에 돌아가서 신지에게 선물을 보내든가 하자고 엄마를 설득했다.

신지가 택시를 잡았다. 택시는 호텔 앞에 멈췄고 난 신지가 엄마와 나만 내려준 후 가버릴까 조급해졌다. 신지에 대해 어떤 궁금증도 하나 해결하지 못한 채 영영 헤어지기가 싫었다. 내 마음이 읽힌 것처럼 신지는 같이 내렸고 택시는 멀어져갔다.

"안녕히 돌아가십시오. 내일 공항에 배웅하지 못해서 죄송합니다. 이모님, 만나 봬서 기쁘고 좋았습니다. 혜수 씨도 안녕히 돌아가십시오."

신지가 엄마와 나에게 깊게 허리를 숙여 인사하고 뒤돌아섰다. 주위의 불빛을 힘겹게 뚫고 나가기라도 하는 것처럼 그의 어깨는 무거워 보였다. 이렇게 금방 작별 인사를 할 거면서 신지는 왜 택시에서 내린 걸까.

사랑이 어떻게 찾아오고 어떻게 모습을 갖춰 가는지 나는 알 수가 없었다. 다만 헤어져서 돌아서는 그의 뒷모습이 견딜 수 없을 때, 집착과 욕망으로 들끓는 감정들이 채 가라앉기 전 그 혼돈 속에서 내면의 내 목소리가 들릴 때, 나 여기 있어요, 나 좀 바라봐요, 그를 붙잡고 싶을 때 내 사랑은 고개를 번쩍 들었다.

"신지 씨!"

신지가 뒤돌아봤다. 그에게 뛰어갔다.

"신지 씨, 물어보고 싶은 게 있어요. 전에 갔던 사케 집에서 기다려줘요."

객실로 올라가며 엄마에게 신지와 잠시 더 얘기 좀 하고 오겠다고 말했을 때 엄마는 의아한 표정을 지었다. 그러면서도 말리지는 않았다. 고개를 끄덕임으로써 알겠다고 수긍을 했을 뿐이었다.

"엄마, 혹시 아프면 참지 말고 진통제 먹어야 해. 금방 올게."

나는 엄마가 찾기 쉽도록 진통제를 침대 옆 탁자 위에 올려놓았다. 내 달뜬 표정을 엄마가 눈치챌 것 같아 엄마에게는 뒷모습을 보이도록 애썼다. 그래도 엄마는 내 얼굴에서 신지에 대한 감정을 읽은 것만 같았다.

사케 집 주방장 콧수염도 사랑스러워 보였다. 빨간 갓을 쓴 전등은 고개를 갸웃하고 신지와 나의 이야기를 들었다. 신지는 자신이 어릴 때 목욕탕 물에서 허우적거린 적이 있어서 지금도 욕조에서 목욕하는 걸 싫어한다는 말과 벽장 안에서 잠들어서 가족들이 한참 찾았다는 얘기를 했다. 난 어릴 때 돋보기로 개미를 태우는 장난을 했다가 무서운 꿈을 꾸고 오줌을 싼 적이 있다고 말했고 무섭게 화를 낸 아버지를 골탕 먹이려고 아버지 구두를 몰래 버린 적이 있다고 고백했다. 수줍고 조용했던 소년과 악동 같던 소녀가 같이 낄낄거렸다. 그 소녀가 소년의 손등에 손을 올려놨다. 소년의 다섯 손가락 골사이로 자신의 손가락을 깍지 끼었다. 소년도 자신의 손바닥을 간질이는 소녀의 다섯 손가락을 자신의 손가락으로 그러잡았다.

신지는 중학생 시절 반에서 누군가의 돈이 사라졌을 때 교실에 신지가 없었다는 걸 뻔히 알면서도 둘도 없는 친구가 자신을 옹호해주지 않았을 때부터 사람들한테 쉽게 마음을 열지도 못하고 친구를 사귀기도 힘들다고 했다.

난 중학생 시절 얄미운 급장을 골탕 먹이려고 담임선생님이 부르지도 않았는데 상담실에서 한 시간이나 기다리게 했다고 고백했다. 방송실을 맡았을 땐 허락되지 않은 신나는 음악을 틀었다가 방송실에서 쫓겨났다고도 했다. 덧붙여 친구는 많았지만 속 깊은 얘기를 할 친구는 없었다고 한숨을 푹 쉬었다. 신지가 아무에게도 하지 않았을 말들을 나에게 들려주었고 나 또한 아무에게도 얘기하지 않았던 내 모습을 털어놓았다. 누군가가 신지와 나의 대화를 엿들었다면 '이것도 내 일부분이고 지금의 나를 이루었어요' 서로를 보여주려 안달 난 사람들처럼 느꼈을 것이다.

멋진 콧수염을 가진 주방장 겸 사장이 영업이 끝났다고 말해서 사케 집을 나왔다. 아직도 할 말들이 많았으므로 나는 신지의 손을 놓지 않았다. 며칠 동안 신지를 향한 특별한 마음이 내일이면 한국에 돌아가야 한다는 조급함과 맞물렸다. 내 감정이 여행지에서의 들뜬 마음이 덧칠해놓은 가짜가 아닐까 자문해보기도 했다. 그러나 애써 그렇게 선을 긋고 싶지는 않았다. 일시적이라면 한국에 돌아가 시간이 지나면 저절로 정리될 감정이었다. 일시적 감정이 아니라면 늦게 찾아온 사랑 앞에 그냥 속수무책으로 당하고 싶기도 했다. 아무것도 재지 않고 느끼는 대로 받아들이고 싶었다.

사케 집에서 나온 후 우리는 목적지도 없이 골목을 걷기 시작했다. 분명 목적지는 엄마와 내가 묵는 호텔이었지만 신지와 나는 목적지를 정하지 않은 채 걷기를 즐기는 사람들처럼 보였다. 골목 한 편에 여러 상표의 맥주 캔이 들어있는 자판기가 있었다.

"신지 씨, 일본에서는 진짜로 자판기에서 맥주를 파네요."

"그렇습니다. 그래도 우려하는 것처럼 청소년들이 자판기에서 술을 마음대로 마시고 취한 모습은 볼 수 없습니다."

"딱 한 캔만 뽑아보고 싶어요. 기념으로. 신지 씨는 술을 언제 처음 마셨어요?"

"중학생 때 아버지가 사케 한 잔을 줘서 마신 것이 처음입니다. 그 날이 아버지는 특별한 분들의 제삿날이라고 했습니다. 그 술을 한 잔 마시자 그 특별한 분들이 누구인지 말씀해 주셨습니다."

자판기 불빛은 맥주 캔이 덜커덩 연달아 떨어지는 소리에 잠시 흔들렸다. 한국에서 마셨던 맥주와 다른 쌉싸름한 맥주가 목을 넘어갔다. 신지와 나는 자판기 옆 블록에 나란히 앉아 캔을 비웠다.

"엄마가 마지막 소원으로 신지 씨 아버지를 찾는다고 했을 때 수필 중에 인연을 떠올렸어요. 거기에 만나고 싶어도 평생 만나지 않고 살았으면 더 좋았을 인연이 있다는 구절이 있어요. 아름다운 모습만 기억하고 평생 만나지 않아야 좋았을 인연 말이에요. 신지 씨 아버지 처음 뵈었을 때 엄마와 신지 씨 아버지는 그런 인연이 아니었나 했어요."

"그렇게 평생 보고 싶었던 사람이라면 기억과 다른 모습도 받아들일 수 있다고 생각합니다. 아마 아버지도 이모님을 많이 그리워했을 거라 생각됩니다. 아버지 글은 읽어봤습니까?"

"조금요. 엄마와 신지 씨 아버지가 서로 애틋하게 생각하는 부분까지요. 엄마에게도, 신지 씨 아버지에게도 우리처럼 젊은 시절이 있었다는 게 당연한데도 처음 아는 것처럼 새로웠어요."

맥주 한 캔씩 다 비워서 다시 두 캔을 더 뽑았다. 취기가 몰려오기 시작했다. 새로 뽑은 맥주 캔을 들고 걸었다. 어느새 나는 신지의 팔짱을 끼고 있었다. 내가 청수사에서 신지의 팔짱을 슬그머니 꼈을 때가 떠올랐다. 그때 신지가 갑자기 굳어져서 민망했던 나는 손을 어쩌지 못하고 당황했었다. 그러나 신지가 얼어붙은 모습을 보이지 않아서 한껏 고무된 나는 얘기에 취한 척 슬며시 머리를 신지의 어깨에 비비기도 했다.

"인연은 또 다른 인연을 낳았어요. 신지 씨와 나의 인연. 그런데요, 한국에서는 인연이란 말, 발음 조심해야 해요. 잘못하면 이 년이 되거든요. 하핫."

"그렇습니까? 공항에서 처음 혜수 씨를 봤을 때 심장이 두근거리고 머릿속엔 반짝 불이 켜지는 것 같았습니다. 그러면서도 가슴엔 돌덩이가 얹어지는 것 같기도 했습니다. 혜수 씨는 일본에서 며칠만 보고 인연이 그칠 사람이 아니라는 예감이 들었습니다. 그래서 아까 호텔 앞에서 택시 타고 집에 돌아가지 않고 혜수 씨를 다시 만나 얘기하려 했습니다. 사케집에서 전화하려 했는데 혜수 씨가 먼저 불러서 놀랐습니다."

발걸음을 멈췄다. 신지를 바라보았다. 공항에서 봤을 때부터 나에게 그런 감정을 가졌다니. 주위의 풍경이 어둠에 지워지면서 신지의 얼굴만 보였다. 신지가 나를 향해 고개를 숙였다. 처음은 내 몸을 깨우는 날카로움이었다가 곧 간지럽기도 하고 달콤하기도 한 기운이 밀려왔다. 캔을 떨어트렸다. 맥주의 거품이 보도 위에 스며드는 소리가 들렸다.

신지와 나는 불을 향해 반사적으로 날아드는 부나방처럼 불이 켜진 호텔 네온사인에 날개를 부딪쳤다. 신지는 하얀 시트에 내 날개를 펼쳐놓고 깃털 하나하나를 어루만졌다. 마치 이 세상에 태어나 처음 행하는 의식처럼 떨리는 날갯짓으로 정성껏 어루만졌다. 내가 날개를 파닥이며 날아올랐다. 날아오를수록 알싸한 향과 함께 열기가 퍼지고 점점 뜨거워지다가 내 몸 구석구석에서 축포가 터졌다.

신지의 품에 안겼다가 그의 가슴 위에 내 몸을 얹고 그의 눈을 바라봤다. 또 다른 나인 것처럼 그의 눈은 암호가 아니라 해석이 가능한 내 모국어이면서 내 일부였다. 그는 부인을 일찍 사별했으며 여덟 살 난 딸을 모친이 돌보고 있다는 말을 했다.

"그랬군요. 그 말을 물어보고 싶어서 입술만 달싹인 순간이 있었어요. 먼 길을 돌아 당신을 찾은 거 같아요. 열 살 터울의 오빠가 있었어요. 신문사 기자로 있었는데 사고로 그만 생을 달리했죠. 오빠와 난 성격이 아주 달랐는데 그러면서도 오빠가 참 든든했어요. 터프한 척하면서 오빠한테는 속마음을 많이 털어놓기도 했어요. 신지 씨에게 끌렸던 게 신지 씨에게서 오빠의 모습을 봤기 때문인 거 같아요."

타인에게 끌리는 것에는 일정한 방정식이 없지만, 말을 꺼내놓고 보면 꼭 그랬다는 주술성을 띤 믿음이 생긴다. 나도 신지에게 끌림의 원인을 꺼내놓고 보니 모호했던 것들이 꼭 그랬을 거라는 확신이 들었다.

엄마는 깊게 잠들어 있었다. 입을 반쯤 벌리고 팔을 위로 올려놓은 채 아기처럼 나비잠을 자는 엄마를 보자 마음이 아팠다.

혹시나 내가 없는 사이에 통증이 엄마를 잡아먹었는데 내가 신지와 꿈과 같은 시간을 보낸 건 아닐까.

엄마 이마에 밴 축축한 땀을 닦아 드렸다. 내가 아프기라도 하면 밤새며 내 침상을 지켜주던 엄마한테 난 참 못된 딸이었다. 배려심이 깊은 오빠는 엄마를 속상하게 할 행동을 하지 않았지만 난 수시로 엄마 속을 썩였다. 오빠는 한 번도 엄마가 학교에 불려가게 한 적이 없지만 난 여러 번 엄마가 학교에 찾아와 담임선생님에게 머리를 숙이게 했다.

"엄마, 정말 미안해."

나도 모르게 말이 새어 나왔다.

"혜수니?"

잠에 취한 엄마가 내 이름을 부르다 돌아누웠다. 내 침대를 놔두고 엄마 옆에 누웠다. 엄마의 숨소리가 들렸다. 엄마 숨소리에 내 숨소리를 조용히 겹쳐놓았다.

6. '나의 기억' – 고문

하곡 공출에서 양길성과 불쾌한 만남 후 강상수를 찾아갔다. 일제 앞잡이였던 양길성이 미군정 아래에서 다시 경찰인걸 보는 내 가슴이 폭발할 것만 같았다.

"어서 오게, 자네가 한번은 올 거라 생각했지, 여기는 내 아들 정훈이네."

"처음 뵙겠습니다."

정훈은 손을 모아 인사를 했다.

"이놈, 장군감이네, 잘 생겼구나, 몇 살이니?"

"열세 살입니다."

나는 정훈의 머리를 쓰다듬어주고 나서 자리에 앉았다.

"지금은 자네같이 젊은 사람들의 힘이 필요한 시기이네. 자치적으로 지역마다 기구가 생성되더라도 젊은이들이 힘써주지 않으면 아무 소용이 없어."

강상수의 아내가 저녁을 내왔다. 나물 무침에 밥은 메밀가루에 고구마가 들어간 '감저범벅'이었다. 강상수의 아내는 머릿수건을 쓰고 있었고 얼굴이 갸름한 미인이었다. 그러나 밭일을 많이 하는지 손이 거칠었다. 제주의 여인은 잠잘 때를 제외하고는 머릿수건을 거의 쓰고 있었다. 그만큼 생활력이 강하다는 뜻도 되지만 부지런히 몸을 놀려야 하는 고된 삶이라는 증거이기도 했다. 강상수의 아들 정훈은 밥을 먹자 공부를 하겠다며 방을 나갔다.

"일본 패잔병과 장교들의 행패를 자치대가 막았고 일제 앞잡이들을 개인적으로 처단하는 걸 금지한 것도 자치대의 활동이었네. 그러나 미군정은 그런 실정을 감안하지 않고 일제 경찰로 경찰병력을 강화했어. 미군정의 미곡수집정책도 실패한 정책일세. 우리 실정에 맞지 않을 뿐만 아니라 미곡수집 가격은 시장 가격과 격차가 커서 양곡 암시장만 키우고 있어. 밀무역을 둘러싼 뒷거래도 미군정은 눈감아 주었지. 오죽하면 미군정이 일제만도 못하다는 소리가 나왔겠나. 이럴 때일수록 젊은이들이 올바른 정신으로 나갈 길을 개척해야 하네."

강상수가 하는 말은 어지럽던 머릿속에 불을 켜주었다. 강상수는 앞으로 연락할 일이 있으면 이리로 찾아오지 말고 비밀아지트로 연통을 하라고 상세히 얘기했다. 접선 장소까지 알려주는 강상수가 나를 신뢰한다는 것을 느낄 수 있었다. 강상수와 그 후에도 주기적으로 만남을 가졌고 그의 말에 따라 민청(조선민주청년동맹)에 가입했다.

작은아버지네 공장에서 집에 돌아온 승기는 아버지를 따라

고기잡이를 나갔다. 고기잡이를 나가지 않는 날엔 나와 함께 야학을 이끌었다. 용석 또한 야학에 적극적이었다. 용석은 큰 아버지가 병중이라 큰댁의 농사일을 모두 맡아서 하고 있었다. 용석은 자기 대신 양길성을 때리다 일본에 노무자로 간 사실에 부채감을 느끼는지 나를 형님 이상으로 따르고 있었다.

승기네 동네가 가장 컸으므로 야학은 승기네 동네 공회당에서 열었다. 승기네 동네 공회당에 가려면 우리 동네에서 꽤 걸어야 하는 거리였지만 배우겠다고 찾아온 사람들을 보면 하루도 쉴 수가 없었다. 옆집에 사는 정옥이와 동네 아이 몇 명도 승기네 동네까지 배우러 왔다. 나 또한 윤자 때문이라도 야학에 열성이었다. 윤자는 한글을 다 읽고 쓸 수 있어서 한글 학습 시간에는 우리를 도왔고 사상학습 시간에는 자리에 앉아서 내 말을 들었다. 나는 강상수에게서 들었던 말들과 내가 읽었던 책에서 모은 글들을 적어놓고 있었다. 그중에서 야학에 온 사람들이 모두 공감할 수 있는 내용으로 설명을 했다.

"남자들은 첩을 두지 말아야 합니다. 아내와 남편은 서로 평등한 사람입니다. 아내는 힘들게 바다에서, 밭에서 일하고 돌아오면 남편의 저녁밥을 짓느라 다시 힘들게 부엌에서 일해야 합니다. 남편들은 그런 아내의 노고를 알아야 합니다."

어떤 사람들은 야학에서 쓸데없는 것을 가르친다고 아이들을 야학에 보내지 않았다. 그러나 마땅히 공부할 곳이 없는 아이들은 부모 몰래 공부하러 오기도 했다.

집으로 돌아갈 때는 나와 용석이, 정옥이가 같이 가는 일이 많았다. 조무래기들은 벌써 달음박질로 앞서가곤 했기 때문이다.

"난 아버지가 족은각시와 살면서도 어머니한테 너무나 당당했던 것이 이상했는데 그래도 무슨 말을 할 수가 없언마씨. 이젠 아버지한테 단단히 따져야겠수다."

정옥이 목소리에 울분이 묻어났다.

"정옥아, 난 첩을 안 둘 거니까 나한테 시집오면 족은각시 걱정은 안 해도 될 거 닮다."

용석이가 목소리를 깔며 말했다. 용석이가 농을 한 건지 진심을 말한 건지 알 수는 없었지만 용석이가 먼저 쌩하니 앞으로 가버리는 걸로 봐서 반은 진심인 거 같았다.

"저 오라방 미친 거 닮수다."

정옥이는 이렇게 말했지만 싫은 내색은 아니었다.

북국민학교에서 28주년 삼일절 기념식이 거행되는 날이었다. 한참을 기다린 트럭 운전사는 승기가 안 오는 줄 알고 출발하다가 뛰어오며 소리치는 승기와 윤자를 보고 차를 세웠다.

"윤자가 갑자기 같이 가겠다며 기다려달라고 하는 바람에 늦었수다. 다들 미안합니다."

승기가 말했다. 윤자가 같이 가는 줄은 몰랐다가 말끔히 단장한 윤자의 얼굴을 보자 내 가슴이 화들짝 놀라 벌렁거렸다.

트럭은 읍내를 향해 달렸다. 부러 승기 옆에 앉은 윤자를 보지 않으려 했다. 돌이 튀어나온 울퉁불퉁한 길을 달리는 트럭에 엉덩이가 차량 바닥에 사정없이 부딪혔지만, 윤자가 같이 타고 있다는 생각에 아픈 줄 몰랐다.

트럭을 따라 바다가 따라왔다. 물질을 시작한 해녀들의 태왁이 푸른 바다에 떠 있었고 숨비소리가 들리는 듯 했다. 윤자도 물질 때가 되면 바다에 하얀 꽃처럼 떠 있고는 했다. 갯가에 사는 여자들은 어머니를 이어 숙명처럼 물질을 배웠고 다음 세대에 물질을 전승했다. 목숨을 저당 잡힌 채 바다에 몸을 맡기는 물질은 여자들을 강인하게 만들었다.

나는 언젠가부터 윤자가 바다에 있는 것만 같아 하릴없이 바다 쪽으로 고개를 돌리는 버릇이 생겼다.

북국민학교는 이미 인파가 가득 찼다. 우리는 기념식장 앞으로 들어갈 수가 없었다. 무리하게 사람들 사이로 나아가면 기념식 도중이라 장중한 분위기가 깨질 것 같았다. 우리는 뒤에서 사람들의 뒤통수만 구경했다. 승기는 일찍 도착했으면 안으로 들어갈 수 있었다며 미안해했다. 그러나 나는 윤자가 같이 있어서 좋았다. 윤자도 어쩌면 내가 삼일절 기념식에 간다는 걸 알고 일부러 승기를 쫓아왔을 것만 같았다. 낡았지만 곱게 빨아 입은 검은 치마 아래로 윤자의 고운 종아리가 아슴아슴 자꾸 눈에 들어왔다.

28주년 삼일절 기념식은 성황리에 진행되고 있었다. 제주읍, 애월면, 조천면 지역은 북국민학교에 모여서 기념식을 열고 그 외 지역은 각 면 단위로 기념식이 열렸다. 북국민학교와 관덕정 공간을 가득 메운 인파는 내 마음에도 물결을 만들었다. 사람이 사람에게 감탄할 수도 있었다. 한껏 부풀어 올랐다가 밑으로 출렁거리는 파도가 내 안에서 뛰놀았다. 대나무에 매단 휘장이 나부끼고 장대에 매단 태극기가 펄럭였다. 축제의 한마당 같았다. 사람과 사람 사이의 열기가 뿜어져 서로를 묶고, 옆 사람을 모르더라도 서로 어깨동무를 하며 한판 신나게 어우러져 축제를 만들고 있었다.

'삼상회의 결정 즉시 실천'

'3·1 정신으로 통일독립 전취하자'

'친일파를 처단하자'

'부패 경찰을 몰아내자'

대나무에 휘장을 매단 시위대가 북국민학교 운동장을 나

왔다. 우리도 한 물결을 이뤄 시내를 돌며 왓샤 왓샤 소리를 지르고 구호를 외쳤다. 기마대가 시위대를 뒤따르고 있었다. 감찰청 앞으로 시위대가 빠져나가고 시위대 뒤에 있던 기마 경관이 관덕정 쪽으로 달려가는데 어린아이가 그 경관의 말 발굽에 채여 넘어졌다. 그러나 그는 아무런 조치도 취하지 않고 가버렸다.

"아이가 다쳤다!"

"저 불상놈을 봤나. 아이가 다쳤으면 내려서 확인을 해야 할 거 아냐."

사람들이 돌을 집어 들어 기마 경관에게 던지기 시작했다. 돌멩이들이 기마 경관을 향해 계속 날아갔고 당황한 기마 경관이 경찰서 쪽으로 말을 몰아갔다.

탕! 탕!

총소리가 들리면서 사람들이 고꾸라졌다. 나는 옆에 있던 윤자의 손을 잡고 뛰면서 승기와 용석에게도 소리쳤다.

"이쪽으로 도망쳐."

경찰서 지붕에 있는 경찰들이 총을 쏘고 있었다. 공포가 아니라 조준 사격이었다.

시국 연설이 있을 것이라는 말을 듣고 자발적으로 동네 사람들이 모여들어 공회당에는 사람들이 가득 찼다. 내 뒤에는 흑판이 자리 잡았고 앞에는 교탁이 몸을 반쯤 가렸다. 공회당에 모인 마을 사람들이 서로 말을 주고받으며 웅성거렸다.

"우린 이 나라의 보호받아야 할 국민이 아니라는 겁니까? 우리에게 총부리를 겨누고 발포한 책임자를 우리 앞에 무릎 꿇게 하고 잘못을 빌어도 시원치 않은데 저 미군정과 경찰은 삼일절 기념식의 주동자를 잡겠다고 설치고 있습니다. 이래도 가만히 앉아서 당해야 되겠습니까?"

내 이마 위로 힘줄이 솟아나고 위로 흔드는 주먹은 부르르 떨었다. 윤자가 내 말을 듣기보다는 나의 그런 움직임에 더 신경을 쓰는 것 같았다.

며칠 전 일이 생각났다. 밭에서 돌아오다 앞서가는 윤자를 보았다. 절뚝거리며 걷고 있어서 한달음에 달려가 물어보았다.

"허벅에 물 지고 오다가 돌부리에 걸려 넘어졌수다. 물 허벅은 깨지고 물이 다 쏟아젼마씸."

윤자는 접질린 발로 걸어보려 애썼다. 그러나 몇 걸음도 걷기 전에 신음을 내며 주저앉았다.

"업히라."

나는 밭에서 일하고 오느라 온몸에서 쉰내가 났지만 등을 내밀었다. 윤자가 망설임 없이 등에 업혔다. 윤자의 몸이 맞닿은 곳은 커다란 감전 판이 된 것처럼 저릿저릿했다.

"진석 오라방, 무겁지 않아마씨?"

"괜찮다."

난 윤자의 심장 소리를 들었다. 빠르게 콩닥콩닥 뛰고 있었다. 집이 가까워질수록 그 길이 더 멀었으면 싶었다.

그러나 나는 경찰 트럭이 달려오는 것을 보고 윤자를 땅에 내렸다. 윤자는 접질린 발에 힘을 실을 수 없어서 절뚝거렸지만 나는 윤자 앞에서 몇 걸음 앞서서 걸었다. 차에서 누가 소리를 질렀다.

"어이, 고진석이, 그림 좋더구만."

양길성이 이를 드러내며 웃었고 양길성 옆에 앉은 경찰이 윤자를 바라보았다. 양길성의 웃음이 나를 떠밀기라도 한 것처럼 나는 휘청거렸다. 차는 뿌연 먼지를 둘러쓰고 사라졌다.

"우리가 똘똘 뭉쳐서 힘을 보여줘야 합니다. 이에 3월 10일을 기해서 총파업에 들어갑니다. 우리 마을도 한마음으로 일어섭시다."

내 목소리는 열에 들떴다. 내 말이 끝나자 앞자리에 앉아 있던 용석이와 승기가 삐라를 돌리기 시작했다.

'발포책임자 강동효 및 발포한 경관을 살인죄로써 즉시 처형하라, 경찰관계자 수뇌부는 즉시 책임 해임하라, 피살당한 동포의 유가족의 생활을 전적으로 보장하여 피상자에게 충분한 치료비와 위로금을 즉시 지불하라. 3·1사건에 관련되어 피검된 인사를 즉시 무조건 석방하라, 경관의 무장을 즉시 해제하라, 경찰에서 친일파, 민족반역자를 축출하라.'

1947년 3월 10일을 기해서 제주는 민관합동 총파업에 들어갔다. 도청과 모든 관공서, 은행, 회사, 학교, 교통, 통신기관 등 단체 직원들이 파업에 동참했고 상점은 문을 닫았고 학생들은 동맹휴업에 들어갔다. 항상 사람들로 시끌시끌하던 관덕정 자리는 낮게 낀 먹구름만 차지했다. 제주 출신 경찰관도 파업에 동참하고 미 군정청 통역관도 파업에 동참하는 대규모 총파업이었다. 나와 승기, 용석은 삐라 부착과 희생자 구호금 모금으로 바쁜 하루를 보냈다.

총파업 후 육지 응원경찰과 서북청년단원이 대거 제주로 투입됐다. 동네 가운데 집의 바깥채를 빌어 10명 정도가 기거하면서 서북청년단원들은 자신들의 권력을 행사했다. 그 권력은 물불을 가리지 않았고 경찰보다 더 무서웠다. 젊은 사람들은 무조건 잡아가 사상 조사를 한다며 고문을 했다.

군정은 이북에서 잃을 것 다 잃고 빨갱이라면 악만 남은 서북 청년들을 제주에 내려보냈다. 민간인 입장이면서도 중앙 직속이라는 명분이 있었고 그것이 그들을 경찰이나 군인

보다도 더 실세로 만들었다. 민간인을 민간인으로 다스리겠다면서 서북청년단을 제주로 보낸 것은 솔잎이 많은 곳에 송충이를 뿌려준 것이고, 쥐가 많은 곳에 고양이를 풀어놓은 격이었다. 아무런 천적이 없는 송충이와 고양이는 솔잎을 다 먹어치우고 쥐를 다 잡아먹고 있었다. 제주에 연고가 없는 서북청년단은 뒤탈을 걱정하지 않아도 되었으므로 그들의 만행은 더욱 기승을 부렸다.

총파업 투쟁위원회 간부, 민전(제주도 민주주의 민족전선)간부들이 연행되었고 실형을 받은 구속자들은 목포형무소로 이감되었다. 총파업은 막을 내렸다.

마을 청년들은 마을 어귀에 돌담을 쌓았다. 경찰차가 오는 걸 차단하기 위해서였다. 멀리서 망을 보다가 경찰차가 나타나면 서로 연락해서 산으로 피신했다. 돌을 치우고 나서 경찰차들이 동네에 들이닥쳤을 땐 집마다 청년들은 찾아볼 수 없고 늙은 부모들만 남아 겁먹은 눈을 아래로 내리깔았다.

젊은 사람들은 젊다는 이유만으로 공산주의자 검색에서 벗어날 수가 없었다. 날이 밝으면 산으로 올라갔다가 어두워지면 마을로 내려오는 일과가 반복됐다. 그럴수록 비밀 집회는 더 늘어가고, 어스름이 질 무렵이면 청년들이 시위하면서 잡은 횃불들이 동네마다 타올랐다.

왓샤, 왓샤

나와 승기, 용석이는 물론 동네 청년들이 횃불을 들고 시위하면서 동네 골목을 돌았다. 우리를 향해 발사되던 총부리를 향해, 젊은 사람들을 빨갱이로 몰아 시국을 왜곡하는 저들을 향해, 시국을 틈타 제주 도민의 재산을 약탈하고 죄 없는 사람을 마구 잡아 고문하는 서북청년단을 향해 왓샤, 왓샤 함성을 질렀다. 동네의 민청 단원들이 앞장서서 시위를 주도하고 있었다.

승기와 헤어져 용석이와 같이 우리 동네로 올라가던 길이었다. 매복해있던 경찰들이 용석이와 나를 덮쳤다. 나는 용석이를 붙잡은 경찰의 허리를 잡고 같이 뒹굴었다. 그 사이에 용석은 빠져나갔다. 뒤늦게 용석이를 향해 총성이 울렸지만 이미 용석이는 멀리 도망친 후였다.

나는 지서에 붙잡혀갔다. 붙잡혀가면서 승기가 어떻게 됐을지 걱정이 됐다. 어떤 낌새가 있었으면 승기에게 어서 도망가라고 말해줄 수도 있었는데 나도 느닷없이 붙잡혔기 때문에 승기가 어떻게 됐는지 전혀 알 수가 없었다. 윤자 얼굴도 떠올랐다. 윤자를 떠올리는 것만으로도 폭풍우에 도대불을 만난 것 같았다. 나는 어떤 일이 있더라도 윤자를 다시 봐야 할 것만 같았다. 나는 이번에 나가면 더 망설이지 않고 윤자에게 색시가 돼달라고 말하리라 마음먹었다. 냉수 한 사발만 떠놓고서라도 부부의 연을 맺으리라. 세상이 좋아지면 그때는 정식으로 꽃가마 태워서 맞으리라. 그런 상상을 하는 것만으로도 마음의 불안이 잦아들었다.

경찰은 나를 창 하나 없는 방으로 밀어 넣었다. 천장에 달린 촉수 낮은 알전구만 뿌연 어둠을 몰아냈다. 고문이 며칠씩 계속 이어졌다. 젖은 광목 수건을 얼굴에 씌우자마자 고춧가루 물이 코로 쏟아졌다. 밥을 먹다가 사레 걸려도 기침하고 눈물이 나는데 코로 쏟아져 들어오는 고춧가루 물은 몸 안을 지지는 불길이었다. 그들이 바닥에 부려 놓았을 때 나는 서 있을 수가 없었다. 그들은 부서진 소라 껍데기 위를 기게 했다. 살갗에 소라 껍데기들이 박혔다. 누군가 살갗 위로 바느질을 하는 것만 같았다. 고문실에 앉아 그들의 발소리만 들어도 나는 소름이 돋기 시작했다.

"고진석, 너는 강상수, 그 빨갱이 새끼 심부름만 했다는 거 알아. 그러니까 강상수 어디 있는지 빨리 불고 너 집에 가서 편안히 지내라."

죄목은 삐라 부착과 파업 참여, 시위 주동이었지만 지서에서는 강상수의 행방을 찾는 것에 더 목적을 두고 있었다.

"전 모릅니다. 강상수가 어디에 있는지 정말 모릅니다."

"이 새끼, 말로 해선 안 되네."

이경배 경찰이 의자를 박차고 일어섰다. 어깨에 벼락같은 통증이 내렸다. 이경배는 박달나무 몽둥이를 지긋이 바라봤다. 이경배가 제주에 내려올 때부터 갖고 왔다는 박달나무 몽둥이는 유명했다. 이경배 경찰은 육지에서 내려온 경찰 간부였고 서북 출신이라 했다. 그의 몽둥이찜질을 당하고 집에 온 사람들은 뼈마디를 다시 맞추는 것 같은 아픔으로 잠도 자지 못하고 생 똥을 싼다고 했다. 목숨이 붙어 나올 수 있으면 그나마 다행이라고 했다.

나는 부서진 소라 껍데기가 있는 부대 위에 무릎을 꿇었다. 조금이라도 움직이면 소라 껍데기가 살 속을 파고들었고 움직이지 않아도 소라 껍데기들이 살 속을 헤집었다. 이경배가 내 무릎을 발로 밟았다. 박달나무 몽둥이로 맞은 어깨와 옆구리는 차라리 남의 고통처럼 느껴졌다.

"야, 너 아까 왜 밥을 깨작거리면서 먹었냐?"

이경배가 옆에 있는 양길성에게 말을 걸었다.

"입안에 뭐가 나서 말입니다. 요즘 무리를 했는지 혀 위에 좁쌀 같은 뾰루지가 났습니다."

이경배가 다시 내 무릎을 발로 밟았다.

"으윽!"

"입안에 뭐가 나면 밥맛이 없긴 하지. 너 그거 너무 빨아서 뭐 난 거 아냐?"

"아닙니다, 흐흐."

내 아픔이 희롱당하는 것 같았다. 저들은 고문을 일상처럼 당연한 행동으로 만들었다. 웃고 까부는 저들 앞에 무릎 꿇은 난 너무나 초라해 보였다. 삐라를 붙이고 야학을 돕고 횃불시위를 했던 그 모든 것은 내 존엄을 붙잡아 주었지만 내 몸뚱이는 그들 앞에서 한없이 초라해졌다. 한 마리 벌레가 되어 기어 다녔다. 그러나 나는 살아서 나가겠다고 그들 앞에서 기었다. 살아서 나가 윤자를 만나야 했다. 윤자에게 색시가 돼달라고 말해야 했다.

나는 일본 지배 때 겪던 고문을 해방된 조국에서도 겪는 게 믿어지지 않았다. 일제가 행하던 고문을 해방된 나라에서 해방된 나라의 경찰이 그대로 이어받고 있었다. 시대만 식민지시대에서 광복의 시대로 바뀌었지 식민지 시절 경찰은 하나도 바뀌지 않았다.

다음 날도 고문은 계속 이어졌다. 양길성이 이경배에게 귓속말로 뭔가를 속삭였다. 양승기, 양윤자라는 말이 얼핏 들렸다. 이경배가 나를 오래도록 가만히 쳐다보았다. 이경배의 한쪽 입가가 올라가 나를 비웃는 것처럼 보였다. 불길한 예감이 들었지만 난 고문이 빨리 끝나기만을 바랐다.

"야, 너 옷 벗어."

나는 한순간 무슨 말을 듣고 있는지 알아차릴 수가 없었다. 그 말은 '야, 너 밥 먹어'처럼 단순해서 나를 어리둥절하게 만들었다. 이경배의 박달나무 몽둥이가 내 무릎을 때렸고 나는 쓰러졌다.

"벗겠습니다, 벗겠습니다."

나는 윗옷과 바지를 벗고 속옷 바람으로 섰다. 속옷마저 벗어야 하는 지 망설이고 있을 때 이경배가 몽둥이로 내 옆구리를 가격했다. 내 옆구리 살가죽이 대바늘로 꿰어지고 바늘 끝이 뼈를 뚫는 것 같았다. 내 아픔이라 믿을 수 없는 옆구리에 손을 갖다 댈 새도 없이 속옷을 벗었다. 이경배의 입가에 야비한 웃음이 물렸다.

"좆도 아닌 게 까불기는."

이경배는 나에게 전기고문을 했다. 온몸으로 전기 꼬챙이들이 피돌기 따라 내 몸을 들쑤셨다. 나는 땡볕에 버려진 물고기처럼 파닥파닥 떨다가 축 늘어졌다.

윤자가 화관을 쓰고 고운 옷을 입고 춤을 추고 있었다. 그 모습이 너무나 고왔지만 난 돌담에 숨어서 지켜보기만 했다. 윤자는 내가 숨은 걸 알고 있는지 나에게 손짓을 했다. 오줌이 마려운 걸 참으면서 윤자에게 다가갔다. 다가간 줄 알았는데 윤자는 아까 그 거리만큼 멀어져 있었다. 다가서면 멀어지고 손에 닿을 것 같다가도 윤자가 입고 있는 옷자락의 성기고 서늘한 감촉만 손등에 스쳤다. 몇 번이나 윤자를 놓치다가 온 감각을 집중해 윤자의 옷소매를 낚아채고 윤자의 허리를 안았다. 보고 싶던 윤자야, 허리에서 윤자의 얼굴로 내 시선이 급하게 위로 움직였다. 거기, 거기, 양길성의 얼굴이 있었다. 고운 윤자의 얼굴 대신 뱀 같은 웃음을 흘리는 양길성이 있었다. 축축한 기운에 잠이 깼다. 염증이 생긴 사타구니에서 피고름이 나고 있었다.

면회 온 어머니는 흐르는 눈물을 소매로 눌렀다.

"양길성한테서 네가 목포 형무소로 갈 거라는 말 들었쩌. 마음 단단히 먹으라이."

강제징병으로 끌려간 기석 형님은 아직도 살았는지 죽었는지 소식이 없었다. 형을 대신하여 집안을 잘 보전하지 못한 것에 대한 애환이 밀려왔다.

"양길성, 그 쥐새끼 같은 놈한테는 말도 섞지 맙써."

"그래도 같은 동네라고 면회도 시켜 줘시네."

어머니의 유일한 호사품이었던 옥가락지가 손에서 보이지 않았다. 짐작되는 바가 있었지만 캐물어 어머니 심사를 어지럽힐 수가 없었다.

"어머니, 용석이 소식은 들언마씨?"

"목소리 낮추라. 용석이는 빌레밭에 숨어있다가 산으로 올라갔쩌."

큰아버지네 빌레밭은 동산 아래에 있었고 그 동산에는 바위굴이 있었다. 칡넝쿨과 나뭇가지로 바위굴 앞이 우거져 거기에 굴이 있다는 것을 동네 사람들도 잘 몰랐다.

"승기 소식도 들어졈마씨?"

"승기는 네가 잡힌 뒷날 여기 들어왔고 승기 누이 윤자도 어제 조사받을 거랜 잡혀 왔다던데 어떻게 됐는지 모르키여."

어머니 목소리가 점점 멀어지면서 머릿속이 하얗게 비었다. 승기도 걱정이었지만 윤자가, 고운 윤자가 지서에 끌려와 고초를 겪고 있을 거란 생각만으로도 턱이 덜덜 떨렸다. 양길성이 이경배 귀에 소곤거릴 때 들렸던 양승기, 양윤자라는 말이 헛소리가 아니었다. 양길성이 이경배에게 나와 윤자가 보통 사이가 아니라고 말한 것만 같았다. 절뚝거리는 윤자를 업고 가던 날 경찰차에 탔던 경찰이 윤자를 바라보던 눈길이 심상치 않았던 것도 떠올랐다. 자세히 보지 못했지만 그 경찰이 이경배인 것만 같았다. 경찰들이 윤자를 험하게 했을까 봐 내 피가 마르는 것만 같았다.

양길성과 이경배는 고문을 멈추지 않았다. 나는 이를 악물고 버텨냈다. 한 번 고문에 굴복하면 앞으로 영원히 그들의 손아귀에서 벗어나지 못할 뿐만 아니라 윤자를 볼 면목도 사라질 것이다. 기회를 봐서 양길성을 제거하지 못했던 것과 산으로 피신을 하든가 해서 앞일을 도모하지 못했다는 것이 후회됐다.

"고용석은 벌써 산으로 토꼈고 양승기와 양윤자가 잡혀 온 건 알고 있나?"

양길성이 야비하게 웃었다. 양길성은 내 얼굴에 나타난 절망과 당혹감을 놓치지 않았다.

"그 년 참 삼삼하게 생겨서 침 흘리는 육지 경찰들이 많아. 나야 뭐, 진석이 자네가 승기 누이 아끼는 거 알고 있어서 배를 타지야 않겠지만 저 육지 경찰들이 가만히 놔두겠어? 진석이 네가 하기 나름이지. 참, 배 지나간 자리는 티도 안 난다지. 그나저나 윤자가 반항해서 혀라도 깨문다 어쩐다 난리 치면 총 맞아 죽기 딱 알맞지."

숨이 턱 막혔다. 그들이 윤자를 희롱할 생각만으로도 피가 거꾸로 솟았다. 윤자는, 고운 윤자는 가만히 당하지 않는다고 반항하다가 양길성 말대로 죽는 길로 갈지도 모르는 일이었다. 목을 맸던 인자누님 얼굴 위에 자꾸 윤자 얼굴이 겹쳤다. 고문에 굴복하지 않겠다는 나의 의지는 한순간에 무너졌다.

"윤자는 아무것도 모릅니다. 윤자를 풀어 줍써."

"내가 선처를 구해보지."

양길성은 흐물흐물 웃으며 조서를 꾸미기 시작했다.

"너, 민청 가입해서 삼일절 시위도 하고 삐라도 붙였지?"

"네."

"왓샤도 했지?"

"네."

"강상수처럼 너도 빨갱이 맞잖아."

"네."

"강상수 어디 있는지 알고 있지?"

"……"

"이 새끼, 윤자 그 년 옷을 벗겨서 육지 경찰들이 맛보는 걸 눈앞에서 봐야 대답할 거야? 강상수 어디 있어!"

"윤자가 무사히 석방될 것을 약속해 줍써."

"알았어, 나만 믿어."

나는 전에 강상수가 접선 장소로 알려준 곳을 말했다. 몸과 마음이 물에 젖어 땅에 버려진 창호지처럼 찢겨진 나는 그들이 원하는 대답을 모두 해줬다. 그러면서도 윤자가 무사하기만을 바랐다.

양길성은 조서를 꾸민 후에 다시 얼굴을 볼 수 없었다. 목포 형무소로 이송될 것이라는 말과 달리 이틀이 지난 후 난 갑자기 석방되었다. 윤자가 무사히 석방되었는지 알고 싶어서 먼저 승기네 집에 찾아갔다. 만약 양길성이 약속을 지키지 않았다면 양길성을 내 손으로 죽여야 한다고 생각했다. 귀신같은 몰골로 집에 들어서는 나를 본 승기 어머니가 휑하니 돌아앉았다.

"여러 사람 다치게 하지 말라이. 우리 윤자는 이경배한테 시집 가시난 그렇게 알라."

나는 털썩 주저앉았다. 승기 어머니는 내가 승기 소식보다는 윤자 소식이 더 궁금해서 집에 찾아왔다는 걸 알고 있었다. 그래서 내가 입을 열기도 전에 윤자 소식을 말한 것이다. 방문이 벌컥 열리며 승기가 부은 얼굴로 나를 쳐다보았다. 나는 승기의 눈을 정면으로 쳐다볼 수가 없어 고개를 푹 꺾었다.

"진석이, 다 끝난 일이야, 집에 돌아가."

승기의 눈빛에서 승기는 내가 비밀아지트를 발설했다는 걸 알고 있다고 직감했다. 그리고 나는 승기와 윤자의 석방을 같이 타협한 것이 아니라 윤자만을 생각했던 것이다. 양길성이 승기를 회유하기 위해서 그런 사실들을 승기에게 말했음이 분명했다. 승기의 눈빛은 나를 이해해 보려다가도 친구와 동지마저 배신할 수 있나 하는 분노를 담고 있었다. 나는 부끄러움을 느끼며 승기네 집을 나왔다.

양길성을 죽여 버리고 나도 죽겠다는 마음에 지서로 아픈 다리를 끌며 달려갔다. 양길성이 나타날 때까지 기다렸다.

"난 양윤자의 석방을 책임진다고 했지, 윤자가 이경배 각시 되는 것까지 해결한다고는 하지 않았어. 어쨌든 자네 덕분에 거물 하나하고 피라미 서넛 잡았으니까 내가 고진석이한테 상을 줘야 하는 건가, 낄낄."

양길성이 말하는 거물은 강상수를 말하는 걸까. 꽉 쥐었던 주먹에서 힘이 풀려나갔다.

"윤자가 진석이 자네 살려보겠다고 이경배 각시 된 건데 내가 어떻게 하겠나, 아, 눈물 없인 할 수 없는 이야기군. 고진석이는 양윤자를 살리려고 동지 팔아먹고, 양윤자는 고진석이 살려보겠다고 마음에도 없는 사람한테 시집가고."

나는 아무 말 없이 발길을 돌렸다. 양길성의 이죽거리는 그 말을 듣고 어떻게 집에 돌아왔는지 모른다. 집으로 가는 길은 내가 눈감고도 다니던 길이었지만 내 발은 허방을 짚고 몇 번이나 고꾸라졌다. 윤자가 무사했으면 하는 마음으로 강상수의 비밀아지트를 발설했는데도 윤자는 이경배의 각시가 되고 말았다. 양길성의 비웃는 웃음은 집까지 계속 나를 따라왔다. 목포 형무소로 이송될 것이었는데 갑자기 석방된 것과 윤자가 이경배에게 시집간 것은 결코 아무런 연관 없이 이루어진 일이 아니었다. 윤자가 마음에도 없는 이경배 아내가 됐다는 것 때문에 내 석방이 부끄러웠다. 형무소에서 썩어져 없어지는 편이 더 나았다. 윤자를 보면 왜 마음대로 그런 짓을 했냐고 소리 지르고 싶었다.

검거를 피해서 많은 사람들이 산으로 도피하고 있었다. 강상수도 비밀아지트에 있는 것이 아니라 산으로 피신했기를 바랄 수밖에 없었지만 양길성이 거물을 잡았다는 건 강상수의 체포를 말하는 것만 같았다. 강상수는 나를 믿고 비밀아지트까지 말해 줬는데 나는 그걸 발설한 밀고자요, 배신자가 되고 말았다. 나의 안위를 위한 게 아니라 윤자를 살리려고 한 일이었지만 나는 부끄러워서 하늘을 볼 수가 없었다.

일본 순사의 끄나풀이었다가 다시 경찰로 복귀한 양길성은 일제 때보다 더 자신의 존재를 드러냈다. 일본 순사의 앞잡이였을 땐 그들에게 철저하게 복종하는 충실한 개 역할이었다면 광복 후에는 자신이 나라를 위해서 봉사한다는 자존감으로 얼굴이 빛나기도 했다. 일제의 개였을 때는 한 가닥 양심이 자신의 행동을 제어하지 않도록 동네 사람들에게 모질게 했다면 지금은 자신이 옳은 일을 하고 있다는 자신감에 밴 행동이 앞섰다. 그 행동들은 권력을 잡은 쪽에 붙어 자신의 안위를 꾀하겠다는 얄팍한 것들이었다. 마을에서 민청에 가입했던 청년들이 대거 대동청년단에 가입한 것도 양길성의 술수였다. 그는 민청에 계속 이름이 올라있을 때 앞으로 받게 될 핍박을 적나라하게 설명함으로써 우익단체 가입이라는 한 가지 선택으로 몰고 갔다. 그 핍박의 본보기가 바로 나였다.

　민청에 가입돼 있던 젊은 사람들이 잡혀갔다가 반죽음이
되어 돌아오거나 아직도 구치소에서 돌아오지 못하자 동네
사람들은 나 보기를 껄끄러워했다.

　젊은 사람들은 공산주의자 검색이라는 명목으로 테러의 주
요대상이 되었다. 경찰과 서북청년단, 대동청년단은 자신들의
세를 과시하기 위해서라도 테러를 멈추지 않았고 그들은 중
산간 마을을 빨갱이 집단으로 취급했다. 대동청년단이 잘 꾸
려진 해안 지역 마을은 우익인사들이 활개를 쳤고 중산간 지
역은 남로당 제주도당 조직원들이 세를 불리고 있어서 주로
중산간 지역이 미군정과 우익단체의 탄압대상이 되었다. 그
래서 중산간 마을 젊은이들은 사상에 관계없이 날이 밝으면
산으로 올라갔다가 어두워지면 산에서 내려오는 일과가 반복
됐다.

　골목 안쪽에서 청년 몇 명이 불쑥 나왔다. 그들 중 한 명은
낯이 익었다. 아버지가 면장을 지낸 이웃 동네 청년이었다.
나는 골목을 돌아 뛰었다. 고문의 후유증으로 무릎이 욱신거
려 뛰는 것이 힘들었지만 그들을 피해야 했다. 그들이 노리는
것은 나였다. 얼마 도망가지 못하고 나는 청년들에게 에워싸
였다.

"이 새끼, 뛰어봐야 벼룩인 주제에, 괜히 힘 빼고 있어."

청년들의 발길질이 몸 여기저기로 파고들었다.

"원래 빨갱이들은 토끼는 데 재주가 있잖아."

"요런 놈들 때문에 제주 사람들이 욕먹는 거라니까."

대동청년단들이었다. 대동청년단들이 좌익 사상에 물든 주민들을 자기네 손으로 정화한다며 린치를 가하고 있다는 말이 떠올랐다. 내 몸 위로 그 청년들 숫자만큼의 침이 뱉어지고 어두워지는 골목에 나는 더러운 짐짝처럼 널브러졌다.

대동청년단 단원들에게 린치를 당한 후 나는 집에만 틀어박혔다. 윤자를 보호하려고 그랬지만 고문에 굴복하여 강상수의 비밀아지트를 발설하고 '무조건 잘못했수다'하며 경찰들한테 빌었을 때부터 내 영혼은 시커먼 구렁텅이에 빠졌다. 그 구렁텅이를 힘겹게 벗어나더라도 나에게 주어지는 건 윤자를 지키지 못한 못난 사내라는 손가락질과 대동청년단들의 발길질이었다.

7. 그대는 푸른 바다에 별로 뜨고

공항에 배웅 나오지 못한다는 신지의 말을 들었지만 탑승 수속을 밟기 전에 나는 자꾸 뒤를 돌아보고 있었다. 빨간 옷을 입고 마중 나왔던 신지의 모습이 뒤를 돌아볼 때마다 환영처럼 따라왔다.

비행기가 땅을 박차고 날아올랐다.

"잘 있어요. 진석 오라버니."

엄마가 조그맣게 속삭이는 소리가 들렸다. 고진석 씨는 검버섯이 잔뜩 낀 얼굴로 예전의 연인을 알아보기는커녕 자신의 아들조차 알아보지 못했다. 그런 고진석 씨와 암 덩어리를 몸에 안고 시들어가는 엄마의 만남은 공중에 부양하는 비눗방울 같았다. 표면에 무지개를 안고 빛나다 한순간 소멸해버리는 비눗방울 같은 헛된 만남.

어쩌면 엄마가 삶을 견딘 건 고진석 씨 때문이 아니었을까. 아버지의 아내, 오빠와 나의 엄마를 연기하면서 고진석 씨를 만날 날을 기다렸던 건 아닐까. 그러나 연인이 엄마를 알아보지도 못하는 시간의 배반 앞에서 엄마는 마음이 어떠했을까.

언젠가 대학 시절 우상이었던 동아리 선배를 우연히 만난 적이 있었다. 그가 다가와 말을 걸기 전에 난 그를 알아보지 못했다. 예전에 전체적으로 날카로워 보였던 선배는 세월 앞에서 모서리가 무뎌져 있었다. 엄청 커 보였던 키마저 앞으로 쑥 나온 배 때문에 더 줄어들어 보였다. 그는 내가 알던 그 선배가 아닌 것만 같았다. 나는 배에 힘을 주며 그가 내민 손을 마주 잡았지만 어쩐지 그 선배의 이름만 빌린 다른 사람과 악수하는 기분이었다.

엄마는 세월이 얼굴이나 몸을 훑은 것도 모자라 엄마를 기억조차 할 수 없는 고진석 씨를 옛 연인으로 받아들일 수 있었을까.

드문드문 엷게 펼쳐진 구름 사이로 간사이공항이 멀어졌다.

집에 돌아온 엄마는 뻐근한 눈으로 좀 쉬겠다며 이부자리를 폈다. 나는 창문을 열어 무거운 공기를 내보내고 짐을 정리했다. 신지에게 잘 도착했다고 전화를 하려고 거실에 있는 전화기를 들었다. 부재중 음성 메시지가 여러 개 있었다. 모두 같은 번호였지만 모르는 번호였다. 음성 메시지를 남긴 여자는 비슷한 시간에 계속 전화를 했다.

"이경배 씨, 저 기억하겠어요? 오재철 부장의 누나 오정연입니다. 이 전화 받으면 꼭 연락합시다."

힘이 들어간 목소리였다. 토씨가 몇 개 다른 비슷한 내용의 음성이 사흘 연속 녹음되었다. 삼 년 전에 돌아가신 아버지를 찾는 전화는 생뚱맞아 보였지만 그 어색함 때문에 전화를 한 이유가 더 궁금하기도 했다. 신지에게 연락을 먼저 할까 하다가 오정연의 번호를 눌렀다. 몇 번의 신호가 가고 어떤 여자가 전화를 받았다.

"네, 오연 국밥입니다."

오정연 씨를 찾는다고 하자 시끄러운 소리를 배경으로 '이모, 전화.' 외치는 소리가 들렸다.

"네, 전화 바꿨습니다."

"여기는 이경배 씨 집이에요. 며칠 집을 비워서 오늘에야 전화 드리게 됐어요."

"아, 네. 이경배 씨는요, 지금 옆에 계신가요?"

"아버지는 삼 년 전에 돌아가셨어요. 무슨 일이시죠?"

작은 탄식의 소리가 수화기 너머에서 들렸다.

"아이구, 면목이 없게 됐네. 그런 사실도 몰랐어요. 아버님은 절대 관여하지 않겠다고 했지만 이번에 양심선언을 한 수사관이 있어서 아버지께 협조를 부탁하려 했어요. 그때는 증거가 없어서 우리도 아버지를 설득할 수 없었지만, 이번엔 판도가 달라졌다고나 할까요."

무슨 말인지 모르겠다고 하자 오정연은 자초지종을 자세히 설명해주었다. 그것은 놀라운 소식이었다. 오빠가 광주를 취재하다 안기부로 끌려갔고 고문 중에 죽었는데 등산 중 실족사로 위장됐다는 것이었다. 오빠의 직속 상사였던 오재철 부장도 같이 끌려가 고문을 받았고 그는 풀려났지만 심한 고문 후유증으로 결국 자살로 생을 마감했다. 오빠가 그렇게 희생됐다는 게 믿어지지 않았지만 어떤 징후들이 떠올랐다. 오정연에게서 '광주'라는 말을 들었을 때 수빈 언니와 반송되었던 편지들이 기억났다. 아버지가 석연치 않은 오빠의 죽음을 캐고 다니다가 갑자기 입을 닫아버렸던 것의 원인이 서서히 드러나기 시작했다.

"전에 그쪽 아버지하고 통화도 했고 만난 적도 있어요. 같이 싸우지 않겠다고 해서 그럼 이지민 씨가 조사하던 기록 같은 게 있으면 그거라도 넘겨달라고 했는데 아버지가 거절하더군요."

나는 아버지가 오빠의 서랍 속을 다 치운 이유를 알 것 같았다.

"아버지는 전혀 그런 말을 해 준 적이 없어요. 그때 오빠의 죽음에 대해 사정을 아는 가족은 아버지밖에 없었던 셈이네요. 제 아버지가 뭐라고 하면서 거절했나요?"

"아드님이 빨갱이 짓 하다 죽었을 리가 없다면서, 그냥 산에서 실족사한 아들로 가슴에 묻겠다고 하더군요. 왜 빨갱이냐고 따지고 들었죠. 그랬더니 광주 빨갱이들을 취재하고 다

닌 게 국가전복을 꿈꾸는 빨갱이 아니냐며 배부르고 등 따뜻
하니까 헛짓거리한다고 그러더군요."

오정연에게 화를 내는 아버지 목소리가 들리는 듯했다.

여러 생각이 머리에서 들끓다 마음을 짓누를 때마다 위안
처럼 신지가 떠올랐다. 우리는 일주일에도 몇 번을 통화하기
도 했고 그래도 부족하여 서로 이메일을 주고 받았다. 신지
는 디지털카메라로 찍은 사진들을 이메일로 보내주었다. 엄마
와 내가 같이 찍거나, 엄마와 신지가 함께 찍은 사진들이 많
았다. 다른 사람한테 부탁하여 세 명이 같이 찍은 사진은 있
었지만 신지와 내가 함께 찍은 사진은 없었다. 함께 사진 찍
을 기회를 만들 수도 있었지만 청수사에서 팔짱을 꼈다가 무
안당한 후부터 나는 일부러 엄마와 신지가 같이 있는 사진만
찍었다. 사진 속 엄마는 환하게 웃는 모습이었다. 나는 엄마
영정사진을 이렇게 환하게 웃는 모습으로 쓰겠다고 생각했다
가 엄마 죽음을 앞당기는 것 같아 이내 고개를 저었다.

신지의 사진을 보며 그의 눈과 코, 입매를 손가락으로 그려
보았다. 신지의 사진을 보고 있어도 그가 보고 싶었다. 내 몸
의 세포들은 신지를 빨아들이는 흡착기가 된 것처럼 그 많은
음성통화와 이메일에도 불구하고 신지의 모든 것을 더 원했
다. 길을 가다가 그럴 리가 없는데도 신지의 뒷모습을 보기도

하고 앞에 있는 사람에게서 신지와 비슷한 점을 찾기도 했다. 라디오에서 흘러나오는 가요는 보고 싶을 때 금방 만날 수 없는 신지와 나의 애절함을 노래했고 기분이 한없이 처져 있다가도 신지를 떠올리면 발걸음이 가벼워졌다.

 '신지 씨, 오늘은 시장을 보지 않고 냉장고에 있던 여러 식재료로 죽을 끓여 먹었어요. 엄마는 죽을 몇 숟갈 뜰 뿐이고 진통제로 버티고 있으세요.

 아버님 자서전을 어디까지 읽었는지 물었죠? 자서전은 두 분이 서로 좋아하는 감정을 확인하는 데까지 일본에서 읽고 그다음은 아직도 펴보지 못했어요. 한국에 돌아와서 여러 가지 일로 바빴어요. 나중에 좀 더 자세히 말할 수 있겠지만 오빠의 죽음과 관계된 것이에요. 엄마한테는 이것도 아직 말씀드리지 못했어요. 엄마한테 점점 숨기는 게 많아지네요. 엄마가 환자라 적당한 때를 보고 있어요.

 신지 씨, 많이 보고 싶어요. 자신의 감정을 솔직하게 얘기하는 건 유치한 일이라 생각했었는데 저의 한 호흡, 한 번의 심장박동이 당신을 그리워하므로 숨길 수가 없어요. 벌써 밤이 늦었네요. 오늘은 신지 씨 아버님 자서전을 펴봐야겠어요. 좋은 꿈 꾸세요. 제 꿈이면 더 좋겠네요.

당신의 수'

엄마가 잠자리에 드는 걸 확인한 나는 내 방에 누워 고진석 씨의 자서전을 폈다. 몇 페이지를 읽다가 벌떡 일어났다. 고진석 씨가 지서에 잡혀가서 고문을 당하는 장면에서 누가 내 머릿속에 폐지를 쑤셔놓고 불을 놓는 것 같았다. 머리에서 시작된 고통은 가슴을 꽉 막히게 했다. 인자하지는 않았지만, 매사에 맺고 끊음이 확실하고 사리에 밝은 아버지가 제주에서 사람들을 고문했었다니 믿을 수가 없었다. 아버지에게서 고문당한 사람 가운데 신지의 아버지, 고진석 씨가 있었다. 신지는 내가 누구의 딸인지 다 알고 있으면서 나에게 마음을 연 것이었다. 신지가 나보고 자서전을 읽었냐고 자꾸 물어본 이유를 알 것 같았다. 청수사에서 나의 앞서가는 감정에 굳은 몸짓으로 반응하던 그의 행동이 이해되었다. 나는 아버지의 과거를 알고 나자 그 전의 이혜수로는 돌아갈 수 없을 것 같은 기분이 들었다.

책장을 덮고 엄마의 방문을 열었다. 거실의 빛이 어두운 방에 들어와 잠든 엄마의 얼굴을 핥았다. 가만히 문고리를 잡고 엄마의 규칙적인 숨소리를 들었다.

엄마, 엄마는 아버지와 결혼하면서 고진석 씨를 석방해달라고 했던 건가요, 자기를 포기할 만큼 고진석 씨를 그렇게나 사랑했나요.

한참을 엄마 얼굴을 바라보며 서 있었다.

밤 10시가 넘었다고, 누구에게든 전화하기엔 너무 늦은 시간이라며 이성을 깨우려 했지만 난 어느새 신지의 전화번호를 누르고 있었다. 번호를 누르고 나서도 제발 아무도 받지 않기를 바랐지만 세 번의 벨이 울린 후 낮은 저음의 신지 목소리가 들렸다.

"혜수 씨, 무슨 일 있습니까?"

가슴이 다시 꽉 막히면서 움켜잡았던 울음이 터져 나왔다.

"흐윽, 읽었어요. 신지 씨 아버지가 우리 아버지한테 고문당하는 거 읽었어요. 흐윽, 흑. 신지 씨는 그걸 알았으면서 저한테 그렇게 잘해줄 수 있었나요? 그냥 끝까지 뿌리치지 그랬어요. 이렇게 제가 괴로워할 거 알았으면, 흐윽, 끝까지 모른 척하지 왜 받아줬어요?"

신지는 내 고통과 절규가 가라앉을 때까지 내 울음을 받아주었다. 안방 문이 열리는 소리가 들리고 방문 밖에 엄마의 인기척이 느껴졌다. 문손잡이를 잡았다가 다시 놓는 소리가 들렸다. 엄마가 깊게 잠들었다고 생각했는데 내 울음이 너무 컸던 모양이었다. 엄마는 딸의 방문을 열지 못하고 도로 손잡이를 놔버렸다. 어쩌면 당신이 암으로 죽을 날을 받아놓은 것 때문에 딸이 괴로워서 운다고 생각했는지도 모른다. 안방문이 닫히는 소리가 났다.

"혜수 씨, 혜수 씨를 괴롭히려고 했던 거 아닙니다. 아버지 자서전을 읽고서도 느꼈지만 혜수 씨 어머님이 죽기 전에 꼭 제 아버지를 만나야 한다고 했을 때 저는 두 분의 사랑에 가슴이 아팠습니다. 처음에는 혜수 씨를 그런 사정들과 연결해서 생각하지 않았습니다. 그런데 공항에서 혜수 씨 보자 어떤 운명이 느껴졌고 그 후에는 저도 감정이 걷잡을 수 없이 복잡했습니다. 우리는 혜수 씨 어머니와 내 아버지의 인연으로 만났지만 우리는 새로운 만남입니다. 과거는 과거로 묻고 새롭게 시작해야 할 인연입니다."

신지의 말은 나를 위로했다. 구겨진 마음을 신지가 하나하나 정성껏 펴서 어루만져 주는 것 같았다. 신지와 전화 통화를 끝내고 나서 나는 겨우 잠이 들었다.

눈을 뜨자마자 거울을 들여다봤다. 우려했던 것처럼 눈두덩이 부어있었다. 엄마가 어젯밤에 내 울음소리를 듣고 방 앞까지 왔었기 때문에 엄마에게 설명해야 할 것 같았다. 두 눈을 손바닥으로 지그시 눌러보고 방을 나왔다. 엄마는 거실에 앉아 차를 마시고 있었다. 커피를 한 잔 내리고 엄마 옆에 앉았다. 엄마와 나는 마치 이 시간이 차를 음미하는 시간이라도 되는 것처럼 말없이 차 마시는 것에 열중했다. 서로가 무슨 말인가를 먼저 꺼내기를 바라는 것이겠지만 짐짓 아닌 척

하는 것 같았다.

"혜수야, 그거 녹음기 갖고 와라. 하던 것 끝내야 나도 마음이 편하겠구나."

"참, 일본에서는 내가 없는 시간도 만들어가면서 엄마를 재촉했는데 한국 와선 완전히 까먹고 있었어. 근데 우리 엄마 은근히 기다렸던 거 아니야? 먼저 녹음기 갖고 오라니 말이야."

나는 마시던 커피를 내려놓고 내 방으로 달려갔다. 침대에 그대로 놓여있던 고진석 씨의 자서전을 가방에 담아놓고 녹음기를 꺼냈다. 녹음하면서 자연스럽게 엄마한테서 아버지와 결혼한 사정을 듣게 될 것이고 내가 왜 울게 됐는지 솔직하게 얘기하게 될 순간이 오게 되기를 바랐다.

"아, 아. 어디까지 얘기했니?"

엄마는 눈을 감고 추억 속으로 빠져들 준비를 했다.

"사실은 신지 씨가 자기 아버지한테서 예전에 들었던 적이 있다면서 엄마가 고진석 씨를 살리려고 아버지랑 결혼했을 거라던데. 그래서 엄마가 일본에 찾아온다고 하니까 신지 씨는 그 이유를 짐작했다고 그러더라고. 어제 엄마가 내 방 앞까지 왔다 간 거 다 알고 있어. 어제 그렇게 운 게 이것하고도 상관 있단 말이야. 그 얘기 좀 해봐."

고진석 씨가 자서전을 썼고 그것을 내가 먼저 읽었으며 그 내용을 신지에게 확인했다는 말은 할 수가 없었다.

"그랬구나. 승기 오라버니와 진석 오라버니 석방을 단단히 약속받고 네 아버지와 결혼하겠다고 했다. 경찰들이 잡혀 온 사람들을 심하게 고문하곤 했지. 석방되지 않는다면 진석 오라버니가 꼭 죽을 거 같더구나. 엄마도 고문을 당할 뻔했다. 진석 오라버니와 같은 동네 사람이 유독 심하게 했지. 양길성이란 사람이었는데 그 사람 때문에 진석 오라버니가 일본에 노무자로 간 것이라서 그 이름이 아직도 잊히지 않는구나. 그 사람은 내 뺨을 세게 후려쳤고 내가 쓰러져서 못 일어나면 다시 일으켜 세워서 뺨을 때렸지. 그러다가 그 아저씨가 취조실을 나갔다가 데리고 온 사람이 네 아버지였단다. 네 아버지가 바닥에 쓰러져 있던 나를 보더니 그 아저씨더러 버럭 소리를 지르며 꺼지라고 소리쳤구나. 네 아버지가 그랬다. 여기 있으면 몸 성히 나가기 힘들다고. 그러면서 자기와 결혼하라고 그러더구나. 자기 각시가 된다면 자기가 내 방패가 될 것이라고. 조금만 생각할 시간을 달라고 내가 말했다. 네 아버지가 나를 다른 방으로 데리고 가서 쉬게 해줬다. 곰곰이 생각하다가 내가 승기 오라버니는 물론이고 진석 오라버니까지 살릴 방도가 생겼음을 알았다. 결혼하겠으니까, 당신 각시가 될 테니까 여기에 끌려온 내 오라버니와 진석 오라버니를 당장 석방해 달라고 했다. 네 아버지는 승기 오라버니는 문제 될 거

없지만 고진석은 순빨갱이고 주동 인물이라 석방이 힘들다고 하더구나. 육지 형무소에서 평생 썩든지 총살당할 사람이라면서 말이다. 진석 오라버니는 사상교육도 하고 데모도 주도했기 때문에 그냥 내보낼 수 없는 사람인 거 나도 알고 있었지만 나는 사정했다. 진석 오라버니 당장 석방하지 않으면 결혼 안 하겠다면서 말이다. 그러자 네 아버지가 허락했구나. 네 아버지는 그 길로 집에 가서 네 외할아버지와 외할머니께 허락받고 짐을 챙겨오자고 그러더구나. 차를 타고 가다 한 번 나를 본 적이 있는데 얼굴이 자꾸 떠올랐다고. 이것도 인연이니 나를 어느 여자 부럽지 않게 만들어주겠다고 하더구나. 집에 딱 들어서니까 부모님이 많이 놀랐지. 네 아버지는 당당하게 따님을 데려간다고 통고하고, 놀라서 입도 다물지 못하는 네 외할아버지, 외할머니한테 큰절 올리더구나. 그리곤 잡혀있는 네 외삼촌을 곧 석방하겠다고 하자 네 외할머니가 네 아버지 손을 잡고 울었단다. 네 아버지는 내가 간단히 짐을 챙기자마자 차에 태워 자신의 집으로 데려갔단다. 차를 타고 가면서 꽃으로 장식한 뙤께를 타고 우리 동네로 들어오던 신부를 기억하지 않으려 했다. 그 가마를 보며 진석 오라버니에게 시집가기를 바랐던 적이 있었지. 앞에는 사모관대를 한 진석 오라버니가 말을 타고 그 뒤에 따라오는 뙤께에는 오색 원삼 입고 족두리 쓴 내가 타고 있을 것이다. 그 뒤에 상객들이 뒤따르고 동네 처녀들의 부러움을 받으며 오라버니 동네로 들어갈 것이다. 그런 상상을 했었구나. 그런데 나는 보따리 하나만 챙긴 채 차를 타고 마음에 없는 사람에게 시집가고 있었지. 붙잡혀간 사람들 중에서 진석 오라버니와 승기 오라버니만 무사히 풀려날 것이라서 후회는 하지 않았다. 그런데도 진석 오라버니한테 시집가는 꿈을 접으려니 눈물이 나더구나. 진석 오라버니에게 시집가겠다는 꿈은 영원히 이룰 수 없는 꿈이 돼버렸지. 그 꿈을 접고 나니 내가 조금씩 죽어가는 것만 같더구나."

외삼촌과 고진석 씨를 구하려고 엄마는 아버지와 결혼했다. 엄마가 지금까지 믿고 있는 사실은 그것이었다. 그러나 엄마가 모르는 진실은 미묘하면서도 복잡했다. 엄마는 몰랐을 것이다. 아버지와 결혼함으로써 고진석 씨의 고문을 멈추게 하고 그의 목숨까지 살렸다고만 알 것이다. 그것은 일정 부분 사실이었지만 고진석 씨는 석방 전과 석방 후의 삶이 완전히 달라져 버렸다. 고문에 굴복하지 않았던 고진석 씨는 엄마를 구하려고 멘토이자 동지였던 사람의 비밀아지트를 발설했다. 엄마를 사랑해서 선택한 어쩔 수 없는 발설이었고 굴복이었지만 고진석 씨의 삶은 그때부터 일그러져버렸다. 엄마에게 당분간 그 사실은 숨겨야 할 것 같았다.

엄마는 목이 마른 지 차를 마셨다. 밀려 나오는 회한을 몇 모금 차로 씻어 내리려는 것처럼 보였다.

"엄마, 아버지가 육지 응원경찰이었다면 제주 사람들한테는 치 떨리는 사람 아니었나? 어디선가 그런 이야기를 읽은 것 같아서."

"혜수야, 아버지는 아버지일 뿐이다. 아버지가 과거에 저지른 일 때문에 네가 고통받지 않았으면 좋겠구나. 그때 나에게는 진석 오라버니를 구하는 일이 나를 구하는 일과 같았다. 처음에 난 몸은 아버지한테 시집가지만 절대 마음은 허락하지 않겠다고 생각했었다. 첫날밤에 보따리를 가슴에 끌어안고 방구석에 처박혀 있으려니까 아버지가 말하더구나. 그렇게 꾸어다 놓은 보릿자루처럼 있지 말고 뭔 말이라도 해보라고. 그래서 내가 얘기를 시작했지. 옛날에 할머니가 나에게 들려주었던 이야기였구나. 옛적에 두 친구가 살아서마씸. 한 사람이 장가를 갔는데 그 부인이 절색이었수다. 그러니 다른 친구가 음심을 품은 거라마씸. 노루 사냥 같이 가자고 꼬드겨서 사냥하는 척 하다가 친구를 쏘아 죽여 부런 마씸. 친구를 쏘아 죽인 그 포수는 친구의 죽음을 애통해하는 척하며 여자한테 잘한 거라마씸. 그러다보니 여자도 남편을 잊고 원수를 원수인 줄 모르고 정을 주게 됐주마씸. 그렇게 둘이 잘 살면서 아들도 아홉이나 낳았는데 하루는 비가 내려서예. 마당에 물이 고이면서 물거품이 부각허난 남편이 히죽 웃는거

라예. 무사 웃엄수꽈. 걔매이. 말을 하려다가 남편이 주저허
는 거라마씸. 그러니 부인은 우리는 아들도 아홉이나 낳고 이
렇게 늙도록 같이 살아신디 못 헐 말이 뭐가 있수꽈, 얘기해
봅써, 허난 남편이 전남편을 활로 쏘아버린 기막힌 얘기를 허
는 거라마씸. 전남편이 죽을 때 몸 아래 피거품이 부각했던
것이 지금 저 물거품 보니까 생각남겨 헌거라마씸. 부인은 아
무렇지 않은 척 허멍 그 양반 죽어부난 당신이영 이렇게 사는
것 아니꽈. 그거, 잘했수다. 그때 살멍 나를 못살게 괴롭혔는
데, 그거 아주 잘 했수다. 안심시킨 거라마씸. 그놈 죽은 데
나 가리켜 줍써. 분풀이나 허게. 그래서 남편은 친구 죽은 데
를 가리켜준 거라마씸. 부인은 전남편이 죽은 데를 가서 뼈
를 찾고 관가에 고발해서 마씸. 관가에서는 분이 풀릴 때까
지 포수를 치라고 하니 부인이 남편인 포수를 때려죽인 거라
마씸. 그 길로 부인은 아홉 아들을 가둬놓고 집에 불 질러 죽
였댄마씸. 그런 다음에 부인은 직접 자기 무덤을 파고 무덤에
들어앉아 여기 불빛이 꺼지면 죽은 줄 알고 바위로 입구 막
아서 흙이나 덮어주라 한 거라마씸…… 내가 긴 이야기를 마
쳤지. 네 아버지는 얘기를 해보라고 하니까 섬뜩한 얘기를 한
다고 하더구나. 글쎄다. 그때 내 마음이 그랬구나."

　엄마 입에서 술술 기어 나오는 제주 사투리는 가락을 띤
외국어처럼 들렸다. 엄마의 사투리는 엄마 몸속 어디인가에

밀봉되었다가 갑자기 봉인이 풀리며 터져 나오는 것 같았다. 엄마는 신들린 것처럼 그때 그 방에서 첫날밤을 두려워하던 젊은 처녀로 돌아가 아버지에게 다시 한번 얘기하고 있었다. 보자기를 가슴에 끌어안고 벽 귀퉁이에 앉아 있는 엄마, 이부자리에 드러누워 머리를 손으로 받치고 엄마를 올려다보는 아버지가 상상됐다.

아버지는 첫날밤에 독살스러운 말을 사투리로 쏟아내는 엄마를 어떻게 생각했을까. 엄마는 왜 하필 신혼 첫날에 그런 이야기를 했을까. 원하지 않던 혼인이라서 결혼생활이 무덤 안으로 들어가는 것처럼 느껴졌을까. 고진석 씨에 대한 사랑은 시간이 지나도 변하지 않을 것이라는 자신만의 주술이었을까.

아홉 아들을 방에 가둬 불에 태워 죽였다는 부분에선 내가 그 방에 갇혀있는 것 같았다. 엄마의 사랑을 짓밟은 아버지. 나는 그 아버지의 자식이었으므로 신혼 첫날의 엄마한테 아직 태어나기 전의 오빠와 나는 거기에 갇혀야 마땅했던 것일까.

녹음기에 시선을 두고 사투리를 쏟아내던 엄마는 멍하니 허공을 쳐다보았다.

"그렇게 매일 밤 보따리 가슴에 끌어안고 있는데 오빠와 난 어떻게 태어났습니까? 불가사의인 줄 아뢰옵니다."

"미운 정도 정인 게지. 네 아버지가 자면서 악몽을 자주 꿨다. 네 아버지가 남한에서 자리잡고 있는 동안에 북에 있던 네 할아버지, 할머니가 끔찍한 일을 당했다고 하더라. 빨갱이라면 아버지는 같은 종족으로 생각하지 않았다. 내가 진석 오라버니나 승기 오라버니 모두 그런 빨갱이가 아니라고 해도 아버지는 의심을 거두지 않았어. 나와의 약속 때문에 진석 오라버니를 풀어주기는 했지만, 누군가를 붙여 계속 감시하는 걸 알 수 있었단다."

엄마는 어쩔 수 없이 지아비로 모셔야 하는 아버지의 그늘에 있으면서 나름 아버지의 행동을 이해하려 자신을 세뇌하며 살아온 것 같았다. 자꾸 그렇다고 생각하다 과거의 기억까지 날조할 수 있는 게 사람이었다.

"나는 딸이니까 아버지를 공정하게 평가하는 건 힘들어. 그런데 내가 눈 감는다고 해도, 모른 척해도 아버지의 과거가 달라지는 건 없어. 아버지가 고진석 씨에게 심한 고문을 했다고 들었어. 그건 달라지지 않아."

엄마는 고진석 씨의 자서전에 대해 전혀 모르므로 내 얘기가 전부 신지에게서 들었다고 생각할 것이다. 나는 아버지가 직접 고진석 씨를 고문했다는 것을 말하면서 엄마 표정을 살폈다. 엄마는 생각에 잠긴 표정이었다가 주방으로 가서 차를 한 잔 더 따라왔다. 엄마는 지금도 이목구비가 뚜렷하고 엄마의 자태는 내가 보아도 고왔다. 젊었을 적 엄마는 뭇시선을 끌만큼의 미모와 몸매를 가졌을 것이다. 어디에선가 여러 사람의 갈망을 끌어내는 여자는 그만큼 인생이 고달프고 고독하다는 글을 읽은 기억이 났다.

"짐작은 했다. 지서에 끌려간 사람들은 네 아버지의 고문으로 반죽음이 돼서 나오기 일쑤였으니까. 네 아버지가 진석 오라버니를 고문한 게 사실이라고 해도 나와의 약속을 지켜 그 고문을 멈추고 석방한 사람도 네 아버지였다. 네 아버지는 책임감이 강한 사람이었다. 자신에게도 그랬고 나한테도 남편의 책임감을 지키려고 노력했어. 네 아버지가 그랬어."

엄마는 같이 산 것이 정이라고 미운 정이 쌓인 아버지의 방패가 될 작정을 한 모양이었다. 내가 무수히 찔러대는 날카로운 창을 속이 다 보이는 투명한 방패로 힘겹게 막았다. 엄마가 생각할 시간을 버는 사이에도 엄마와 고진석 씨의 관계를 아는 아버지는 고진석 씨에게 고문을 계속했을 것이다. 그리고 아버지와 양길성은 고진석 씨 석방이 결정됐을 때도 그 사실을 숨긴 채 엄마를 미끼로 그에게서 강상수의 비밀아지트를 알아냈음이 틀림없다. 고진석 씨의 자서전과 엄마의 말을 통해 나는 유추해 알아냈지만, 엄마는 모르고 있는 사실이었다.

엄마는 아버지를 두둔하면서 자신이 아버지와 함께 산 세월을 두둔하는 것처럼 보였다. 나는 아버지의 악한 행동들은 이해하기가 힘들었지만, 엄마를 향한 마음은 진심이었다는 생각이 들었다. 그 후에도 아버지가 고진석 씨를 끈질기게 괴롭힌 것을 보면 고진석 씨를 빨갱이면서 연적으로 대했다는 걸 알 수 있다. 엄마와의 약속 때문에 차마 마음대로 고진석 씨를 죽일 수는 없었지만 다른 방법으로 교묘하게 고진석 씨의 삶을 파괴했다. 엄마의 몸은 완전히 차지했지만 그 마음만은 전부 차지할 수 없었던 아버지의 질투가 고진석 씨의 삶을 와해시키는 데 한몫했을 것이다.

오늘은 그만하자며 나는 녹음기를 껐다. 엄마는 소파에 앉아서 마저 차를 마셨고, 나는 고진석 씨의 자서전을 펴기 위해 내 방의 문을 꽉 닫았다.

아버지는 자신의 과거에 대해 한 치의 반성도 없었을까.

악의 화신으로 불렸던 나치 전범 아이히만도 뿔이 하나 돋은 괴물이 아니라 주위에서 평범하게 볼 수 있는 사람이었다. 명령만 따랐을 뿐이라는 아이히만은 아버지처럼 가정에 충실한 사람이었을지도 모른다. 아버지는 우리 가족에게는 충실했을지 모르지만 고진석 씨 자서전에 비친 모습은 아버지를 모르는 사람이라고 하고 싶을 정도로 야비했다. 아버지가 고진석 씨와 엄마의 관계를 이용해 협박하는 모습에선 자서전을 던져버리고 싶었다.

 아버지가 고진석 씨를 협박한 사실을 모른 채 계속 아버지를 두둔하는 엄마의 모습이 보기 싫으면서도 안쓰러워 일부러 나는 엄마에게 녹음 얘기를 먼저 꺼내지 않았다. 엄마도 나의 기분을 알아챘는지 녹음하자며 재촉하지 않았다.

 엄마는 평소와 같이 일상생활을 유지했지만 최소한의 것들만 남겨놓고 자신의 물건들을 처분해나갔다.
 "죽을 날 받아놓은 사람처럼 왜 그래, 보기 싫으니까 그러지 마."
 "나, 죽을 날 받아놓은 사람 맞아. 외면한다고 그게 바뀌는 거 아니다."
 엄마는 상자에 당신의 물건들을 정리하기 시작했다. 엄마의 옷장에는 외출할 때 입을 옷 몇 가지와 집에서 입을 편한 옷 몇 가지만 남았다. 얇은 옷들은 모두 상자 속으로 들어갔다. 그 상자 위에는 모두 '재활용센터에 갈 것'이라는 매직 글씨가 꼭꼭 눌러 쓰여 있었다. 엄마는 내년 여름을 이미 삭제해놓고 있었다. 엄마가 삭제해놓은 여름이 담긴 상자를 보면서 수술하고 경과 좋으면 아직 가능성이 있는데 왜 그러냐고 나는 소리를 질렀다.

의사는 암 덩어리가 점점 크고 있고 그에 따라 고통의 빈도도 잦아질 것이라고 강조했다. 그런 의사의 말에도 엄마는 가볍게 고개를 끄덕였을 뿐이다. 이십일 후로 수술날짜가 잡혔다.

병원에 다녀오는 길에 엄마는 시장에 들러 메밀가루와 무를 샀다. 집에 돌아온 엄마는 무를 채 썰어 삶고 큰 그릇에 메밀가루와 밀가루를 풀어 얇은 반죽을 만들었다. 전기 프라이팬에 반죽을 얇게 펴 두 장씩 지졌다. 겉이 오글오글 마르기 시작하자 확 뒤집었다가 도마 위에 바로 내었다. 소금으로 간을 한 삶은 무를 메밀 전 위에 올려놓고 돌돌 말았다.

"빙떡이네."

"네 외할머니가 참 좋아했는데……"

빙떡은 담백한 맛이었다. 메밀의 텁텁함과 무의 시원함이 어울려 독특한 맛이 났다. 엄마가 당신의 인생을 정리하는 목록에는 망자에 대한 추도 또한 포함된 모양이었다. 외할아버지, 외할머니, 외삼촌 위패는 절에 모셔져 있었다. 엄마가 절에 갈 때면 빙떡을 만들었던 게 기억났다. 맛있다며 두 개째 먹는데 알싸한 슬픔이 조여와 목이 메었다. 빙떡을 매개로 엄마는 외할머니와의 추억을 몇 가지 풀어놓았다. 아무런 준비 없이 시집간 딸이 안쓰러워 이불 한 채를 짊어지고 땡볕을 걸어오셨다는 얘기를 하면서 눈물을 보였다.

"엄마는 제주에 친한 친구도 한 명 없었어? 소식을 주고 받을만한 친구도 없었냐고."

"있었지. 박정옥이라고, 진석 오라버니와 같은 올레에 사는 친구였는데 엄마하고 야학도 같이 다니고 그랬다. 진석 오라버니는 자기 동네에서 걸어와 마을 공회당에서 땀이 송송 돋은 몸으로 한글도 가르치고 좋은 말들도 해줬지. 정옥은 첩을 두는 게 부당하다고 깨우쳐준 야학에 누구보다 열심히 다녔다. 나도 야학에 열심이었지. 진석 오라버니가 하는 말이 다 좋았고 그게 아니어도 진석 오라버니 얼굴만 봐도 좋았으니까. 두서없이 옛 생각이 나네. 정옥이가 내 집에 와서 같이 얘기하는 것만으로도 숨통이 트이는 것 같아서 정옥이가 오기만 기다렸단다. 난 정옥이네가 끼니를 이을 수 있게 먹을 걸 대주곤 했지. 그러다 어느 날 갑자기 정옥이는 사라졌단다. 정옥이와 소식이 끊기고 일본으로 밀항 갔다는 얘기만 들었는데 내가 일본에서 진석 오라버니만 찾고 정옥이를 찾지 않은 건 정옥이가 죽은 사실을 알았기 때문이란다. 정옥 아버지 작은부인이 내 전화를 받고는 정옥이가 일본에서 죽었다고 말했어. 제주에서 살 때도 정옥이와 그분은 서로 남보다 못하게 지냈는데 정옥이 죽었단 얘기할 때도 옆집 개가 죽었다는 듯이 말하더구나…… 정옥이도 많이 보고 싶구나."

엄마가 이야기보따리를 풀면 풀수록 엄마의 생은 스산하게

만 느껴졌다. 엄마의 고향, 제주에는 가족도 없고 돌아볼 친척도 없고 마음 나눌 친구도 없는 셈이었다.

"엄마는 아버지와 결혼한 다음엔 한 번도 고진석 씨를 만나지 못했어?"

"아니, 네 아버지가 심부름하는 애를 집으로 보낸 적이 있었어. 네 아버지가 집에 놔두고 온 게 있는데 내가 직접 갖고 지서로 오라고 말이다. 지서 앞에 진석 오라버니가 보초를 서고 있더구나. 반가운 마음에 달려가서 오랜만이라고 인사하는데 진석 오라버니가 외면했어. 못 알아볼 리 없건만 못 본 척하는데 나, 윤자우다 하면서 더 아는 척 할 수도 없고 그냥 발길을 돌렸지. 반가웠던 마음 위에 얼음덩이들이 쌓이는데 네 아버지한테 심부름시킨 걸 던지듯이 넘겨주고 쌩하니 집으로 왔구나."

나는 어쩐지 아버지가 일부러 지서로 엄마를 불러낸 것 같았다. 심부름시킨 아이가 갖고 와도 될 것을 엄마가 직접 갖고 오라고 했기 때문이다. 엄마가 언제 오나 지서에서 내다보면서 아버지는 둘의 만남을 날카로운 매의 눈으로 주시했을 것이란 생각이 들었다.

신지와 나의 이메일은 점점 잦아졌다. 신지에게 이메일을 띄울 때면 무심히 지나쳤던 일상도 화려한 색상을 입고 다가

왔다. 사랑의 감정이 감각을 깨운다고 누가 말을 한다면 나는 백배 공감을 표시할 것이다. 매일 보던 집안의 화초도 거실에 들이비치는 빛의 각도에 따라 색이 달라지는 것이라든가, 공원의 살찐 비둘기의 힘겨운 걸음걸이가 처음으로 눈에 들어오는 것도 내가 사랑의 감정으로 충만해 있기 때문이었다. 그런 감각은 다른 부정적인 감정들도 깨웠다. 내 사전에 전혀 들어있지 않다고 단언하던 것들, 질투, 안달, 집착들이 불쑥 튀어나왔다. 신지가 어떤 여성에 관해 썼으면 신지는 그럴 의도가 아니었지만 난 낯모르는 그녀에게 불같은 질투를 느꼈다. 며칠 이메일에 답장이 없으면 하루에도 수십 번 이메일을 열어보았다. 그러다가 무슨 일이 있는 것은 아닌지 목소리를 들어야 안심할 것 같아서 전화기를 만지작거렸다.

그러던 중 신지가 전화를 걸어왔다.

"혜수 씨, 잘 지내고 있습니까?"

"그럼요, 누구 덕분에 목이 빠지게 아주 잘 지냈죠."

연락이 뜸했던 것에 대해 일부러 뚱하게 대답하려 했다. 나의 목소리와 관계없이 신지는 놀라운 소식을 전했다.

"아버지가 오늘 새벽에 돌아가셨습니다. 감기를 며칠 지독하게 앓다가 폐렴으로 갑자기 돌아가셨습니다. 그래서 며칠 연락도 못 했습니다."

나는 뜨거운 커피잔을 손에서 놓친 것처럼 놀라서 사실이냐고 소리쳤다. 신지와 통화를 마친 후 엄마에게 고진석 씨 사망을 알리기 위해서 방을 나왔다. 내가 엄마에게 전달해야 할 소식은 내 몸 안에서 한 마디 한 마디가 단단하게 굳어져 조심스럽게 토해내야만 할 것 같았다. 엄마는 거실에 앉아서 텔레비전을 보고 있었다. 나는 다소나마 엄마가 충격을 받아 들일 시간을 주기 위해서 천천히 말을 꺼냈다.

"엄마, 놀라지 말고 들어. 고진석 씨가 돌아가셨대. 감기였는데 갑자기 폐렴으로 도졌나 봐."

엄마는 가슴을 누르며 눈을 감았다. 목이 메는지 한참이나 아무 말 없이 그대로 있었다. 엄마는 당연히 고진석 씨의 장례식에 가야 한다는 것처럼 일본행 비행기 두 자리를 예약하라고 했다.

고진석 씨는 화장 후 납골당에 안치될 예정이었지만 알츠하이머가 그를 덮치기 전에 유골 일부를 제주에 뿌려달라는 유언을 남겼다. 그래서 신지는 엄마가 힘들게 일본까지 오지 말고 제주에서 합류해도 되지 않겠냐 했지만 엄마는 고진석 씨의 장례도 참석하겠다고 고집을 피웠다. 물론 제주에 고진석 씨 유골을 뿌릴 때 자신이 동행하는 것도 당연한 것처럼 말했다.

"제주를 떠나온 후에 한 번도 제주 땅을 밟지 않았구나."

혼잣말하는 것처럼 감탄 어미를 쓰는 엄마의 말투가 물기에 젖었다. 엄마는 그사이에도 살이 더 빠져 주름살은 더 도드라져 보이고 지방이 빠져나간 살가죽은 쭈글쭈글한 부대처럼 엄마 몸에서 늘어졌다. 엄마가 편안한 잠을 자려면 그 몸과 따로 노는 살가죽도 벗어놔야 할 것처럼 그것들은 엄마의 육체와 겉돌았다. 그런 엄마가 일본행과 제주행을 강행하는데도 난 엄마를 제지할 수 없다는 걸 알았다. 고진석 씨의 마지막 모습을 지키고자 하는 엄마의 열망이 엄마 몸속을 파고든 암의 고통보다 더 큰 것 같았다. 나는 신지를 만날 수 있다는 생각으로 일본행에 몸이 달아 있었기 때문에 엄마의 그런 열망을 모른 척했다. 신지는 자신의 아버지를 여의었고 엄마는 사랑하던 사람을 저 세상으로 보냈다. 마음 깊은 곳에 신지를 다시 만날 수 있다는 환희를 숨기고 있던 나는 엄마가 그걸 알아채지 못했다 해도 부끄러운 마음이 일었다.

엄마는 캐리어에 짐들을 쌌다. 저번 일본 방문과 다른 점이 있다면 요실금 기저귀를 충분히 챙겼으며 검은색 정장을 준비했다는 것이다.

일본행 비행기 예약은 가까스로 이뤄졌다. 일본에 도착했을 때는 장례식이 다 끝난 후였고 엄마와 나는 화장터에서 겨우 신지 가족과 만날 수 있었다.

신지의 어머니는 몸집이 작은 일본인이었다. 한국말을 알아듣지 못해서 신지가 통역을 해주었다. 전에 엄마와 내가 일본에 갔을 때 전후 사정을 잘 들었는지 고진석 씨 부인은 엄마를 낯설어하지 않았다. 고진석 씨 부인은 엄마를 보자 다소곳이 인사를 했다. 엄마도 얼떨결에 인사를 하는데 마치 위로받아야 할 사람이 엄마라는 듯이 고진석 씨 부인이 엄마를 안았다.

신지의 딸 미유는 수줍음이 많았다. 초등학교 1학년이라는 미유는 할머니와 있을 때는 할머니의 치마를 잡고 놓지 않았고 아빠와 있을 때는 아빠의 손을 잡고 놓지 않았다. 내가 쳐다보면서 미소 지으면 미유는 관심 없다는 표정으로 바라만 볼 뿐 화답해주지는 않았다.

화장터는 순서를 기다리는 사람들로 북적였고 고인의 마지막 모습을 보는 가족이나 친지들은 엄숙하고 조용한 표정이었다. 낮은 일본말로 소곤소곤 얘기를 나누는 사람들의 표정은 편안하게 보였다. 그 사람들의 고인은 천수를 다 누리고 가족과 친지에 둘러싸여 행복하게 생을 마감한 것만 같았다. 나는 고진석 씨의 삶을 반추해 보았다. 엄마와의 연결고리가 없었다면 평생 나와 아무 관련이 없었을 사람이었는데 그는 이제 나에게 큰 의미가 있는 사람이었다. 신지의 아버지였으며 엄마의 옛 연인이었고 내 아버지의 연적이기도 했다.

마스크를 쓴 두 명의 남자 직원이 화장장 화구 앞에서 대기 중이었고 하얀 나무 관에 누워있는 고진석 씨의 머리 부분을 볼 수 있게 관이 열려있어서 가족들이 마지막 인사를 했다. 고진석 씨 관이 화장장 안으로 밀려 들어갔다. 신지가 내 손을 꽉 잡았다. 시퍼런 불길이 관을 휘감았다. 불꽃이 휘돌아 치면서 관을 때리고 그 불꽃의 한 조각이 엄마의 심장을 꽉 짜내 태우는 것 같았다. 엄마는 서 있기 힘든 듯 내 팔을 잡았다.

"진석 오라방, 집에 불나시난 어서 나옵써. 어서 나옵써."

엄마는 울부짖으며 주저앉았다. 조용한 화장장 안에 엄마의 울음소리만 유난히 컸다. 그러는데도 난 엄마가 다 울지 않고 속울음을 우는 것처럼만 보였다.

기진한 엄마는 대기석 의자에 앉아 있었다. 신지가 유골을 수습하겠냐고 물어봤을 때 엄마는 고개를 흔들었다. 차마 뼛조각으로 화한 고진석 씨를 볼 수는 없다는 듯이. 다 연소 된 고진석 씨는 몇 개의 뼛조각으로 나왔다. 하얀 장갑을 낀 신지와 그의 어머니가 긴 나무젓가락에서 나무젓가락으로 유골들을 옮겨 유골함에 넣었다.

나흘 후에 신지와 제주에서 합류했다. 신지 어머니와 미유는 오지 않았다. 열이 나는 미유를 돌봐야 했기 때문에 신지

어머니는 비행기 예약을 취소했다. 신지는 제주에 볼일이 있어서 이틀을 더 묵는다고 했다. 그래서 엄마와 나도 신지와 같이 더 머물기로 돼 있었다. 제주에서 일을 마치고 올라가자마자 수술 전 여러 가지 검사를 위해 병원에 입원해야 하는 강행군이었다. 엄마는 두 번의 계속된 비행으로 피곤할 텐데도 눈만은 어느 때보다 더 빛나고 있었다. 그런 눈으로 비행기 밑으로 다가온 섬을 내려다보았다. 섬 주위 수평선은 어디가 바다이고 하늘인지 모를 정도로 푸르렀다. 해안선으로는 하얀 백사장이 펼쳐진 곳도 있었고 등대길이 하얗게 드러난 사이로 검은 현무암 해안을 푸른 파도가 넘실대고 있었다. 수학여행 때 제주에 와봤지만 그때는 친구들과 잡담을 하느라 미처 보지 못한 풍경이었다. 수학여행 다녀왔을 때 엄마는 제주에서 찍은 사진을 보자고 했고 친구들 얼굴과 내 얼굴이 거의 전부를 차지한 사진을 오랫동안 봤다. 그때는 엄마의 속도 모르고 사진에 찍힌 친구 얘기만 잔뜩 늘어놓았다. 가만히 듣고만 있었던 엄마는 얼굴들 뒤편에 찍힌 배경을 보고 있었을 것이다.

낚싯배는 포구를 떠나 깊은 바다 쪽으로 향했다. 해안가에서부터 경계를 지은 것처럼 갯바위가 있는 곳은 검은빛이었다가 하얀 모래 위의 바다는 유리구슬처럼 투명하고 안쪽 바다는 깊은 푸른색이었다.

배를 타기 전에 나는 엄마가 걱정됐다. 내 가방에 항상 진통제와 약들을 갖고 다니지만 바다 위에서 통증이 일어나는 것은 육상보다 더 힘겨운 싸움이 될 것처럼 느껴졌다. 그러나 엄마는 나의 이러한 걱정이 기우라는 듯 나보다 먼저 배에 올랐다.

"혜수야, 옛날 생각나는구나. 걱정하지 말아라. 내가 해녀였잖니. 네가 물에 빠져도 엄마가 구할 수 있을 거다."

엄마는 내 표정에서 걱정을 읽었고 그 걱정을 다른 것으로 돌려놓고 있었다.

"혜수 씨, 걱정 없습니다. 나도 수영선수입니다. 혜수 씨 수영 못해도 걱정 없습니다."

신지도 엄마를 거들었다. 둘의 대화에서 걱정해야 할 대상은 엄마가 아니라 물에 넣으면 꼬르륵 가라앉을 나로 바뀌었다. 나는 피식 웃고 말았다.

낚싯배 아래로 조그만 고기떼들이 줄지어 지나다녔다. 제주 바다는 투명했다. 투명한 바다에서 해녀였던 엄마는 숨비소리를 내뱉으며 소라, 전복을 잡고 미역을 땄을 것이다. 낚싯배는 신지가 말한 지점에서 잠시 멈추었고 신지가 작은 상자를 꺼냈다. 일본 납골당에 안치되기 전에 유골함에서 덜어온 것이었다. 신지가 엄마보고 먼저 유골 가루를 뿌리라고 말했다.

"진석 오라버니, 잘 가세요. 거기선 모든 것 내려놓고 편안히 살아요. 저도 곧 가게 될 거예요."

나는 고진석 씨를 따라 곧 가겠다는 엄마를 흘겨보았다. 엄마가 푸른 바다 위에 고진석 씨의 유골을 뿌렸다. 유골은 물 위에 잠시 머무르다가 파도를 타고 흘러가기도 했고 밑으로 흩어지기도 했다. 난 엄마가 '저도 곧 가게 될 거예요'라고 말했을 때 누가 벌어진 상처를 다시 헤집은 것처럼 아팠다. 잠시 내가 잊고 살았을 뿐 상처가 그대로 있다는 것을 알려주는 것만 같았다. 신지가 유골을 잡아 엄마처럼 바다에 뿌렸다.

"아버지, 여기 제주입니다. 고향에 오시게 됐습니다. 좋지요?"

신지는 그다음 말은 일본어로 했다. 엄마와 내가 듣기에는 너무 사적인 이야기를 하는 것인지, 아니면 북받치는 감정을 한국어로 풀 길이 없어서 일본말로 하는 것인지는 알 수 없었다. 나는 신지가 자신의 아버지에게 나와 신지의 앞날에 축복을 내려달라고 말한 것만 같았다. 신지가 나에게도 유골을 뿌릴 기회를 줬다.

난 밀려 나오는 말들을 다 뱉을 수 없다는 걸 깨달았다. 신지가 나와 엄마가 알아듣지 못하게 일본말로 한 것이 이해됐다.

"저는 마음속으로 하겠어요."

'고진석 씨, 저는 당신이 사랑했던 여자의 딸이에요. 당신을 고문하고 당신의 인생에 검은 그림자를 드리운 사람이 제 아버지이기도 하죠. 아버지가 자신의 신념 따라 그렇게 시대를 견뎠다고 변명 따위는 하지 않겠어요. 아버지 대신 용서를 빌어요. 용서할 당사자가 사라진 후에 용서를 구하는 건 무슨 의미가 있느냐 하실지 모르겠네요. 하지만 용서를 구한다는 건 같은 잘못을 다시는 반복하지 않겠다는 의지를 담고 있어요. 그것이 후세에서도 과거의 잘못에 대해서는 용서를 구해야 하는 이유라 생각해요. 제 용서를 받으시고 신지와 제가 앞으로 잘 헤쳐 나갈 수 있도록 도와주세요. 고진석 씨가 엄마를 아꼈던 만큼은 따라가지 못하겠지만 저도 그이를 많이 사랑해요. 고진석 씨, 그곳에선 고문의 기억이나 사랑하는 사람과 헤어져야 했던 아픈 기억들 모두 잊고 평안을 찾길 바랄게요.'

8. '나의 기억' – 암흑의 전조

승기가 집에 찾아왔다. 지서에서 풀려나자마자 윤자가 석방됐는지 알아보러 내가 승기네 집에 갔을 때 만난 이후 처음이었다. 승기와 나 사이에는 전에 없던 어색함이 함께 끼어 앉았다. 승기와 같이 야학을 하고 삐라를 붙이고 시위를 하던 일이 어느 먼 과거의 남의 일처럼 생각됐다.

"대동청년단원들한테 린치당했다면서?"

승기가 먼저 말을 꺼냈다. 술이나 먹자던 승기는 술기운이 올라옴에 따라 나를 향해 벽을 쳤던 마음들을 하나씩 깨트리는 것 같았다.

"그놈들이 내가 공산주의자를 잡는데 협조했다는 거 알면 상을 줬을까?"

"너무 자조하지 마라."

승기는 이 말을 끝으로 다시 침묵 속으로 빠져들어 술잔만 기울였다.

"난 좌도 싫고 우도 싫어. 버젓하게 국가를 지키는 일꾼이 되기로 했다."

승기는 국방경비대에 지원서를 넣겠다는 얘기를 하고 있었다. 나도 신문에서 국방경비대 모병 광고를 본 적이 있었다.

'국방경비대는 좌도 아니고 우도 아니다. 동포를 사랑하고 조국을 위하여 순국하려는 젊은이들의 애국 군사기관이다.'

"꼭 국방경비대에 지원할 필요가 있을까? 네 매제가 경찰 간부니까 대동청년단들이나 서북청년단들이 너를 해코지하진 않을 거고 네가 원했던 것처럼 학업을 계속하는 방법을 찾아보는 것도 좋을 거 같은데."

"이 시국에 공부는 무슨 공부, 일 없다. 9연대 정문에서 보초를 설지언정 집에서 나가고 싶어. 우리 부모님은 사정을 눈치챈 것 같지만 동네 사람들은 윤자가 이경배와 결혼했기 때문에 내가 풀려났다고 알고들 있다. 누이 덕분에 죽다 살아난 목숨이라는 이 부채감을 덜고 싶단 말이다. 그리고 이경배를 누가 매제라 그래. 난 그 사람 매제라고 생각해본 적 한 번도 없어. 너 정말 모른 척하는 거냐, 한심한 놈, 윤자가 왜 이경배한테 시집갔는지도 모르면서."

한심한 놈이라고 말하며 성난 눈길을 나에게 내다 꽂은 후 승기는 후다닥 방을 나갔다. 승기는 나를 윤자가 이경배한테 시집간 이유도 짐작 못 하는 한심한 놈이라고 했지만 나는 윤자가 왜 이경배에게 시집갔는지 다 알고 있었다. 윤자는 나를 지키기 위해서 이경배에게 시집갔다고 차마 승기에게 말로 할 수 없을 뿐이었다. 그것을 말로 꺼내면 한 마디 한 마디가 검게 탄 숯덩이였다.

승기는 그렇게 제9연대에 지원병으로 들어갔다.

시위는 제주 곳곳에서 계속 일어났고 지서에서 취조받던 중학원생이 고문으로 사망했다. 미군정을 비판하던 청년이 서북청년단원에게 현장사살 되기도 했다. 계속된 구속과 고문에 성산에서는 민청에 가입했던 청년들이 모두 대동청년단에 가입했다는 소문이 들렸다. 자신이 사상적으로 빨갱이가 아니라는 걸 보여주기 위해서는 대동청년단에 가입해서 우익활동을 하는 게 안전했기 때문이었다.

누군가 바깥에서 조심스럽게 문을 두드렸다.

"진석이 형, 용석입니다."

나는 용석을 안으로 들이고 재빨리 주위를 살핀 다음 문을 닫았다.

"잠시 형 보러 왔습니다. 이젠 이렇게 잠시라도 오기 힘들 겁니다."

"얼굴이 많이 축났네. 집에는 들렀냐?"

"보면 더 속상하실 겁니다. 형은 어떡할 작정입니까, 이렇게 방에만 숨어있지 말고 뭔가 행동을 해야 할 거 아닙니까, 이러는 건 형님답지 않습니다. 앞으론 단선, 단정을 반대하는 무장투쟁이 전개될 겁니다. 같이 올라갑시다."

나는 용석의 '무장투쟁'이라는 말에 뒤통수를 한 대 얻어맞는 기분이었다.

"무장투쟁? 두들기면 두들기는 대로 다 맞는 것도 어리석은 일이지만 앞뒤 가리지 않고 덤비는 것도 무모하긴 마찬가지다. 무장투쟁은 불쏘시개로 초가집을 헤집는 것처럼 위험해. 바다가 있는 동네들이 바다 영역 때문에 싸우던 거 알잖아. 시체 처리 문제를 두고 서로 피 터지게 싸우기도 했잖아. 그때 가장 좋아하던 인간들이 우리를 지배했던 일본 순사들이었어. 유혈 폭동이 일어나면 가장 좋아할 게 권력자들이야. 전체적인 의견통일이 안 된 상태에서 무장투쟁하는 건 우리를 억압할 구실을 주지 않겠어? 그들은 원인은 배제하고 이 싸움을 좌익과 우익의 대립으로 끌고 갈 테니까. 무장투쟁은 그 주위의 무모한 사람들의 희생도 불사하겠다는 거밖에 안 돼."

"정세가 그렇게 나쁘지만은 않습니다. 지금 경찰력만으로 무장 진압은 어려울 겁니다. 국방경비대는 우리에게 호의적이고 결국 이승만은 미제에 의지하겠지만 어림없는 소리입니다. 미 점령군이 개입한다면 그건 국제 문제가 될 테고 항쟁에서 희생은 어쩔 수 없는 일입니다. 그 희생에 발목이 잡혀 아무 행동도 안 한다면 바꿀 수 있는 건 아무것도 없습니다."

용석은 자신의 신념에다 산에서 교육받은 내용을 버무려 말을 하는 것 같았다.

"무고한 사람들의 희생을 정당화하는 건 도대체 뭐냐?"

내 목소리가 높아졌다.

"희생을 자꾸 강조하지 마십시오. 그건 과정에서 일어나는 것이지 결과는 하나의 조국과 더 많은 사람들을 위한 겁니다. 형님이 잡혀가서 고문당한 거 알고 있습니다. 그 사이에 형님은 너무 약해졌습니다. 나는 형님으로 인해서 강해졌는데 말입니다."

용석은 엉거주춤 앉았던 자리를 털고 일어섰다. 용석은 앉는 자리도 편안하게 앉지 못하고 금방이라도 도망갈 자세를 취했다. 나는 대꾸할 말이 목에 걸려 나오지 않았다. 용석의 말대로 나는 약해빠진 사내처럼 생각됐다. 윤자를 살리려고 그랬지만 나는 강상수의 비밀아지트를 발설해서 동지들을 잡혀가게 만든 배신자일 뿐이었다. 용석이 그 사실을 모르고 있는지, 알면서도 모르는 척하는 건지 알 수 없었지만 나는 용석과 산에 올라갈 자격이 없었다. 산에 올라갈 수 없는 심정을 까 보일 수 없는 나는 침묵을 지켰다.

"입산하지 않는 대신 어머니, 아버지, 나 없는 동안 가끔 들여다봐 주고 잘 지켜주세요. 이건 들어줄 수 있잖습니까? 그럼, 전 갑니다."

용석은 나를 설득하는 걸 체념한 듯 후다닥 나갔다. 용석이 나가면서 찬바람이 문 사이를 비집고 들어왔다.

어머니가 마당에서 나를 부르는 소리에 잠에서 깼다. 마당에 내려섰다. 오름 위에서 봉화가 활활 타오르고 있었다. 저 불길을 용석이 들고 있는 듯 착각이 일었다. 산으로 올라간 용석에게서는 다시 소식이 없었지만, 저 오름들 꼭대기에서 용석이 불길을 이고 이쪽을 쳐다보고 있는 것만 같았다.

탕, 탕!

나는 어머니와 같이 안방에 앉아 총소리를 들었다. 어머니는 새파랗게 질려 이불로 귀를 막으며 말했다.

"산사람들이 내려왔구나."

나는 삐라를 주워왔다.

—시민 동포들에게! 경애하는 부모 형제들이여! '4·3' 오늘은 당신님의 아들 딸 동생이 무기를 들고 일어섰습니다. 매국 단선 단정을 결사적으로 반대하고 조국의 통일 독립과 완전한 민족 해방을 위하여! 당신들의 고난과 불행을 강요하는 미제 식인종과 주구들의 학살 만행을 제거하기 위하여! 오늘 당신님들의 뼈에 사무친 원한을 풀기 위하여! 우리들은 무기를 들고 궐기하였습니다. 당신님들은 종국의 승리를 위하여 싸

우는 우리들을 보위하고 우리와 함께 조국과 인민의 부르는 길에 궐기하여야 하겠습니다. -

사람들은 지서가 습격당해 총격전이 벌어졌고 숙직이었던 경찰관 한 명이 죽었다고 말했다.

나는 또 한 장의 삐라를 읽었다.

-친애하는 경찰관들이여!

탄압이면 항쟁이다.

제주도 유격대는 인민들을 수호하며 동시에 인민과 같이 서고 있다.

양심 있는 경찰원들이여!

항쟁을 원치 않거든 인민의 편에 서라. 양심적인 공무원들이여!

하루빨리 선을 타서 소여된 임무를 수행하고 직장을 지키며 악질 동료들과 끝까지 싸우라. 양심적인 경찰원, 대청원들이여! 당신들은 누구를 위하여 싸우는가? 조선 사람이라면 우리 강토를 짓밟는 외적을 물리쳐야 한다. 나라와 인민을 팔아먹고 애국자들을 학살하는 매국 매족노들을 거꾸러뜨려야 한다. 경찰원들이여! 총부리란 놈들에게 돌리라. 당신들의 부모 형제들에게 총부리란 돌리지 마라. 양심적인 경찰원, 청년, 민주인사들이여! 어서 빨리 인민의 편에 서라, 반미구국 투쟁에 호응 궐기하라. -

오름마다 타오르던 봉홧불을 봤을 때 들었던 두려움은 두 사람으로 인해 더 구체적인 모습이 되었다. 자신의 신념에 따라 무장대가 된 용석과 좌도 아니고 우도 아니어야 한다며 국방경비대를 택한 승기는 서로 총부리를 겨누게 될 것이다.

무장대가 선거관리위원장 집을 급습했다. 무장대는 선거관리 위원장을 마당으로 끌어내 죽창으로 찔렀다. 무장대는 낮에는 선거관리 사무소를 급습해 사무 가구를 부수고 선거를 홍보하러 다니는 선거관리 위원들을 납치, 폭행했다. 대정면에서는 호적을 탈취해 선거관리 업무에 혼선을 주고 선거인 명부를 확인하기도 했다.

자위대가 밤에 돌아다니며 총선거에 불참하겠다는 도장을 받으러 다녔다. 동네 사람들은 이글이글 타는 횃불을 든 그들의 서슬에 도장을 찍기도 했지만, 이번 선거가 나라를 두 동강 내는 단선, 단정 선거라는데 공감해서 도장을 눌렀다.

"작은어머니, 여기에 도장 찍으면 됩니다."

용석은 나의 도장을 받은 후 어머니에게 선거인 명부를 들이밀었다. 신속한 이동을 위해서 용석은 신발도 벗지 않았다.

"무슨 도장이고?"

"선거를 안 한다는 도장입니다. 선거에 참여하면 우리나라가 둘로 갈라지는 겁니다."

"그러면 찍어야지. 어떻게 밥은 먹고 이시냐? 뜻도 좋지만 네 어머니가 걱정으로 밤에 잠도 못 잠쩌."

도장을 찍으며 어머니가 말했다.

"나만 잘 살려고 하는 게 아니니 어쩔 수가 없습니다. 작은 어머니가 우리 어머니 잘 챙겨줍써, 제가 은혜는 꼭 갚겠습니다."

용석은 어머니 손을 잡고 부탁을 했다. 나는 산으로 올라가 용석과 같이 투쟁할 수는 없지만, 뺨이 더 홀쭉해진 용석의 얼굴을 보자 울컥 가슴이 내려앉았다.

낮에는 선거관리원들이 선거인 명부를 들고 와 선거에 꼭 참여하라고 독려했다.

"여기에 도장을 찍으시오. 꼭 선거해야 합니다. 선거 참가하지 않으면 빨갱이 됩니다."

선거관리원들은 통일을 바라는 것이 왜 빨갱이인지 앞뒤 설명이 없이 선거 참가하지 않는 건 나라를 전복시킬 위험한 행동으로 몰았다. 미군정은 유권자 등록을 높이기 위해서 대동청년단 같은 극우세력 단체와 공공기관을 총동원하여 유권자 등록을 강요했다. 등록하지 않을 경우 빨갱이로 취급한다니 빨갱이란 말은 그렇지 않아도 서북청년단과 경찰에게 시달리는 제주 사람들에게는 가슴이 철렁한 말이었다. 학교 다니는 아이들은 아이들대로 선생님이 유권자 등록을 꼭 해야 한다고 말했다며 부모를 위축시켰다.

5·10 총선거의 날이 밝았다. 마을은 텅 비었다. 산사람들의 인솔하에 총선거를 반대하는 마을 주민들이 며칠 전부터 산에 올라와 숨었기 때문이었다. 산자락에 사람 꽃들이 피었다. 흰 머릿수건을 쓴 여인들 앞에는 때 묻은 아이들이 까까머리를 내놓고 흙장난을 하거나 자기 어머니의 치마꼬리를 잡고 섰다. 젊은 남자들은 거의 입산을 해 찾아볼 수가 없었다. 남자라곤 교복을 입은 학생들이 드문드문 보이고 까부는 남자아이들과 늙은이가 대부분이었다. 세상사와는 무관하게 신록으로 치장한 산자락에 흰 머릿수건이 점점이 박혀 멀리서 바라보면 사람 꽃처럼 보였다.

저녁에 하산하라는 삐라가 비행기에서 뿌려졌다. 대부분의 사람들이 산에서 내려왔다. 만약을 위해서 짐을 챙겼던 사람들은 짐을 다시 졌고 소를 데리고 왔던 사람들은 소 궁둥이를 때리며 내려왔다. 총파업 후 고초를 겪었던 사람들은 산에서 내려오는 것에 겁을 먹었다. 특히 입산자 가족들은 선거에 참여하지 않은 그 불똥이 어떤 형태로든 튈 거라는 예감에 내려갈 결정을 쉽게 하지 못했다. 마을 사람들 몇은 더 깊은 산으로 숨어들었다. 으슥한 곶자왈에 소나무 가지와 억새 풀을 엮어 집을 짓거나 굴로 피신했다. 돼지우리보다 못한 임시 거처였다. 돼지우리는 돌담을 기둥으로 하여 억새로 엮고 지붕으로 비가 들이치지 않게 할 수 있지만 사람들이 산에 지은 집은 햇빛과 바람만 겨우 피할 수 있는 정도였다. 비가 오면 비가 나뭇가지 사이를 흐르다 똑똑 떨어지겠고, 바람이 조금 거세면 하나, 둘 해체될 모양새였다.

중산간 지역에서 집단으로 선거에 참여하지 않아 전국적으로 유일하게 제주에서만 북제주군 갑, 을 두 개의 선거구가 과반수 미달로 선거 무효 처리가 되었다. 이에 미군정은 빨갱이 사냥을 공론화시켰다.

서북청년단들은 사상을 조사한다며 젊은 사람들을 잡아가는 것 외에도 자신들의 활동자금을 위해 태극기와 이승만 대통령의 사진을 강매했다. 자신들은 이승만 대통령 직속 기관이라고 큰소리를 치며 권력을 휘둘렀지만, 그들은 나라로부터 봉급을 받는 게 아니라서 태극기와 이승만 대통령의 사진을 강매하고 온갖 술수를 부려 금품을 갈취해갔다.

"태극기 사라우, 애국민이라면 집에 태극기 하나 정도는 있어야지."

"우리는 살 일 없수다."

서북청년단 단원들이 태극기를 사라고 하자 간단하게 무시했던 강씨 아저씨는 지서에 붙잡혀갔다. 혐의는 빨갱이 냄새가 나니 철저한 조사를 해봐야 한다는 명목이었다. 소식을 들은 강씨 부인이 금가락지와 돈을 꺼냈다. 그것들은 서북청년단원들에게 전해졌고 조사해보니 혐의가 없었다는 말과 함께 강씨 아저씨는 풀려났다. 그러나 이후에 강씨 아저씨는 민보단장이 되었을 때 태극기와 이승만 사진 사기를 거부한 것이 미움을 사서 더 호된 일을 겪게 된다.

친구들과 어울려 놀다 밤이 늦어서 집에 뛰어가던 남자가 서북청년단 단원이 쏜 총에 맞아 죽기도 했다. 그 남자는 갓 결혼한 새신랑이었고 신부 혼자 집에 있는 것이 걱정되어 뛰어가다 변을 당했다. 삐라를 붙이고 다녔다는 혐의였지만 그 남자는 육지로 장사를 다녔던 사람이었고 그 날 구두를 신고 있었다. 구두를 신은 채 삐라를 붙이는 사람은 없을 텐데도 조사도 해보지 않은 채 무조건 총을 쏘았다.

마을 사람들은 경찰이나 군인들이 오는 것을 늦추려고 도로 위에 돌을 쌓았고 높은 오름에서 망을 보는 빗개 소년이 군인들이 오는 것을 누런 개 온다, 경찰들이 오는 것을 검은 개 온다며 신호를 보냈다. 미리 그 신호를 보고 젊은 사람들은 산으로 도피하거나 자신만의 은신처에 숨었다.

빨갱이 사냥이 본격화되자 어떤 집들은 자신들이 군경 가족이란 걸 확실히 보여주기 위해 남편이나 아들, 사위, 동생 등이 제복을 입고 찍은 사진을 걸어두었다. 그런 사진이 걸려있으면 토벌대는 수색하더라도 검문하는 형식으로 짧게 끝냈다.

큰어머니의 남동생이 군인이었다. 그래서 큰아버지네 집엔 군인 사진이 있었고 어머니도 그 사진을 얻어 벽에 걸어두었다. 내가 지서에 끌려갔다 온 후에 빨갱이 집이라는 사람들의 손가락질이 두렵고 토벌대가 무서웠기 때문이었다.

군인들이 우리 집에 들이닥쳤다.

"저 사진은 누구 사진이오?"

군인이 어머니에게 물었다. 나는 누런 개 온다는 신호를 보고 뒤꼍 대밭에 숨어 있었다. 나는 어머니의 떨리는 목소리를 들을 수 있었다.

"우리 조카입니다. 군인입니다."

"저 앞집에는 산으로 도피한 사람이 없소?"

"저기는 세 식구 지금 다 집에 있습니다. 산으로 도피한 사람 아무도 없습니다."

군인이 어머니 말을 듣자 다시 앞집으로 내달렸다. 군인들은 바로 그 집에서 수색을 끝내고 우리 집에 온 길이었다. 앞집으로 달려간 군인들이 짚가리와 돼지우리 같은 곳을 철저히 수색하기 시작했다. 새파랗게 질린 어머니는 자신이 무얼 잘못했는지 몰라 어리둥절하면서 올레담 너머로 군인들의 행동을 보고 있었다. 돼지우리 밑에서 앞집 삼춘네 외동아들, 일남이가 끌려나왔다. 일남이는 갓 스물이 넘은 청년이었다. 똥 돼지가 밟고 지나간 짚들을 자신의 몸 위에 덮고 숨어 있었다. 처음 수색에서 발견하지 못했다는 분풀이로 일남이의 몸에 총검이 계속 파고들었다. 숨이 끊어진 게 오래인데도 일남이 몸은 총검으로 난도질당했고 이렇게 숨겨 놓은 걸 보니 빨갱이 가족이라며 남아있던 일남이 부모도 모두 죽임을 당했다. 올레담에서 이 모습을 보던 어머니는 자신의 말 때문에 앞집 가족이 다 죽었다며 풀썩 주저앉았다. 혼이 나간 어머니는 군인들이 가고 나서도 냉수 한 사발을 들이켜고 나서야 나에게 이런 말들을 할 수 있었다.

나는 읍내의 작은아버지 댁으로 몸을 피했다. 군경의 계속되는 검문에 어머니가 걱정하여 내 등을 떠밀기도 했지만 이경배와 윤자가 살림을 차린 곳에서 멀리 떨어지고픈 마음이 앞섰다. 윤자가 있는 쪽으로는 고개도 돌리지 않았지만 윤자가 머릿속에 들어찰 때는 물에 젖은 종이들을 얼굴에 몇 겹 둘러쓴 것처럼 숨통이 막히는 것 같았다. '하!' 숨을 몰아쉬면 핏덩이가 올라오는 것 같았다. 그러나 나의 피신 생활은 오래가지 않았다. 작은아버지 집에서 허드렛일을 하며 밥값을 하던 나는 젊다는 것 하나 때문에 그곳에서도 검문을 자주 받았다.

나는 무엇으로부터 도망치는 것인가. 난 경찰이 민간인을 향해 총을 쏘고 아무런 사과도 없이 시위 관련자들을 잡아가는 것에 분노했다. 그래서 삐라를 붙이고 파업을 주도하고 왓샤 시위를 한 것이 빨갱이라면, 제주 청년들 대부분은 다 빨갱이였다. 나는 피신 생활을 하기보다는 고향으로 돌아가는 게 낫겠다고 여겨 다시 집으로 돌아왔다.

며칠 후에 지서에서 호출이 있었다. 이경배가 내 앞으로 검은색 문서철을 탁하고 던졌다.

"고진석, 향보단에 이름이 있는데 그렇게 사사로이 동네를 옮겨 다니면 도피자가 되는 거 몰랐나?"

"향보단은 해체돼 없어졌다고 알고 있습니다. 무슨 말씀입니까?"

"향보단원은 자동으로 민보단에 가입되게 됐다말이야. 빨갱이가 아니다, 하고 보여줄 수 있는 건 민보단에 가입해서 군경을 돕는 일이야. 나, 이경배가 고진석이를 보증했어. 내가 이미 이름 올려놨으니까 내일 아침에 지서로 나와. 젊은 사람

172

이 도망만 다니고 있으면 보기도 안 좋잖아."

이경배는 나를 고문하던 건 다 잊어버린 사람처럼 살갑게 말을 붙였다. 이경배의 제안은 하등 들어줄 가치가 없는 말이었다. 내가 동네에 돌아오자마자 호출하여 이렇게 직접 나를 대면하는 것은 나에 대한 감시를 늦추지 않았다는 엄포였다.

"난 빨갱이 아니니까 아니라고 증명할 필요가 없습니다."

"고진석, 내가 이렇게 저자세로 나오니까 선택사항인 줄 아나 보군. 다시 너를 잡아들여서 철저히 사상 조사를 할 수도 있어. 조사하고 말 것도 없지. 도피자 집안이니까 지금이라도 어머니와 같이 수용소에 처넣을 수도 있고 말이야. 그리고 사촌인 고용석은 무장대니까 고진석이 큰아버지, 큰어머니도 모두 잡아다 조사해야 할 사람들이란 말이지."

"무슨 말입니까? 우리 어머니는 잘못 없습니다. 우리 집엔 산으로 간 사람이 아무도 없습니다."

"자네 형, 고기석이가 도피자잖아."

"무슨 말입니까? 우리 형은 강제징병 돼 나갔다가 행방불명입니다. 그건 양길성도 잘 아는 사실입니다."

"양길성도 의심하고 있는 사실이야. 행방불명인 것처럼 꾸미고 있지만, 산으로 도피했다고 말이야."

나는 양길성의 이름을 꺼내놓은 걸 후회했다. 형이 해방 전부터 소식이 끊겼다는 걸 양길성이 증명해줄 리가 없었다. 무고에 면장조차 잡혀가 고문을 당한다는 풍문이 끊이지 않고 있는 마당에 양길성의 한 마디면 우리 집안은 도피자 집안이 되는 것이었다. 그것이 아니라도 용석이 무장대가 됐기 때문에 군인 사진을 걸어둔 효과도 없이 큰아버지와 큰어머니는 물론 어머니와 나도 잡혀갈 처지였다.

내가 말이 없자 이경배는 다시 말을 이었다.

"네 어머니도 빨갱이 새끼를 키웠으니까 빨갱이가 되는 거고. 수용소에 가게 되면 나이 드신 분이 말년에 무슨 고생이야…… 참, 내 아내가 고진석은 민보단에 들어갈 사람이 아니라고 하더군. 빨갱이 잡는 종자가 따로 있고 숨어서 도망만 다니는 고귀한 종자가 따로 있는 것처럼 말해서 손 좀 봐줄 수밖에 없었어. 지아비가 하는 일에 이래라저래라 한 게 괘씸해서 말이야."

이경배의 억센 손에 패대기쳐지는 윤자의 모습이 떠오르자 얼굴로 피가 몰리는 것 같았다. 나는 윤자가 이경배에게 시집 갔다고 했을 때부터 그녀를 잊으려고 노력했지만, 윤자가 떠오르면 불시에 작두에 썰리는 손가락처럼 내 마음은 썰려 나가는 것 같았다.

"이보라우, 고진석이. 민보단이 되면 내가 고진석이 가족은 도피자 가족이 아니라는 거 보증해주겠단 말이야. 어머니를 편하게 모셔야 할 거 아닌가. 그리고 자네 큰아버지, 큰어머니도 내가 선처를 해 주지."

바들바들 떨던 주먹에서 힘이 밀려났다. 이경배는 나의 약
점을 잘 알고 있었다. 나는 민보단 서류의 내 이름 옆에 지장
을 눌렀다.

9. 몽근년

택시는 동쪽으로 바다를 끼고 달렸다. 엄마가 택시기사에게 바다 옆으로 가자고 특별히 부탁했다. 동쪽은 엄마의 고향과 반대 방향이었다. 엄마 고향, 영실은 제주시에서 서쪽이라고 했다. 내가 제주에 온 김에 엄마 고향에 가 보자고 했을 때 엄마는 화들짝 놀라며 손사래 쳤다. 가 봐도 아무도 없다는 말은 조그맣게 사족처럼 붙여놓았다.

바다는 쪽빛이었다. 바람에 실려 비릿한 바다 냄새가 나는 것만 같았다. 나는 차창 밖으로 지나쳐가는 돌담들을 바라보았다. 구멍이 숭숭 뚫린 검은 색 현무암들이 가지런히 쌓여 밭들을 경계 짓고 있었다.

"참 많이도 변했구나."

엄마는 예전의 풍경과 지금의 풍경을 교차해보는 것 같았다. 앞에 앉은 신지는 엄마의 말에 조용히 고개를 끄덕였다.

전복죽 파는 곳에 내려달라고 하자 택시기사는 오조리 해녀의 집에 택시를 세웠다. 동네의 해녀들이 직접 바다에서 따온 해산물로 장사를 하는 식당이라고 했다. 나이가 많아 보이는 아주머니들이 바쁘게 움직이고 있었다. 전복죽 세 그릇을 주문하고 기다리는데 반찬을 내려놓던 아주머니가 엄마를 자꾸 쳐다보았다.

"혹시 윤자 삼춘아닌가마씸. 난 폭낭 앞에 살았던 순덕이우다."

엄마는 이미 제주로 오면서 아는 사람을 만날 걸 예상했던지 별로 놀라는 표정 없이 고개를 끄덕였다.

"난 이렇게 먼데 시집와서 살암수다. 삼춘 어디 아팠수꽈, 못 알아보쿠다. 참, 고만 있어봅써."

순덕이라고 자신을 소개한 여자는 주방으로 재빠르게 달려가 문어 한 접시를 내왔다. 아는 사람이 오는 경우 재량껏 자신이 대접할 수도 있는 모양이었다. 엄마는 고맙다고 말하면서도 순덕과 다시 눈을 맞추려 하지 않았다. 무안해진 순덕은 맛있게 식사하라며 주방으로 들어갔다. 엄마는 소화가 잘 안 될 텐데도 순덕이 내온 문어를 하나 집어 씹었다. 죽 같은 유동식도 엄마는 한 번에 소량밖에 먹지 못했고 공복과 위통의 구별이 안 돼서 자주 먹어야 했다. 엄마는 자기 몫의 전복죽을 대부분 신지에게 덜어주고 자신은 몇 숟갈만 떴다.

계산을 마치고 밖에 나오려 하자 순덕은 '삼춘, 잘 갑써.' 인사하며 따라 나왔다. 엄마는 여전히 아무 말 없이 고개만 끄덕이며 순덕의 눈길을 피했다. 순덕은 그래도 엄마의 뒷모습을 보며 손을 흔들다가 안으로 들어갔다. 식당 밖은 바로 부두와 연결이 되어있었고 동쪽으로 성산일출봉이 보였다. 엄마가 성산일출봉이 보이는 해변까지 천천히 걸어가고 싶다고 했다. 요의를 느낀 난 잠시 기다려달라고 하고 화장실을 찾았다.

"아까 누구라. 문개 갖다 줄 만큼 잘 아는 사람이라?"

"아니우다. 같은 친정 동네난예. 4·3 때 저 삼춘 남편이 지독했다고 합니다. 그때 우리 아버지, 할아버지도 죽여 불고예. 우리 오라방은 아버지가 토벌대한테 죽었다고 연좌제 때문에 공무원시험도 못 봤수다."

"그런 몽근년한테 무사 문개는 갖다 줘서?"

"아까 몰골 안 봔마씸? 아파서 자기 죽을 자리 보러 온 거주마씸. 그냥 안 되십디다."

화장실을 나오다 주방으로 이어진 개수대 모퉁이에서 순덕과 어떤 아주머니의 대화를 듣고 슬며시 발길을 돌렸다. 누군가가 나에게 갑자기 뜨거운 물을 부은 것처럼 얼굴이 화끈거렸다.

성산일출봉 발 언저리를 적신 파도가 검은 해변에서 부서졌다. 검은 모래사장과 모래사장을 적시는 파도와 그 위를 유유히 날아드는 갈매기가 보였다. 사진 찍느라 분주한 관광객들의 소음이 아까 식당에서 들은 '몽근년'이란 말로 대신 메워졌다. 정확히 어떤 뜻인지는 모르겠지만 욕이란 게 확실히 느껴졌다.

해변의 돌들은 모난 부분이 없이 부드러운 선을 가지고 있었다. 초록색 해초 옷을 입은 돌들은 잔디를 심어 놓은 것처럼 보였다. 성산일출봉을 올라가던 관광객들이 밑의 풍경을 보며 소리를 지르는지 와글거렸다.

제주에 내려오기 며칠 전 오정연한테서 전화를 받았다. 언론탄압희생자 진상규명을 위한 집회를 명동성당 앞에서 가질 것이라며 참석하라는 전화였다. 참석해달라는 부탁이 아니라 오정연의 화법은 진실을 알고 있는 당신은 꼭 참석해야 한다는 명령의 말투였다. 오빠의 죽음은 억울했지만 국가를 상대로 싸우는 게 막연해 보였다. 내가 싸운다고 해서 오빠가 살아날 것도 아니지 않은가. 그런 집회에 참석하고 사람들과 부대끼는 게 피곤한 일처럼 여겨졌다. 나에겐 죽어가는 엄마가 맞춤한 핑계가 되었다.

"엄마가 말기암 환자세요. 제가 움직일 형편이 안 됩니다."

오정연은 알았다며 짧게 말하고 전화를 끊었다.

모래사장에 찍히는 내 발자국 수만큼 내가 짊어진 삶의 무게가 느껴졌다. 점점 시들어가는 엄마, 아버지의 과거, 오빠의 억울한 죽음. 신지는 그걸 위로라도 해 주듯이 엄마와 앞서 걸어가는 내 발자국에 자신의 발자국을 포개며 해변을 걸었다. 엄마의 걸음이 뒤처지기 시작했다. 신지가 앞으로 나와서 엄마에게 등을 내밀었다. 수줍게 웃으며 엄마가 신지에게 업혔다. 이번에는 내가 신지의 발자국에 내 발자국을 포개며 걸었다.

우리는 성산포에 머무르기로 하고, 밤이면 파도 소리가 담을 기어 올라올 곳에 민박집을 잡았다. 대문 없는 돌담이 정겨운 집이었다. 돌계단을 대여섯 개 밟고 올라간 마당에선 바다가 다 보였다. 마당에는 다섯 살 정도 돼 보이는 사내아이가 세발자전거를 타고 있었다. 시골 아이 닮지 않게 세련된 입성에 희멀건 얼굴이었다. 마당에 들어서는 우리를 보고 '안녕하세요' 활짝 웃으며 인사를 했다. 안채에서 나온 주인은 아이의 엄마가 아닌 듯 육십 대 중반의 여인이었다.

"우리 손자예요. 큰딸이 얘 동생 본 지 얼마 되지 않아서 잠시 내가 맡았어요."

민박집 주인은 몇 해 전에 육지에서 내려왔다고 했다. 농가를 리모델링 해 민박을 놓고 있었다. 안채는 주인아줌마가 쓰고 바깥채는 민박집이었다. 주인네 손자라는 용희는 엄마와 떨어져 있는 설움을 세발자전거에 풀고 있는지 지치지도 않고 세발자전거를 탔다.

바깥채는 마루를 가운데 두고 큰방과 작은 방이 마주 보고 있는 구조였다. 큰방에는 엄마와 내가 짐을 풀고 작은방은 신지가 쓰기로 했다. 엄마는 씻기도 힘들 정도로 피곤했는지 약을 먹고 이불을 깔자마자 누웠다. 씻고 들어왔을 때 엄마는 벌써 가는 콧소리를 내며 잠들어 있었다. 신지의 방문이 열리는 소리가 났다. 신지가 우리 방문 앞에서 인기척을 냈다. 문을 열자 신지가 겸연쩍은 미소로 물었다.

"혜수 씨, 산책가겠습니까?"

내가 식당을 나올 때부터 얼굴이 굳고 뻣뻣했던 게 마음에 걸렸던 모양이다.

바닷바람은 정신이 번쩍들 만큼 셌지만 신지의 손은 따뜻했다.

"신지 씨, 아버님이 돌아가셔서 충격이 컸겠어요. 저는 정작 엄마한테 그런 시간이 오면 어떻게 될지 상상만 해도 머리가 하얗게 비는 것 같아요."

"예상은 했었지만 닥치고 보니 아버지 존재 의미가 컸다는 걸 알 수 있었습니다. 요양원 휠체어에 앉아 계시던 모습이라도 볼 수 없다는 게 슬픕니다…… 보고 싶었습니다. 혜수 씨."

신지가 잡았던 손을 풀고 내 뺨을 두 손으로 감쌌다. 신지는 한 손을 내 입술에 가져가 더듬다가 가볍게 내 볼에 입맞

춤하고 나를 꽉 안았다. 물론 이해할 수 있었다. 아버지 상중
이라 가슴 속과는 달리 그의 이성이 제지한다는 것을. 신지
와 나는 일본에서 사케 술집 골목을 배회하던 것처럼 손을
꼭 잡고 성산포 바다를 거닐었다.

엄마는 종일 바다를 보면서 시간을 보냈고 신지는 볼 일이
있다면서 아침부터 외출했다. 신지가 외출 이유를 말해주지
않았으므로 나는 다만 신지가 아버지의 일로 고향에 볼일이
있겠거니 추측을 할 따름이었다. 내가 엄마에게 엄마 고향에
가 보자고 했을 때 엄마가 펄쩍 뛰었기 때문에 신지는 혼자
조용히 다녀올 결심을 한 것 같았다.
외출에서 돌아온 신지는 엄마와 같이 바닷가를 산책했다.
내가 선심을 쓰는 척 두 분이 데이트 잘 하라며 그들의 등을
밀었다. 신지에게 직접 내가 만든 요리를 대접하고 싶어서 나
는 그사이에 마트에 들러 식재료를 사서 저녁을 준비했다.

나는 한없이 헤엄쳐 다녔다. 뭍으로 나오려면 버거운 무게
의 돌들을 힘겹게 어깨로 밀어내야 했다. 물속에 오래 있으
니 점점 숨을 쉬기가 힘들었다. 붉은 아가리처럼 생긴 동굴
이 앞에 보였다. 거기에선 동굴 속에 고여있는 공기로 편안
히 숨을 쉴 수 있을 것 같았다. 있는 힘을 다해 붉은 동굴

벽 쪽으로 헤엄쳐 가서 벽을 잡았다고 생각했다. 그러나 벽은 물컹한 살덩어리였다. 그 붉은 덩어리가 오빠처럼 보이더니 오빠 형상은 더 뚜렷해지고 오빠가 그 물컹한 손으로 내 손을 후려쳤다.

"불이야!"

바깥에서 외치는 소리가 들렸다. 신지의 방문이 후다닥 열렸고 나도 튀어나갔다. 안채에서 불길이 보였다. 마당에 맨발로 선 민박집 주인이 연기를 많이 마신 듯 캑캑거리는 소리를 내다가 손과 발을 버둥거리고 악을 쓰면서 안채를 가리켰다.

"아이고, 우리 용희, 용희야!"

민박집 주인이 불길 속으로 다시 들어가려 했다. 그때, 신지가 민박집 주인을 제치며 양동이 물을 뒤집어쓰고 불이 넘실거리기 시작하는 집 안으로 뛰어들어갔다.

"신지 씨, 안돼요!"

불이 난 것을 안 동네 사람들이 모여들고 양동이에 물을 퍼 불을 끄기 시작했다. 신지가 용희를 안고 나왔다. 아이는 외할머니를 보자 울음을 터뜨렸다. 멀리서 소방차 사이렌 소리가 들렸다.

신지는 그을음을 수건으로 닦고 있었다. 화가 났다. 난 그의 용기를 칭찬해줄 생각이 전혀 없었다. 나를 사랑한다면 자신의 몸을 지킬 줄도 알아야 하지 않는가.

"무모했어요. 다른 사람들이 망설이는 건 다 이유가 있는 거라고요. 신지 씨는 그 생각은 안 했나 보죠?"

"나도 모르게 뛰어들어갔습니다. 이것저것 생각할 시간이 없었습니다. 주저하고 생각만 했다면 용희가 위험했습니다."

"신지 씨, 당신도 위험했잖아요."

내 가슴에서 다시 불길이 시작된 것 같았다. 꿈속에서 내 손을 후려친 게 오빠가 아니라 신지인 것만 같았다.

주인 여자는 육지에 사는 큰딸과 연락이 되었고 주인 여자와 용희는 병원에서 검사받고 이상이 없으면 아침 비행기로 딸이 있는 육지로 간다고 했다.

"정말 고맙습니다. 우리 용희를 구해준 은인들이니 바깥채에 머물 만큼 머물다 가세요. 가실 때 저한테 연락만 주시고요."

민박집 주인의 말에 엄마가 그러겠다며 고개를 끄덕이자 내가 황급히 말했다.

"아뇨. 우린 내일 다 돌아갈 거예요."

"혜수야, 여기서 좀 더 머물고 싶구나."

"그렇게 하세요. 난 며칠 정도 딸네 집에 가 있으려고요. 용희를 불났던 곳에서 돌볼 수는 없잖아요. 지금도 내 가슴이 벌렁벌렁하는데 애가 놀란 거 생각하면 내가 죄인이지요. 하필 사골을 올려놓고 깜박 잠이 들었지 뭐예요. 갔다 와서 저

안채를 수리하든지 해야겠어요. 바깥채에 사람이 있으면 제가 든든하고 더 좋지요."

용희와 주인 여자는 차를 타고 병원으로 향했다.

"엄마, 수술은 어떡하려고 그래?"

"조금 더 머물다 올라가서 수술받으마."

어렵게 잡은 수술날짜를 연기하는 엄마를 보자 나는 엄마가 수술할 마음이 전혀 없는 게 아닌가 의심이 들었다. 신지나 엄마나 모두 내 생각은 하지 않고 다른 사람들 생각만 하는 이들이라 여겨지면서 화가 났다.

무슨 심보로 예정에도 없던 일을 벌이는 것일까. 엄마는 유골이라도 제주에 뿌려지길 바랐던 고진석 씨와 같이 있고 싶은 마음에서 제주에 머물겠다고 고집하는 것일까.

엄마의 결정에는 내가 배제된 것 같아 언짢았다.

"수술을 연기한다고 쳐. 그래도 엄마 혼자 여기 머물겠다는 생각은 아니잖아. 엄마 혼자 여기 머물 수 있을 거 같아? 내가 옆에 있어야 하는데 나는 제주도가 외국 같은 곳이야. 그렇게 쉽게 결정이 돼?"

"혜수야, 네가 여기에 있어야 할 필요는 없다. 죽을 날 받아놓은 사람이 무서운 게 뭐 있겠니."

"그걸 말이라고 해? 아픈 엄마를 혼자 내팽개치는 딸이 어디 있어!"

엄마의 고집과 나의 분노가 충돌하자 신지가 중재에 나섰다.

"혜수 씨, 이모님도 생각한 바가 있을 겁니다. 이모님이 쉬셔야 하니 자세한 얘기는 아침에 하는 게 좋겠습니다."

신지가 엄마를 모시고 방으로 들어갔다. 물로 질척해진 마당을 힘껏 차자 물방울들이 얼굴까지 튀었다. 검게 아가리를 벌린 안채 마루가 엄마의 눈길처럼 나를 측은하게 바라보았다.

나는 혼자 서울로 돌아왔다. 병원에서 수술을 연기하고 엄마의 약을 받아야 했기 때문이었지만 올라온 김에 필요한 짐들을 챙기고 당분간 떠나있을 것을 대비해 주변을 정리할 필요가 있었다. 혼자 집으로 돌아와 등을 켜자 거실의 어둠이 벽 속으로 숨어들었다. 나 자신도 불빛에 황급히 몸을 숨긴 어둠처럼 어디론가 숨어들어야 할 것만 같았다. 집안에서는 무거운 공기 냄새가 났다. 혼자라는 느낌이 강하게 들었다. 텅 빈 집이 낯설기만 했다. 엄마가 돌아가시면 이런 밤을 수없이 맞아야 한다. 혼자 씩씩한 척할 수 있었던 건 말라가는 엄마라도 옆에 있기 때문이었다.

그리고 신지. 내 내면이 혼자 살아갈 날을 두려워해 그에게서 더 강한 인상을 받았던 건 아니었을까.

일본으로 떠나기 전, 공항에서 신지는 내 스카프를 잘 여며주었다. 스카프를 여며주는데도 그가 성산포 바다에서 내 뺨을 감쌌던 행동처럼 느껴졌다.

"혜수 씨, 용희 구한다고 걱정 끼쳐서 미안합니다. 그러나 그렇게 하지 않아서 용희가 다쳤다면 평생 후회했을 겁니다. 다시 한국에 오겠습니다. 보고 싶을 겁니다. 급한 일 처리하면 다시 곧 오겠습니다."

급한 일 처리하는 기간이 하루가 될지, 일주일이 될지, 아니면 일 년이 될지 모르면서도 다시 오겠다고 약속하는 그를 보며 행복했다. 그러나 신지의 뒷모습을 보자 그를 불러 세워야 할 것처럼 마음이 불안했다.

신지를 생각하면 마음에 진한 감정이 가득 차면서도 한편에서는 어떤 불안감이 엄습하곤 했다. 나는 그것이 무엇인지 확실히 꼬집을 수가 없었다.

집에 잘 도착했다고 엄마에게 전화했다.

"엄마, 문 잘 잠그고 물이랑 진통제 옆에 놔두고 자는 거 잊지 마. 하룻밤이지만 걱정돼 죽겠어."

"알았다. 혜수야, 자리에 누우면 파도 소리가 들리는구나. 문어 잡았던 얘기 한 적 없지? 한창 물질하는 재미 붙였을 때 바위틈에 문어가 보이더구나. 호맹이로 그놈을 딱 걸어 끄집어내려는데 다리 한 가닥만 탁 내주고 꼼짝도 안 해. 다시 호맹이로 쑤시면 또 다리 한 가닥만 내주고. 그렇게 그놈하고 실랑이하다가 기어코 그놈을 꺼내고 봤더니 다리 몇 개 없는 불쌍한 몰골이더구나. 엄마, 제주에 더 있을 마음, 내려오기 전에는 없었다. 그런데 순댁이가 내놓은 문어 한 접시 때문에 여기에 머물 용기가 생겼다. 순댁이, 이름은 순덕이였지만 동네 사람들은 순댁이라 불렀지. 엄마랑은 나이 차가 커서 얼굴은 가물가물 했지만 그 이름만은 기억나더구나. 순댁이가 바위틈에 죄인이 되어 숨어있는 엄마를 끄집어냈다. 엄마에게 다시 고향이 생긴 거라 생각해다오. 여기서 조금만 더 지내고 싶구나. 엄마, 살고 싶어졌다. 꼭 수술받으마. 이제 엄마는 살고 싶다. 우리 혜수 얼굴 보면서 오래 살고 싶구나."

엄마의 전화를 끊고 나서 나는 울었다. 엄마는 아버지가 동네 사람들한테, 제주 사람들한테 한 짓을 알고 그것에 죄의식을 갖고 있었다. 스스로 죄인이라는 멍에를 쓰고 제주에 가지 않았던 것이다.

식탁에 녹음기가 있었다. 아무리 생각해도 내가 녹음기를 식탁에 꺼내놓은 기억이 없었다. 양윤자 여사 자서전 써 주겠다며 먼저 엄마에게 녹음기를 들이 밀어놓고 아버지를 두둔하는 엄마의 말이 듣기 싫어 가방에 넣어둔 줄 알았다. 엄마가 내 가방을 열어보았을까. 엄마는 그럴 사람이 아니다. 내가 고진석 씨의 자서전을 가방에 넣고 다시 신경을 쓰지 않은 것도 엄마가 절대 내 가방을 함부로 열 사람이 아니기 때문이었다. 마지막 녹음 때 엄마만 거실에 남겨두고 방으로 들어오면서 녹음기를 챙기지 않은 게 분명했다. 제주에 내려갈 때는 보지 못했는데 엄마가 출발하기 전에 식탁 위에 올려놓은 모양이었다. 제주에 내려가기 전에 엄마가 혹시나 혼자서 녹음해둔 내용이 있지 않을까. 나는 녹음 내용을 앞으로 돌렸다.

"아,아, 이렇게 하면 녹음이 되는 게 맞는지 모르겠구나. 내가 늙어서 무슨 청승인지 살던 얘기를 하다 보니까 속에서 자꾸 얘기들이 서로들 올라오겠다고 목구멍까지 차는구나. 꺼내놓지 않으면 가슴이 답답해서 잠을 잘 수가 없다. 혜수야, 네가 진석 오라버니를 그다음에 만난 적이 없냐고 물어보니까 지서 앞에서 딱 한 번 봤다고 했는데 아니다. 다시 보긴 봤다. 그게 봤다고도 할 수 있고, 보지 않았다고도 할 수 있고…… 네 아버지가 하루는 술이 만취해서 집에 들어왔다. 나는 국가의 명을 받고 빨갱이를 잡는데 고진석이는 자기 목숨만 구하려 살생을 하는 놈이다. 나는 고진석과 다르다. 나는 빨갱이를 잡다가 죽어도 여한이 없는데 고진석은 자기 살려고 명령만 따르는 놈이다. 안면 있는 동네 사람들도 죽창으로 찔러 죽이는 놈이다. 진석 오라버니 욕을 해대는데 내 가슴이 덜덜 떨렸구나. 네 아버지가 술에 곯아떨어지자 그 길로

진석 오라버니 집에 갔다. 어쩔 생각도 없이 그냥 발길이 그리로 가더라. 마당에 들어서지는 않고 정낭 뒤에 가만히 서서 불이 꺼진 방을 바라봤다. 한참 있다가 방문이 열리면서 진석 오라버니가 신발도 신지 않고 집 옆의 먹구슬 나무로 달리더구나. 한 손에 밧줄을 든 채 말이다. 진석 오라버니가 목매고 죽으려 하는구나. 가슴이 철렁하여 소리를 내려는데 진석 오라버니가 나를 봤다. 유령을 본 사람처럼 얼어붙는 것 같더니 밧줄을 떨어트렸구나. 그것뿐이었다. 오라버니는 유령 같은 나를 남겨두고 방안으로 걸어 들어갔다. 그게 나를 봤다고 할 수도 있고 없다고도 할 수 있는 이유다."

10. '나의 기억' – 광풍

나는 민보단 특공대가 되었다. 특공대는 민보단 중에서도 마을 청년들 중심으로 건강하고 사상이 건전한 사람들로 꾸려졌고 12명씩 한 소대를 이루었다. 나에게는 선택의 여지가 없었다. 도망만 다니느니 입산하여 용석이와 같이 무장대 활동을 할까 생각도 했지만, 입산자 가족들이 겪는 고초를 많이 봐온 터라 어머니를 생각하자 차마 그럴 수가 없었다. 선택의 여지가 없었다는 건 어쩌면 내 변명일지도 모른다. 난 이경배나 양길성만 보면 고문을 당했던 기억과 함께 그때의 수치심과 고통까지 생생하게 재생됐다. 움츠러들던 벗은 몸과 살 속을 파고들던 소라 껍데기 파편들이 떠올랐다. 그때의 기억을 떠올리면 살 속을 파고든 소라 껍데기들이 몸속을 돌아다니며 오장육부를 갈기갈기 찢어놓는 것 같았다. 내 벗은 몸의 수치와 고문의 고통은 몸에 달라붙은 채 떨어지지 않았지만, 육체적인 고통은 내 양심의 가책으로 인한 고통에 비하면 아무것도 아니라고 할 수 있었다. 더한 고통은 비밀아지트를 발설하여 여러 사람이 붙잡혔다는 자괴감이었다. 윤자를 위해서였지만 절대적 고통은 줄어들지 않았다. 윤자의 석방을 위해서 양길성과 경찰들이 묻는 말에 원하는 대답을 해줬을 때부터 이미 나에게서 순정한 그 무엇이 빠져나간 것 같았다.

난 죽창을 들고 지서를 지키기도 했고 토벌에 차출되기도 했다. 죽창을 들고 지서 앞을 지키고 있으면 양길성이 지나가다가 내 앞에서 이죽거렸다.

"나를 쪽발이 앞잡이라고 욕을 하더니 고진석이도 별수 없나 보네. 이제야 세상 사는 이치를 알게 된 건가?"

나는 양길성이 윤자와 나의 사이를 모르는 완전한 타인이었다면 어떻게 됐을까 하는 상상을 했다. 아니, 그 이전에 인민위원회 회의 때 잡혀 왔던 양길성을 쫓아가 목숨줄을 끊어버렸다면 어땠을까 하는 상상을 했다. 그러나 부질없는 짓이었다.

나는 이죽거리는 양길성을 아무도 몰래 처단할 수도 없다. 양길성은 혼자 다니는 법이 없었다. 지서가 무장대의 습격을 받아 경찰관이 죽어 나가고 경찰 가족들이 무장대의 표적이 되어 살해되기도 했다. 양길성은 무리 속에서 움직였고 방심하지 않았다. 그러지 않더라도 난 양길성을 죽이고 나도 죽겠다는 응어리가 사라지고 없었다. 나 따위가 무얼 하겠냐는 바닥까지 내려간 자존감은 무엇을 해보겠다는 생각 자체를 섞을수록 혼탁해지는 진흙탕으로 만들어버리기 일쑤였다. 나는 그 진흙탕이 맑게 개어 본모습이 드러나는 것이 두려웠다. 아무런 의지 없이 세파에 휩쓸려가는 뿌리 뽑힌 나무가 내 모습이었기 때문이다.

하루는 지서 앞에서 죽창을 들고 보초를 서고 있는데 윤자가 왔다. 윤자가 반가운 표정을 지으며 내 앞으로 다가올 때 난 가슴이 철렁했다. 심장을 누가 꽉 쥐었다 놓은 것처럼 아팠다. 몸이 만신창이가 된 채 석방되어 풀려났을 때 윤자네 집을 찾아갔다가 윤자가 이경배 각시가 됐다는 말을 들었을 때처럼 아팠다. 그 이후 처음 대면하는 것인데 윤자가 나를 보고 반가움을 얼굴에 드러냈지만 나는 그럴 수 없었다. 하필 내가 보초를 설 때 윤자가 지서에 나타난 것은 이경배의 술수인 것 같았다. 나를 민보단에 가입시킬 때 윤자를 들먹였던 이경배는 일부러 지서에 윤자를 불러놓고 나와 윤자가 어떻게 하는지 보려는 것만 같았다. 나는 애써 윤자를 외면했다. 금방 지서 안에 들어갔다 나온 윤자는 앞만 바라보며 나를 지나쳐갔다. 윤자의 뒷모습을 바라보며 눈시울이 뜨거웠다.

정옥의 아버지, 박병춘과 작은부인 사이의 아들인 박태봉이 민보단 특공대장이었다. 그는 무장대가 자신의 아버지를 죽이자 토벌에 차출되면서 그 누구보다도 적극적으로 행동했다.

박병춘은 작은부인네 집에서 늦은 저녁을 먹고 있었다. 노름과 술을 일삼는 한량인 그는 먹을 것이 떨어지면 조강지처인 정옥 어머니를 찾아가 살뜰히 모아놓은 것 털어 와서 작은부인 집의 살림에 보탰다.

"물 좀 떠와."

박병춘은 밖에 대고 작은부인을 큰 소리로 불렀다고 한다. 그러나 작은부인 대신 시커먼 남정네 세 사람이 방문을 박차고 들어왔다.

"인민을 위해 싸우고 있으니 식량을 내놓으시오."

박병춘은 그들을 전혀 무서워하지 않았다고 한다. 두 다리 건너다보면 누구네 몇째 아들, 누구네 삼촌인지 다 드러나는 처지에 그들을 무서워해야 할 이유가 없다고 생각했을 것이다.

"나 먹고 죽을 것도 없어."

"이 반동, 뒤져봐."

작은부인은 아궁이 옆에서 벌벌 떨고 있었다. 그들은 보리 짚가리에서 좁쌀 자루를 찾아냈다.

"이 새끼들, 왜 너희들 마음대로 우리 먹을 걸 빼앗아가고 지랄이야."

박병춘은 그들에게서 좁쌀 자루를 낚아채려 했다. 그러나 그의 우람한 손은 좁쌀 자루를 낚아채지 못했다. 죽창이 그의 가슴을 관통했기 때문이다.

"아들이 민보단 특공대장인 반동 집안이다. 죽여라."

"이 폭도 새끼들!"

박병춘은 끝내 억울하다는 듯이 한 마디 뱉고 쓰러졌다. 산사람들이 사라지고 한참이 지났지만, 동네 사람들은 자기 집에서 꿈쩍도 하지 않았다고 한다. 괜히 나섰다가는 자신들도 어떤 봉변을 당할지 모르는 처지라 도와줄 수가 없었을 것이다.

박태봉은 어머니에게서 들은 아버지 일을 얘기하면서 폭도들의 뼈를 갈아 마시겠다고 했고 도와주지 않았던 동네 사람들에게도 걸핏하면 시비를 걸었다.

나는 토벌 차출을 나서면서도 제주 사람을 두둔하는 행동은 하지 않았다. 묵묵히 명령만 수행했다. 저번 토벌 때 민보단원이 물 허벅을 진 할머니를 보내줬는데 수상히 여긴 다른 경찰이 물 허벅을 박살 내자 거기에서 쏟아진 것은 물이 아니라 간장이었다. 산으로 간장을 지고 간다는 건 산사람들에게 보급하기 위한 것으로밖에 볼 수 없었다. 그래서 할머니를 보내줬던 그 민보단원은 고초를 겪어야 했다.

경찰 가족과 보초를 서던 민보단원들이 무장대에게 죽임

을 당했다는 동네에 차출돼 토벌 나갔을 때였다. 토벌을 나가다 보면 도로에 돌이 무더기로 쌓여있기도 했다. 그때마다 트럭에서 내려 돌을 치워야 하는 경찰과 군인들은 마을로 들어서면 난폭하게 주민들을 대했다. 입산자 가족으로 지목된 집에서 늙은 아버지가 끌려 나왔다. 그 남자를 묶어 팽나무에 매달았다. 대살(代殺)이었다. 군인들이 입산한 산사람 대신 그 아버지를 살해했다. 입산자의 부모가 된 죄 때문에 축 늘어진 그 남자의 몸을 보면서 큰아버지와 큰어머니를 떠올렸다. 용석이 산으로 올라가면서 자기 부모님을 부탁한다고 했지만, 용석도 이러한 광풍은 짐작하지 못했을 것이다.

토벌하면 할수록 입산자들은 더 늘어났다. 입산자 중에는 무장대보다는 비무장의 제주 도민이 곱절은 많았다. 단지 경찰과 군인의 검색과 토벌이 무서워 산속으로 숨어든 사람들이었다. 군인과 경찰은 비무장인 입산자들도 모두 빨갱이로 몰아 빨갱이 사냥에 열을 올렸다. 제주도 전체가 서서히 광풍의 도가니 안으로 들어가고 있다는 느낌에 눈을 질끈 감았다. 눈을 감은 그 순간만큼은 팽나무에 매달려 있는 무장대의 아버지 시신을 망막에서 지울 수 있었다.

토벌대는 공회당 앞으로 동네 사람들을 모두 소집했다. 양길성은 마을 주민들의 호적을 들고 사람들 사이를 왔다 갔다

했다.

"경찰 가족이나 군인 가족들, 공무원 가족들은 이리로 나오시오."

동네 사람들은 짐작되는 바가 있어서 사돈의 팔촌까지 거느리며 군경 가족 줄에 서려고 들었다.

"이 년은 아니다."

양길성은 전에 자신을 풀어주었던 인민위원장의 부인을 지목했다.

"이 년은 악질 빨갱이 부인이다."

"아닙니다. 우리 아주버니가 군인입니다. 사실입니다."

양길성은 들은 척도 하지 않았다. 양길성의 손가락은 세 사람을 더 지목했다.

"산으로 도피한 아들이 있는 사람들이 군경 가족 줄에 서다니 뻔뻔하구만."

양길성이 지목한 네 사람은 손이 뒤로 묶였다. 동네 사람들은 두려움에 아무도 소리를 지르지 못했다.

양길성은 가족들의 이름을 호적과 대조하면서 한 사람이라도 빠져 있으면 그 가족 모두를 빨갱이 줄로 밀었다.

"우리 아들은 몇 해 전에 육지로 장사한다고 나가서 안 들어온 겁니다. 산에 올라간 게 아닙니다. 동네 사람들 다 압니다. 칠복이 할아버지, 사실이라고 얘기해줍써."

"맞습니다. 육지 가서 안 왔수다."

칠복이 할아버지가 그 아주머니의 편을 들었다.

"이렇게 입을 착착 맞추는 게 빨갱이라는 증거야. 너도 이쪽 줄로 가."

아주머니와 칠복이 할아버지가 빨갱이 줄로 내동댕이쳐졌다.

"이 줄은 트럭에 타!"

군인들은 빨갱이 줄에 있던 사람들을 짐짝처럼 트럭에 태워 이동했다. 트럭이 출발하고 나서 얼마 후 총소리가 들렸다. 그 트럭에 남편을 태워 보낸 여자가 털썩 주저앉았다. 트럭에 실려 갔던 사람들처럼 죽었을지도 모르는 동네 사람들의 얼굴엔 살았다는 안도감보다 공포가 어렸다. 단지 운으로 생과 사가 갈리고 있었다.

나는 날이 갈수록 민보단 가입에 지장을 찍던 내 선택에 대해 의문을 갖게 되었다. 이경배가 어머니와 백부, 백모, 윤자를 미끼로 나를 낚아챘다 해도 이런 꼴을 봐야 한다는 걸 생각하지 못한 내 발등을 찍고 싶었다. 나는 빨갱이 사냥을 수행하는 사냥개가 되었다.

차출된 토벌 작전에서 중산간 마을을 쑤시고 들어갔을 때였다.

도피자 가족이 마을 공회당 마당으로 끌려 나왔다. 공회당 과 마주 보는 집 앞에서 개가 왁왁 짖었다.

"저 개를 끌고 와."

소위가 나에게 말했다. 그 집으로 가서 개를 끌고 왔다. 잘 먹지 못해서 갈비뼈가 도드라지고 허리가 구부러진 개였다. 낯선 사람을 보자 으르렁거려도 봤지만 군인이 걷어차자 개 는 금세 꼬리를 두 뒷다리 사이로 내렸다. 군인이 도피자 가 족 중에서 제일 젊어 보이는 남자를 팽나무에 매달라고 명령 했다.

"그 개도 같이 매달아."

젊은 남자와 개가 같이 팽나무에 매달려 버둥거렸다.

"개를 잡아먹을 때 두들겨 패야 고기 맛이 좋아진다."

소위의 이 말에 군인들이 팽나무에 매달린 개와 남자를 총 개머리판으로 패기 시작했다. 깨갱거리던 개는 축 늘어지고 젊은 남자도 실신했다. 팽나무에 개와 사람이 나란히 매달린 모습은 기괴스러웠다. 나는 그 개가 나인 것만 같았다. 사냥 개는 필요 없어지면 주인에 의해 잡아먹힐 수도 있는 미물에 불과했다.

나는 백사장의 모래를 발바닥으로 꾹꾹 눌렀다. 그렇게 하 지 않으면 내 발밑으로 모래 구덩이가 갑자기 생겨나 그 아래로 빠져들 것만 같았다. 민보단 앞에는 경찰과 군인들이 섰고 민보단 뒤에는 마을 주민들이 섰다. 마을 주민들은 군인의 명령이 무서워 어쩔 수 없이 처형장에 동원된 사람들이었다.

"빨갱이 가족도 모두 빨갱이다. 빨갱이들은 사람이 아니다."

이경배가 한 남자를 지목했다. 큰아들이 입산한 도피자 가족의 아버지였다.

"이 반동 가족들 모두 앞으로 나와."

두 딸과 아내가 파랗게 질려 앞으로 나왔다. 가족들이 앞으로 나오자 이경배가 남자를 총검으로 찔렀다.

"만세 불러, 만세. 만세 안 부르면 너희들도 다 같이 죽여주겠어."

그 남자의 가족들이 만세를 불렀다.

"잘 한다. 박수, 박수!"

군인이 뒤에 선 주민들에게 총을 겨누며 명령했다. 간간이 박수가 나오다 군인이 하늘을 향해 공포를 한 번 쏘자 박수 소리가 커졌다. 나도 죽창을 옆구리에 끼고 손뼉을 쳤다. 박수 소리가 머릿속을 텅텅 망치로 때리는 것처럼 울렸다. 밖에서 전해지는 모든 감각이 고통이었지만 고통에 익숙해지는 게 나는 더 두려웠다. 살기 위해서 고통에 익숙해지는 게 두려웠다. 몸속으로 뭔가가 기어가는 듯한 소름에도 힘껏 손뼉을 쳤다.

입산자 가족들은 모두 총살당했다. 총소리에 자지러지게 울음을 터트리는 아기를 향해 군인이 총을 한 방 더 쐈다. 백 사장이 핏물에 물들고 포개어진 시체 위로 소금기를 머금은 바닷바람이 하릴없이 불었다.

나는 총살당한 사람들을 구덩이에 묻었다. 민보단이 할 일이었다. 어떤 할아버지는 허리춤에 자기 이름을 쓴 부채를 꽁꽁 묶고 있었다. 죽음을 예감한 그 할아버지는 친지가 나중에 자신의 시신을 찾을 수 있도록 끌려 나오기 전에 항상 들고 다니던 부채를 허리춤에 묶어 놓은 것이었다. 갓난아기도, 갓난아기를 젖 먹이던 젊은 며느리도, 할아버지도, 아이들도 구덩이에 들어갔다.

나는 군인들의 뒤를 따라가며 자꾸 허방을 딛는 것 같았다. 나는 누구인가, 지금 이것들을 다 생생히 눈에 담고 기억하면서도 점점 고통이 무디어져 가는 나는 누구인가. 실체가 있는 것인가, 아니면 껍데기뿐인가. 분노를 표출할 방법이 없으면 이렇게 나약하게 무디어져 가는 걸 용납해도 되는 것인가. 몸 안에 뭔가가 기어가는 느낌은 아까보다 더 강해졌다. 더 참을 수 없는 가려움에 죽창을 들고 몸을 박박 긁고 싶었다.

인근 마을에 무장대가 침입하여 우익 쪽 사람들의 가족을 살해했다. 다음날 군경과 민보단이 지서에 감금했던 사람들을 끌고 그 마을로 갔다. 그들은 소개되어 내려온 사람들 중에서 입산자 가족이라고 끌려온 사람들이었다. 그들은 가족 중 한 사람이 산으로 올라갔다는 죄 아닌 죄를 짊어지고 있었다. 민보단은 그들을 끌고 가면서도 왜 끌고 가는지 처음에는 이유를 몰랐다. 경찰들이 그 마을의 참상을 구금자들에게 보여주고 총살할 것이라고 짐작할 뿐이었다. 죽음을 예감했는지 그들의 발걸음은 도살장에 끌려가는 소처럼 경직됐다. 내 옆에 있던 남자가 내 손에 종이쪽지를 몰래 쥐어줬다. 나는 다른 사람들이 눈치채지 않게 그것을 주머니에 넣었다.

마을 공회당 마당에 마을 사람들이 모였다. 앞쪽에는 어젯밤 무장대에게 가족을 잃은 마을 주민들이 앉았다.

"이들이 어젯밤 이 마을을 습격한 놈들이오. 이놈들을 죽여야 합니까, 살려야 합니까?"

이경배가 물었다.

"죽여라, 죽여."

흥분한 주민들이 소리 질렀다. 구금자들 중 누구도 자신들은 어제 이 마을을 습격한 무장대가 아니라고 말하지 않았다. 죽는다는 사실엔 변함이 없기 때문이었을까. 이래 죽으나 저래 죽으나 그 과정이 짧게 끝나기를 바랄 뿐이었다. 남자가 건네준 종이쪽지가 돌덩이 같은 무게로 내 바지 주머니에 있었다. 저승사자 명부에 무게가 있다면 그 종이쪽지와 무게가 같을 것이다.

"어제 보초를 섰던 민보단원들도 이리 나와!"

8명이 잔뜩 움츠린 모습으로 앞으로 나왔다.

입산자 가족들과 8명의 민보단원은 마을 공회당 마당에서 끌려 나왔고 소나무밭에서 총살되어 고랑에 버려졌다. 민보단원들의 죽음에 내 가슴에도 총알이 박히는 것 같았다.

나는 집에 돌아와 주머니에 넣었던 종이쪽지를 펴 보았다. 급하게 휘갈긴 글씨체로 구금자들의 이름과 동네가 적혀있었다. 나는 쪽지에 적혀있는 한 동네에서 소개되어 내려온 사람을 수소문하여 종이를 넘겼다. 시신들이 버려진 위치를 상세하게 말했지만 종이를 받아든 사람은 곤란하다는 표정을 지었다.

"고맙네만 어떻게 그 시신들을 수습하겠나. 가족들이 입산자들이라 언제 수습이나 할 수 있을지 모르는 일이네. 우리가 대신 수습하는 것도 어려워. 지금은 우리도 어떻게 될지 모르는데 그 시신들 수습할 수 없네."

나는 집으로 돌아오는 길이 아득하게 느껴졌다.

토벌대의 눈이 무서워 낮에는 감히 입산자 가족의 시신을 수습해가는 다른 가족이나 친척이 없었다. 수습해가더라도 몰래 가야 했고 어디에서 죽었는지 몰라 시신을 수습할 수 없는 일도 많았다. 굶주린 개와 들짐승, 까마귀들이 시신을 마구 훼손했다. 굶주린 개가 사람의 신체 일부를 물고 다니고 날아가던 까마귀가 떨어뜨리는 건 사람의 살점이었다.

골목 모퉁이에서 눈에 불을 켠 개 한 마리가 나를 쏘아보았다. 사람을 무서워하지 않는 개를 보자 나는 화가 치밀었다. 길가의 돌을 들어 개를 향해 쏘아붙였다. 그러자 개가 깨갱거리며 도망쳤다.

"초소 불심 검문이 있겠다."

내가 보초를 서고 있을 때 짚차를 타고 온 군인 세 명이 민보단 초소를 헤집어놓기 시작했다. 검은 부츠를 신은 장교와 두 명의 사병이었다. 나는 차렷 부동자세로 그들이 초소 안의 물건들을 함부로 뒤지는 것을 지켜보았다.

"다이너마이트잖아, 이게 왜 여기 있어. 당장 민보단장 불러와."

나는 강씨 아저씨의 집을 향해 뛰어갔다. 나는 이제 다이너마이트가 터졌을 때만큼이나 큰 파편이 쏟아질 것만 같았다.

"이 다이너마이트는 일본 놈들이 굴속에 숨겨 놓은 걸 우리가 찾아서 보관했던 겁니다. 고기잡이하는 몇 집이 고기 잡을 때 쓰겠다고 가져가고 남은 건 여기 초소에 보관해 놨습니다."

강씨 아저씨는 자신의 잘못은 없지만 군인의 살기등등한
모습에 주눅이 들었다. 장교가 강씨 아저씨의 뺨을 갈겼다.

　"이런 무기를 보고도 하지 않고 자의적으로 보관한다는 게
말이 되나, 이 다이너마이트로 우리를 공격하려는 속셈이거
나 무장대에게 전할 목적이라는 거 다 안다. 다이너마이트
소지한 집들을 모두 수색해서 압수해."

　공회당에 다이너마이트를 소지했던 마을 사람들과 이장,
민보단장이 끌려오고 마을 주민들도 다 모이라는 명령이 떨
어졌다. 집합이 늦었던 사람들은 군인들의 발길질을 피해 가
지 못했다. 집합이 늦은 건 다이너마이트를 감추느라 늦은
거라며 그들까지 모두 체포해갔다.

　"서북청년단장님은 다이너마이트 사용 용도를 알고 있었습
니다. 제발 말씀 좀 해 주십시오."

　강씨 아저씨가 서북청년단장에게 사정했다. 그러나 서북청
년단장은 강씨 아저씨의 배를 걷어찼다. 서북청년단장은 민보
단장인 강씨 아저씨에게 악감정을 가지고 있었다. 이승만 사
진과 태극기를 강매할 때 다른 동네 사람들은 순순히 샀지
만 강씨 아저씨는 거부해서 자신의 자존심을 건드렸기 때문
이었다. 그것을 서북청년단장은 잊지 않고 있었다. 나는 다이
너마이트에 대해 군인에게 얘기한 사람도 서북청년단장인 것
만 같았다. 제주 사정을 잘 모르는 육지 군인들은 제주 사람

들을 믿지 못하여 모든 정보를 서북청년단원들에게 의지하고
있었다.

감자 공장에 수감 됐던 동네 사람들을 마을 동산으로 데
려갔다. 이장과 민보단장이 먼저 총살당했다. 나는 장교가 쏘
는 총알이 내 가슴에 박히는 것처럼 아뜩했다.

"이놈들한테는 총알도 아깝다. 야, 너희들이 처리해."

나는 들고 있던 죽창을 놓칠 뻔했다. 장교가 지목한 너희들
이란 처형을 지켜보는 마을 주민 앞에 서 있는 민보단을 가
리키는 것이기 때문이었다.

"말이 말 같지 않아. 아니면 너희들이 대신 죽을 건가?"

장교는 내 신발 바로 앞에 총알을 박고 총신을 나에게 겨눴
다. 민보단들이 주뼛주뼛 묶여있는 마을 주민들을 향해 나아
갔다. 군인이 뒤에서 공포를 한 발 더 쏘았다.

나는 눈을 감고 죽창을 마구 찔렀다. 죽창 끝에 전해져오
는 피와 살의 감촉은 눈을 감아도 지워지지 않았다.

나는 밤마다 가려움 때문에 잠을 잘 수가 없었다. 어떤 날
은 손톱에 피가 배어있기도 했다. 내 어깨에 피딱지가 다 앉
을 새도 없이 나는 다시 몸을 긁어댔다. 내가 죽창으로 찔러
죽인 이웃 사람도, 내가 구덩이에 던진 시신들도 내가 몸을
긁는 동안에는 머릿속에 들어와 괴롭히지 않았다. 그들의 포

개어진 몸들, 그들의 눈동자, 체념한 눈동자, 다 감기지 않은 눈동자가 더는 보이지 않았다. 내 몸을 박박 긁는 동안은, 피가 나도록 긁는 동안은 다 잊을 수가 있었다.

지금이라도 산으로 올라갈까 생각을 하기도 했지만 그럴 수 없었다. 나는 강상수의 아지트를 발설한 밀고자요, 배신자였다. 속으로는 그때 콱 죽어버렸어야 했다고 자조하면서도 윤자를 그들 손에서 지켜내려면 그 수밖에 없었다는 걸 나는 인정해야만 했다. 설령 산으로 간다 해도 어머니는 물론 큰아버지네도 이경배의 손에 죽임을 당할 것이다. 입산자의 가족들이 대살의 명목으로 입산자 대신 죽는 것을 내 눈으로 여러 번 봤는데 차마 어머니와 큰아버지, 큰어머니를 그렇게 놔둘 순 없었다. 가족들을 모두 데리고 같이 산에 간다고 해도 산 또한 위험하기는 마찬가지였다. 나는 올가미에 걸린 족제비 같은 신세였다. 빠져나오려 할수록 올가미가 걸린 다리에선 피가 흘렀다.

"나는 어쩔 수 없었어."

긁는 것을 멈추자마자 내가 찔러 죽인 이웃 사람의 눈동자가 나를 노려보았고, 피를 흘리던 시신들이 눈을 번쩍 떠 나를 쳐다봤다. 구덩이에 던져놓은 시신들이 구덩이를 파고 올라왔다. 손톱에 피멍 든 손들이 자꾸자꾸 나를 가리켰다.

나는 광에서 밧줄을 찾아들고 먹구슬 나무로 내달렸다. 구차한 삶을 끝내 버리고 싶었다. 밤이 물러나 새벽의 먼동이 트고 있었다. 희미하지만 그 빛은 먹구슬 나무의 윤곽을 뚜렷하게 하고 빛이 어둠을 조금씩 살라 먹고 하늘로 점점 번져 나갔다. 죽기 전에 마지막 보는 하늘이었다.

그러나 나는 손에 잡았던 밧줄을 스르르 내려놓았다. 유령처럼 정낭 뒤에 윤자가 서 있었다. 윤자, 이경배한테 시집가면서까지 나를 살리려고 한 윤자가 거기에 서 있었다.

다시 나를 살리려고 윤자가 저기 나타났나 보다. 내가 걱정되어 이경배 몰래 일어나 여기까지 달려왔나 보다.

내가 죽으려 했던 건 윤자에게서 시작됐고 내가 죽을 수 없던 것 또한 윤자 때문이었다. 산으로 가지 않은 것도 내 선택이었고 민보단에 가입한 것도 내 선택이었다. 이제 죽어버리는 건 무슨 의미가 있단 말인가. 모질게 살아내서 내가 겪은 이것들 다 기억해내리라. 몸에 각을 떠서라도 기억하리라.

11. 목련이 지네

"아, 아, 녹음이 되고 있는지 잘 모르겠구나. 녹음이 안 되고 있다고 해도 상관없다는 생각이 드는구나. 이렇게 내 속 이야기를 하는 것만으로도 좋으니까 말이다. 네 아버지는 평생 나를 못 믿고 살았다는 생각이 든다. 승기 오라버니가 있는 9연대 장병들이 탈영했다는 소식을 들었을 때였단다. 남편이 경찰이라 그런 정보는 빨랐지. 제주 출신 장병들이 탈영했다는데 다행히 승기 오라버니는 탈영하지 않았다고 네 아버지가 얘기하면서 묻더구나. 탈영해서 산폭도 무장대로 들어갔으면 자신과 총을 겨눠야 하지 않겠느냐고. 만약 그렇게 됐을 때 누가 살았으면 좋으냐고. 난 그런 일이 일어나지 않는 편이 더 좋겠다고 대답을 했지. 네 아버지는 아마 진석 오라버니와 자신 중에 누가 살았으면 좋으냐는 질문을 하고 싶었는지도 몰라. 네 아버지도 지옥 같은 마음을 안고 살았다는 생각이 드는구나. 항상 아내의 마음을 의심하는 삶이 지옥이었겠구나. 네 외삼촌은 그 후에 총살됐다. 네 아버지도 손 쓸 수 없을 정도로 비밀리에 이뤄진 일이라 하더구나. 제주 출신 군인이라고 육지 군인들에게 총살을 당하다니 기막

헌 일이었지…… 혜수야, 네 아버지를 너무 미워하지 말거라. 너의 마음속 짐을 엄마가 다 가져갔으면 좋겠다. 네 아버지는 제주 사람들한테 차마 사람의 탈을 쓰고는 못할 짓을 저질렀으면서도 당신은 그게 잘못이라고 생각하지 않았다. 네 할머니는 아버지의 생일 때면 아침부터 떡을 해서 마을에 돌렸다고 하더구나. 말이 없으신 분이 아들을 귀애한다는 최고의 표현이란 걸 어린 마음에도 느꼈다고 하더라. 그러나 네 할아버지, 할머니는 인민재판에서 지주라는 죄목으로 살해당했다는구나. 그분들은 가뭄이 들어 동네에 배곯는 사람이 있으면 쌀을 퍼 갖다 주고 거지도 그냥 보내지 않고 두루두루 살폈지만, 인민재판 때 동네 사람 아무도 부모님을 감싸주지 않았다더라. 네 아버지는 이 이야기를 할 때마다 이를 갈았단다. 자기 자식들은 빨갱이 없는 세상에서 살아야 한다고 매일 그러셨지. 그래서 나라의 명을 받고 제주를 빨갱이들로부터 지켜낸다고 철저하게 믿고 있었구나. 네 아버지는 이승만 대통령이 제주에 내려와서 자기 등을 두드려줬다고 얘기하면서 눈물을 흘린 사람이다."

나는 더 듣지 않고 녹음을 꺼버렸다. 엄마 목소리가 듣고 싶을 때 녹음을 재생하다가도 이 부분에서 다시 꺼버릴 것 같았다.

엄마에게 진실이었던 게 고진석 씨에게 거짓이라는 걸 엄마가 평생 몰라도 되는 것일까. 엄마는 고진석 씨가 엄마를 살리려고 동지를 배반했다는 사실을 알고 있었을까.

고진석 씨 자서전을 통해서 아버지의 악행을 내가 전부 알고 있는데 엄마가 아버지를 두둔하려 애쓰는 목소리가 듣기 싫었다. 한편으론 안쓰럽기도 했다. 아버지가 교묘하게 고진석 씨를 점점 사지로 내몰았다는 것을 알지도 못한 채 자신의 희생으로 고진석 씨를 고문과 투옥에서 구한 줄로만 알고 있는 엄마가 가여웠다.

아버지는 고진석 씨의 자서전 내용이나 엄마의 말에 따르면 빨갱이를 사람으로 생각하지 않았던 것 같았다. 북에 있는 할아버지, 할머니가 인민재판으로 죽임을 당한 걸 알았기 때문에 똑같이 갚아주려 했을 것이다. 그러나 아버지는 빨간색 안경을 낀 사람이었다. 보이는 대로, 생각하는 대로 아버지는 빨갱이 낙인을 수없이 남발하고 그렇게 사람들을 죽이면서 조금이라도 양심의 가책이 없었을까. 아버지에게는 빨갱이를 철저히 죽이는 것이 빨갱이를 뿌리 뽑는 것이고 나라에 충성하는 길이었다. 그러나 오빠가 광주 기사를 쓰려 했다가 공권력에 의해 죽임을 당했을 때 아버지의 심정은 어땠을까.

나는 기억의 무게에 대해 생각하는 시간이 많아졌다. 아버지의 과거와 오빠의 죽음의 비밀에 대해 알면 알수록, 엄마와 고진석 씨가 겪었던 4·3의 상황을 알면 알수록 나는 예전의 '나'로 되돌아갈 수가 없었다. 단지 알고 기억하는지, 전혀 모르는가의 차이였지만 그 차이는 사소한 선택에서도 우선순위를 나에게 물었다. 나는 친구들을 불러모아 저녁 식사와 술자리를 갖는 대신에 오정연에게 전화했다. 오정연은 전화를 받자마자 반갑게 말을 쏟아냈다.

"혜수 씨, 전화 줘서 고마워. 대단했어요. 전경들이 물대포 쏘고 그랬잖아. 말로만 물대포라 들었지, 그게 그렇게 힘이 센 줄 처음 알았어. 불나고 나면 타다 남은 것이라도 있지만 홍수 나서 싹 쓸어 가면 하나도 안 남잖아. 물대포 맞아 보니까 왜 그런지 알겠더라고."

제주에 머물겠다는 엄마를 말릴 수 없다면 대충 주변을 정리하고 다시 제주에 내려가야만 했다. 제주에 내려가기 전에 어떤 식으로든 오정연과 끈이 닿아 있어야 할 것 같았다. 오빠의 죽음 또한 내가 진실을 알고 있는 한 피한다는 게 비겁해 보였다. 전에는 나를 내리누르는 짐이 너무 많아 피하고 싶었지만 신지가 용희를 구한 행동이 나를 불편하게 했기 때문이다. 신지는 엄마 병 뒤에 숨는 나의 비겁함을 들춰내 숨을 곳이 없게 만들었다.

오정연이 말해준 국밥집은 4층 건물의 1층이었다. 입맛이 까다롭다는 택시기사들이 자주 찾는지 점심시간이 지난 시간인데도 주차장엔 택시가 많이 보였다. 오정연이라 짐작되는 여자가 주방 안에서 국밥을 만드느라 바빴고 20대로 보이는 아가씨가 서빙을 하고 계산대도 보고 있었다. 홀 안은 손님들이 꽉 찼다. 미리 연락이 돼 있던 터라 오정연은 혼자 들어서는 나를 대뜸 알아보았다.

"혜수 씨, 거기 빈자리에 앉아. 여기 왔으니 국밥 한 그릇은 먹어야지."

오정연이 얘기하자 아가씨가 자리를 마련해줬다. 벽 쪽으로 붙은 식탁에 자질구레한 물건들이 한쪽 벽면에 쌓여있었다. 괜히 왔다는 생각이 들었다. 이런 추레한 국밥집을 하는 여자가 악착같이 진상규명을 한다고 데모하다 물대포 맞고 그러는 게 국가가 찔러줄 보상금이 목적이라는 생각이 굳어졌다. 불 앞에서 흐르는 땀을 자꾸 수건으로 닦아내는 오정연을 훔쳐봤다. 화장기 없는 얼굴의 그녀는 아주 짧은 커트 머리였다. 땀이 흘러내리지 않게 질끈 묶은 이마의 수건 위로 새치가 반인 머리카락이 억센 풀처럼 삐죽 나왔다.

"아줌마요, 저번에 왔을 때 문 닫았던데요. 마, 이 건물도 사고 분점도 내고 이 골목 유지되니까 이젠 돈 벌기 싫은 갑네예."

단골로 보이는 남자의 능청에 오정연이 호탕하게 웃으며 말했다.

"그때 못 먹은 국밥은 오늘 싸비스여. 돈 내지 말고 그냥 가."

손님이 어느 정도 빠져나가자 오정연은 막걸리를 갖고 와 내 앞에 앉았다. 술을 마시겠냐고 묻지도 않고 내 몫으로 잔에 막걸리를 가득 부었다. 마주 앉은 오정연의 얼굴은 오십 대 후반이라고 예상했던 것보다 더 늙어 보였다.

"우리 재철이는 오씨 가문의 자랑이었어. 내가 고등학교만 졸업해서 그 애 뒷바라지를 다 했지. 그런데도 그게 하나도 아깝지 않았어. 우리 재철이는 그만큼 남달랐으니까."

오정연은 막걸리를 싹 비웠고 막걸리를 별로 좋아하지 않는 난 입에 대는 시늉만 했다.

"그렇게 총명해서 대한민국에서 가장 머리 좋은 학생들만 모였다는 대학에 탁 붙고 동네에서는 잔치도 했지. 아버지는 판검사가 되길 원했지만 우리 재철이는 신문사에 들어갔어. 아버지 말에 고분고분 잘 따랐던 재철이가 그것만은 양보하지 않았거든. 착실하고 일을 잘 하니까 부장도 되고 그랬겠지. 그런데 재철이가 고문받고 나와서는 사람이 완전 망가져 버렸어."

오정연이 남동생 얘기를 할수록 나는 오빠 생각이 났다. 아버지는 유약한 오빠를 항상 못마땅하게 여겼지만 오빠에게

214

갖는 기대치가 높았기 때문에 그랬을 것이다. 명문대에 오빠가 합격했을 때 아버지가 얼마나 좋아했는지 기억이 났다. 오빠가 전화로 합격 소식을 알려왔을 때 아버지는 잘했다며 무뚝뚝하게 말하고 전화를 끊었지만 눈물을 흘리고 있었다. 그것은 내가 본 최초이자 마지막 아버지의 눈물이었다. 오빠가 죽었을 때도 아버지는 눈물을 흘리지 않았다. 그러나 오빠의 죽음 후 아버지는 눈에 띄게 빨리 무너졌다. 오빠의 '영혼의 집합소'도 깨끗이 치운 아버지는 평소처럼 표정에는 변함이 없었지만 나는 뭔가가 아버지에게서 빠져나갔다는 것을 느낄 수 있었다. 밤중에 깨어 화장실을 갈 때 주방 식탁에서 혼자 술을 마시는 아버지를 볼 수 있었다.

고진석 씨의 자서전을 읽어갈수록 난 아버지의 행동을 이해할 수가 없었다. 할아버지와 할머니가 공산정권에 의해 죽임을 당했다고 하지만 제주도민들에게 심하게 한 것은 도가 지나쳤다. 아버지 또한 국가의 명령을 받는 한 개인에 불과했다는 생각을 해보아도 아버지의 행동은 용납이 되지 않았다. 그러나 빨갱이를 소탕해서 국가를 지켰다는 자부심으로 살던 아버지는 그 국가에 의해서 아들을 잃었다. 아버지의 신념이 오빠의 죽음으로 인해 실금이 났다고 짐작할 수 있을 뿐이었다.

오빠는 엄마와 나에겐 가장 멋진 남자였다. 다른 친구들이 아버지와 닮은 이상형을 찾을 때 난 오빠를 닮은 남자가 좋았다. 잘난 척하지 않고 세심하게 내 말을 들어주고 어쭙잖은 충고도 늘어놓지 않는 오빠가 좋았다. 오빠 생각이 밀려오자 가슴이 먹먹하여 오정연처럼 막걸리를 싹 비웠다.

"불을 켜면 불 켜지 말라고 구석에 가 숨고 창문엔 두꺼운 커튼도 모자라서 신문지로 다 가리게 했어. 그러다 목매고 말았지. 난 무식해서 우리 재철이가 무얼 하다 그 지경 당했는지 알 수가 없었는데 알고 나니까 가만있을 수가 없었어. 어떤 사람들은 그러다 다친다며 적당한 때가 될 때까지 기다리라고 했지만 내가 직접 발로 뛰어다니며 증거들을 모으고 고문했던 사람 자백도 받아냈지. 이젠 국밥집하면서 돈도 벌 만큼 벌었고 우리 재철이 억울한 거 풀어줄 일만 남았어. 비명에 간 사람들, 원한은 풀어줘야 하지 않겠어? 계속 연락하면서 지내도록 해. 그리고 어머니 돌아가시면 나한테 꼭 기별해주고. 같은 처지끼리 돕고 살아야지."

대여섯 명 되는 손님이 가게 안으로 밀려 들어왔다. 오정연은 머리에 묶었던 수건을 다시 풀어 여러 겹 접었다. 그것을 이마에 질끈 동여매는 것으로 나와의 대화를 마치려 하는 것 같았다. 오정연은 방금 들어온 손님들이 단골들인 모양이었다. 농담을 주고받은 후 호탕하게 웃으며 주방으로 들어갔다.

집에 돌아와 제주로 내려갈 짐을 챙겼다. 식탁에 놓여있었던 녹음기를 가방에 넣었다가 다시 꺼냈다. 엄마가 지금까지 녹음했던 것들은 고진석 씨 자서전의 내용들과 거의 일치했지만 딸인 나를 의식해서 아버지에 대한 것을 미화시키는 것만 같았다. 나는 엄마가 아버지를 두둔하는 말을 할 때부터 엄마에게 녹음하자고 덤벼들지 않았다. 그러나 식탁에 놓여있던 녹음기에 엄마는 그 후에도 혼자서 녹음을 계속하고 있었다. 녹음기를 앞에 두고 과거를 꺼내놓는 엄마를 상상했다. 아름답고 따스한 기억들이 아니라, 생각하면 할수록 가슴이 미어지고 반평생을 같이 산 사람을 속으로는 용서하지 못하면서 자식을 위해 두둔해야 하는 기억들. 그런 기억들을 붙잡고 엄마는 얼마나 속으로 울었을까.

나는 녹음기에 녹음된 내용을 모두 노트북에 백업받은 후 녹음기의 내용을 삭제했다. 나는 다시 녹음기를 가방 안에 넣었다. 내 앞에서가 아니라 엄마가 내킬 때 녹음하는 게 더 낫겠다는 생각이었다. 그러나 나는 엄마가 녹음기를 챙기지 않고 식탁에 놔둔 것이 마음에 걸렸다. 엄마가 어쩌면 내 표정에서 뭔가를 읽었을 것만 같았다. 초경을 해서 이부자리에 생리혈이 묻어 내가 일어나지 않았을 때 방에 들어온 엄마는 내가 설명을 하지도 않았지만, 그 상황을 전부 눈치챘던 것처럼 내가 아버지 얘기를 들을 때 내 감정의 결을 느꼈을 것만

같았다. 나는 녹음기를 넣음으로써 고독한 성자처럼 무거워
진 가방을 쳐다보았다.

　제주공항에는 비가 내렸다. 태풍예보가 없었는데도 가로수
들이 비바람에 제법 흔들렸다. 키 큰 야자수가 옆의 야자수
머리에 몸을 맞대었다가 멀어지곤 했다. 나는 택시를 잡고 트
렁크에 짐을 실었다. 짐은 캐리어 하나가 전부였다. 엄마의 짐
은 많지 않았다. 엄마의 삶의 부스러기들은 엄마가 갖고 내려
온 것과 내가 들고 오는 것을 다 합쳐도 캐리어 하나도 다 차
지 않았다. 과거, 현재, 미래로 이어지는 삶에서 미래를 삭제
했기 때문에 엄마의 삶은 너무 가벼워졌다. 엄마는 더 가벼워
지기 위해서 과거를 녹음기에 담으며 과거를 삭제시키고 있었
는지도 모른다.

　엄마와 하룻밤을 떨어져 있었는데도 한 시간이 일 년보다
더 길게 느껴졌다. 혹시라도 나 없는 사이에 무슨 일이 있지
않을까 하는 걱정에 전화하면 엄마는 즉시 받지 않았다가 나
중에 전화했다. 핸드폰을 놔두고 바다에 갔었다고 했다.

　나는 바다에서 돌아오는 엄마를 택시에서 내리다가 만났
다. 엄마의 얼굴은 바닷바람에 상기되어 있었고 표정은 어
느 때보다 밝았다. 나는 엄마의 그런 화사한 표정이 지독한
아픔을 감추기 위한 거짓 위안 같아 보였다. 곁에서 보면 멀

쩡하나 안은 화재에 그을려 검은 아가리를 벌린 민박집 안채처럼 엄마 속은 암 덩어리에 잠식당하고 있을 뿐이라고 생각했다.

"날씨도 좋지 않은데 좀 집에 있지."

나는 볼멘소리를 하며 가방을 들고 먼저 마당으로 들어섰다.

나는 엄마 앞에 녹음기를 꺼내놓았다.

"뭐 하러 또 이걸 갖고 왔나?"

말은 그렇게 하면서도 엄마는 녹음기를 손에 들었다.

"이젠 엄마가 하고 싶은 얘기 있으면 다 해."

"뭐 할 말이 있겠니?"

"마지막에 엄마 녹음한 것 들었어. 할아버지, 할머니 얘기 있더라. 아버지가 엄마를 많이 사랑하긴 했나 봐. 빨갱이라면 치를 떠는 분이 고진석 씨를 석방했으니까 말이야."

"네 아버지가 훌륭한 분이었다고 얘기하는 건 아니다. 그래도 나와 부부로 맺어지면서 약속한 건 지켰다는 걸 말하고 싶은 거다."

엄마의 말처럼 아버지가 약속을 지킨 건 분명했다. 그러나 엄마를 미끼로 해서 아버지가 고진석 씨의 삶을 쥐고 흔든 건 엄마가 모르는 사실이었다. 고진석 씨의 삶은 아버지에 의해 와해 되었다. 어쩌면 고진석 씨의 자서전을 끝까지 엄마에

게 비밀로 해야 할지도 모르겠다. 아버지의 비밀을 알게 되면
아버지의 약속 하나로 반평생 살아온 엄마의 삶은 무의미했
다. 그 무의미 속에 나의 존재가 포함된다. 나의 존재도 무의
미해지는 것이었다.

엄마와 나의 생활은 단순했다. 아침을 먹고 엄마는 두껍게
옷을 입고 바다를 보고 왔다. 몇 번은 동행했지만 민박집 마
당에서도 엄마가 다 보였기 때문에 바다 산책은 엄마 혼자 다
녀오게 됐다. 엄마가 바다에서 하는 일은 그저 바다를 가까
이에서 보고 또 보는 것이었다. 엄마 손에는 내가 준 무릎담
요가 들려져 있었다. 바닷바람이 세기 때문에 바다에 갈 때
는 꼭 갖고 가라고 내가 들려준 것이었다. 마당에서 본 엄마
는 무릎담요를 숄처럼 어깨에 두르고 있었다. 그렇게 바다에
다녀온 엄마에게선 바다 냄새가 났다.

산책에서 돌아오면 아침을 먹고 엄마는 자리에 누웠다. 엄
마는 길게 잠들 때도 있었고 잠들지 않고 눈만 감고 있을 때
도 있었다. 엄마는 죽도 겨우 소화를 시켰기 때문에 아침에
끓인 죽을 하루 동안 여러 번 나눠서 먹었다. 엄마는 저녁에
다시 바다에 나갔다. 저녁에도 엄마가 바다에서 하는 것은 바
다를 보고 또 보는 일이었다. 마당에서 바다를 보는 엄마를
훔쳐봤을 때 엄마는 그저 가만히 바다를 향해 서 있는데도

엄마 껍데기는 거기에 있고 엄마는 바닷속에서 자맥질하는 것처럼 느껴졌다. 그런 날은 유독 엄마에게서 바다 냄새가 더 났다.

엄마를 훔쳐보지 않는 시간엔 엄마가 들어올 때까지 고진석 씨의 자서전을 읽기도 하고 오정연이 준 자료들을 검토했다. 만약 내가 찾아오면 주기 위해서 그녀는 자료들을 한 부씩 복사해서 노란 서류봉투에 담아두고 있었다. 고진석 씨와 나의 오빠. 1948년과 1980년을 번갈아서 읽고 있자니 1948년과 1980년이 서로에게 기시감을 주는 것 같았다.

이메일 알림이 떴다. 신지가 사진을 보내왔다. 미유와 함께 찍은 사진이었다. 일본에서 만났을 때 미유는 초등학교 1학년이라고 했다. 신지는 평소와 다르게 활짝 웃고 있었다. 손가락으로 신지의 웃는 입매를 따라 그려보았다.

〈보고 싶은 혜수 씨.

딸 미유입니다. 전에 일본에서 봤지요? 미유는 마음을 맺는다는 뜻을 가지고 있습니다. 가볍게 흐트러지는 마음이 아니라 열매를 맺듯이 마음도 맺으라고 지었습니다. 나는 오늘도 혜수 씨를 생각하며 마음을 맺었습니다. 이렇게 맺은 마음이 하루하루 쌓여 한국까지 다리를 놓을 수 있을 것 같습니다. 오늘부터 미국으로 이 주일간 출장을 다녀올 겁니다. 갔다 오면 혜수 씨와 이모님 보러 한국에 가겠습니다.〉

신지가 이 주일 있으면 한국으로 온다는 소식을 전해왔다. 이 주일이라는 시간이 정해지자 그리움의 농도가 더 진해졌다. 언제 온다는 기약이 없을 때는 신지에 대한 그리움이 신지를 떠오르게 하는 매개물 때문에 불쑥 튀어나왔다. 이젠 하루를 시간으로 쪼개고 시간을 분으로 쪼개어 신지를 그리워하게 될 것이었다.

엄마가 산길을 걸어가고 있었다. 좁은 길이었다. 양옆은 시커먼 어둠에 묻혀 아무것도 보이지 않았지만 오솔길만은 길 자체가 발광하는 것처럼 또렷했다. 엄마가 당도한 곳은 폭이 넓은 못이었다. 물은 부글부글 끓었고 엄마는 주저함도 없이 그 물을 건너고 있었다. 엄마를 소리쳐 불렀지만 엄마는 듣지 못한 채 사뿐히 연못을 다 건너고야 말았다. 물을 자세히 보니 거기에는 손들이 서로 뒤엉켜 있었다. 그러나 뒤엉켜 있던 것들은 서로의 손가락을 물고 점점 간격을 조여들고 물은 빨갛게 물들어가기 시작했다. 물은 농도와 점도가 점점 짙어졌다. 내가 엄마를 따라가려고 물 안을 들여다보는데 붉은 물 안에서 손 하나가 불쑥 튀어나와 나를 물 안으로 와락 끌어당기려 했다.

'엄마!' 소리를 지르며 잠에서 깨어났다. 생생한 꿈이 마치 직접 연못을 찾아갔던 것 같았다. 내 기척에도 엄마는 잠이 깨지 않았다. 고른 숨소리가 들렸다. 꿈이었을 뿐인데도 가슴이 두근거렸다.

　엄마는 기력이 많이 약해졌다. 하루 두 번 나가던 바다 산책도 한 번으로 줄어들었다. 불에 탔던 안채도 변화가 있었다. 민박집 주인의 사위가 용역을 불러와서 불에 탄 가재도구들을 싹 실어 날랐다. 사위는 육지에서 직장 생활을 하기 때문에 제주에 오는 게 시간이 걸렸노라 얘기했다. 민박집 주인인 장모의 얘기를 들어서인지 자신의 아들을 구해준 데 대한 공치사를 했지만 그의 태도는 불손하기 짝이 없었다. 양해를 구하지도 않고 바깥채에 성큼성큼 들어와 엄마가 누워있는 안방과 내가 쓰고 있는 건넌방을 돌아보았다. 앉은뱅이책상 위에 놓여있는 내 노트북을 보고는 전기세가 많이 나올 텐데 하며 쩍 소리를 냈다. 그는 우리를 주인 없는 집을 불법 점거한 사람들 대하듯이 하는 것 같았다. 자존심이 상한 나는 그에게 여기서 머문 만큼 돈을 내겠다고 못을 박았다.

　가끔은 동네 꼬마 아이들이 다녀갔다. 불에 탄 안채 마루에 돌멩이를 던지는 아이들을 쫓아낸다고 내가 문을 열고 나오면 아이들은 '귀신이다' 소리치며 도망갔다. 엄마와 나에 대해 동네에 어떻게 소문이 났을까. 검게 그을린 안채를 마주한 바깥채에 사는 두 모녀. 마른 고목같이 죽어가는 게 뻔히 보이는 여자와 그녀의 딸. 동네 사람들 입으로 우리가 어떻게 묘사 되는 지 짐작이 갔다.

엄마는 목이 부었다고 말했고 죽도 잘 삼키지 못했다. 기침도 했다. 보일러가 고장 난 게 문제였다. 보일러를 고치고 나서 엄마를 동네 의원에 모시고 가려 했는데 딸네 집에 간 민박집 주인아줌마와 연락이 제때 되지 않아 혼자 물어물어 보일러 기사를 부르다 보니 보일러를 고치는 데 시간이 걸렸다. 방안에 누워만 있었던 엄마는 그사이에 바다를 보러 간 모양이었다. 날은 맑았지만 바다 동네 특유의 매운바람이 얼굴을 쓸었다. 엄마가 걱정돼 바다로 나갔다. 무릎담요를 머리까지 쓰고 바다를 바라보는 엄마는 너무나 자그마해서 누가 담요를 말아 바다에 세워놓은 것처럼 보였다.

"엄마, 뭐 보고 있어? 날이 차네. 빨리 들어가자."

"분명 진석 오라버니는 이 세상 사람이 아닌데 아까 저기 파도칠 때 진석 오라버니가 들어갔다 나왔다 하는구나."

엄마가 손가락으로 가리키는 곳에는 불룩 튀어나온 바위가 파도가 치면 하얀 포말과 함께 모습을 감췄다가 파도가 밀려가면 모습을 드러냈다. 헛것을 보는 엄마의 손을 잡았다. 얼음장처럼 차가웠다. 그러나 엄마의 얼굴은 열에 들떠 눈은 충혈되고 말하는 입에서는 단내가 났다.

"엄마, 이 열 좀 봐. 이렇게 바람이 찬데 여기 오래 서 있으면 어떡해. 빨리 병원에 가."

나도 모르게 큰소리가 났다.

"병원 싫다. 그냥 눕고 싶구나. 이제 병원 가면 다시는 이 바다에 못 올 거 같다."

엄마는 열에 들뜬 상태에서도 내 마음을 정확히 읽었다. 불에 탄 시커먼 안채와 마주 봐야 하는 집, 돌멩이를 던지며 귀신이라 소리치는 동네 꼬마들, 우리 모녀를 힐끗거리는 시선들, 이 모든 것에서 벗어나고 싶었다. 일단 병원에 가면 엄마 마음대로 하지 못할 것이고 엄마를 설득하여 서울로 돌아가고 싶었다.

"엄마, 약속대로 제주에 더 머물 거야. 그건 엄마 의견을 존중한다고. 하지만 지금은 암이 문제가 아니고 이 열을 어떻게 해야지. 폐렴이라도 걸리면 암이 아니라 고진석 씨처럼 폐렴으로 갈 수도 있어."

집에 돌아와 병원에 갈 채비를 했다. 지갑을 챙기고 방을 나왔을 때, 툇마루에 앉아 있던 엄마는 모로 폭 쓰러져 있었다.

중환자실에 산소마스크를 쓰고 누워있는 엄마는 의식이 없었다. 내가 손을 꽉 잡고 있는데도 생의 미련을 놓아버린 사람처럼 엄마의 손바닥은 위로 향한 채 내 손을 마주 잡아주지 못했다.

　간이의자에 앉아 산소마스크를 쓴 엄마를 바라보고 또 바라봤다. 성산포에서 엄마가 바다를 보고 또 봤던 것처럼. 엄마가 바다를 왜 그렇게 고집스럽게 응시했는지 조금은 이해할 수 있을 것 같았다. 엄마는 해녀였다. 엄마는 바다에서 나고 자랐고 바다에서 해산물을 따 가족에게 도움이 됐을 것이다. 젊었던 엄마는 고진석 씨를 향한 애타는 마음을 바다에서 풀었고 바다가 엄마 생활의 대부분을 차지했을 것이다. 육지로 이사 온 다음부터 제주 바다를 볼 수 없던 엄마는 바다를 마음에만 품고 있었다. 그래서 제주에 내려오자마자 바다는 다시 엄마를 과거로 끌어들였고 엄마는 바다를 보면서 지난 세월을 반추했을 것이다. 그러나 엄마는 예전의 젊은 엄마가 아니라 죽음을 코앞에 걸어둔 엄마였다.

　내가 바라보고 또 바라보는 엄마는 산소마스크를 쓰고 누워있는 엄마였다가, 알츠하이머에 걸린 고진석 씨를 만나던 엄마였다가, 위암 판정을 받고도 의연했던 엄마였다. 그런 엄마가 오사까에서 돌아온 고진석 씨를 보며 어떻게 사는지 아주 궁금했다고 말하던 윤자가 됐다. 그 윤자는 물질을 잘하는 해녀였고 야학에선 눈을 빛내는 학생이었다. 윤자는 사랑하는 사람을 위해 마음에도 없던 아버지와 결혼을 해서 엄마가 됐다.

산소마스크를 쓰고 누워있는 엄마는 어린 윤자가 됐다. 오라버니들이 공부하는 방에 들어가 당돌하게 글을 가르쳐달라는 어린 윤자는 외할아버지, 외할머니한테 밥이나 지으라고 야단을 맞는다. 어린 윤자는 승기 친오라버니와 달리 자상하게 조목조목 공부를 가르쳐주는 진석 오라버니를 좋아한다. 어린 윤자는 진석 오라버니가 올 때를 대비해 삶은 감자를 남겨 놓는다.

산소마스크를 쓰고 누워있는 엄마는 아기 구덕 속 갓난쟁이이다. 제때에 젖을 물리지 않는 어머니를 향해 울어도 봤지만 아무 기척이 없자 자신의 주먹을 입속으로 갖다 대 쪽쪽 빠는 아기이다.

산소마스크를 쓰고 누워있는 엄마는 탄생을 준비하는 아주 조그만 생명이다.

산소마스크를 쓰고 누워있는 엄마는 한 점의 우주다.

한 우주가 꺼지려 하고 있었다.

영정사진 속 엄마는 환하게 웃고 있었다. 일본 청수사에서 신지가 찍어준 사진 속 엄마의 모습이었다. 청수사에서 제단에 무수히 꽂혀있는 향을 쐬면 몸의 기운이 좋아진다는 신지의 말을 듣고도 엄마는 수백의 향 연기가 공중으로 흩어지는 모습을 바라보기만 했다. 머리를 풀며 하늘로 사라지는 향 연기의 끝을 좇을 뿐이었다. 그건 체념을 받아들인 사람의 몸짓 같았다. 그러다가도 신지가 나와 엄마를 찍어준다며 디지털카메라를 들이대면 마치 웃는 모습이 당신의 영정사진이 되리라는 걸 알고 있다는 듯이 활짝 웃었다.

난 엄마의 마지막 순간을 보지 못했다. 중환자실의 간이의자에서 깜박 잠이 들었을 때 엄마는 돌아가셨다. 서늘한 감촉이 나를 쓰다듬거나, 엄마가 마지막 기력을 차려 내 손을 잡아주거나 하는 어떤 예후도 없었다.

오정연은 빈소를 지키는 나를 대신하여 잡다한 일들을 처리하고 있었다. 그녀는 엄마의 제사상에 삼시 세끼를 올리고 살아있는 사람도 먹어야 한다며 나에게도 끼니때마다 입속으로 먹을 것을 꾸역꾸역 밀어 넣었다. 살아있는 사람이 먹어야 망자가 편안한 법이라며 오정연은 나에게 억지로 숟가락을 안겼다.

길어야 일 년이라는 의사의 말을 듣고부터 나는 엄마의 죽음을 준비하고 있었지만, 그 시간도 다 못 채우고 미리 앞당겨 가버릴 엄마는 예상하지 못했다. 엄마의 죽음을 맞닥뜨리고 내 머릿속은 하얗게 비었다. 허허벌판에 혼자 남겨진 것 같았다. 포수가 쫓아오는데도 도망가지 못하고 숨을 곳도 없는 어린 종달새가 된 것처럼 심장이 죄어지는 것 같았다. 내 가까운 지인들은 모두 서울에 있었고 아버지나 엄마나 의지할 친척 없이 섬처럼 살아온 탓에 믿고 의논할 마땅한 사람도 없었다. 신지는 일본도 아니고 미국에 출장 중이었다. 신지에게 이메일을 띄워볼 수 있겠지만 그가 일정을 취소하고 제주에 오는 건 쉽지 않은 일이었다. 나는 신지에게 연락해서 그의 출장을 망치고 싶지 않았다. 지인들에게 어머니의 부음을 알리긴 했지만, 제주까지 오기 힘든 그들의 미안함은 내 계좌번호로 보내는 조의금으로 바뀌었다. 상조회사 직원들이 내 조문객보다 더 많았다. 오정연에게 전화를 하게 된 건 내가 오정연네 국밥집에서 나올 때 엄마가 돌아가시면 꼭 연락해 달라고 그녀가 말했기 때문이었다. 전화를 받자마자 오정연은 식당 문을 닫고 제주로 내려왔다. 그녀가 병원장례식장에 들어섰을 때 난 비로소 엄마의 죽음이 실감 났다. 슬픔이 파도처럼 밀려왔다.

조화도 몇 개 없는 쓸쓸한 빈소였다. 장례식장에 딸린 식당은 두 유족이 나눠서 쓰게 되어 있었다. 다른 쪽은 조화가 한 줄도 모자라 두 줄로 겹쳐져 있었고 조문객이 넘쳐나서 내가 쓰기로 된 공간까지 야금야금 눈치를 보며 조문객을 맞았다. 내 조문객이 없자 아예 자리를 다 차지해버렸다.

저녁 무렵이 됐을 때 낯선 사람들이 엄마 빈소에 찾아와 절을 했다. 그중에 아는 사람은 딱 한 명이었다. 해녀 식당에서 문어 한 접시를 내왔던 순덕이었다. 엄마를 제주에 머물게 빌미를 제공한 그녀였다. 그녀 외에는 전혀 얼굴을 본 적이 없는 사람들이었다.

조화가 두 줄로 겹쳐있는 내 옆 유족들의 조문객들은 종일 시끄러웠다. 조문 왔다가 만난 지인과 서로 안부를 묻고 얘기 끝에 웃음을 터트리기도 했다. 조문객들은 아흔에 별세한 그 유족들의 아버지가 천수를 누리고 자식들 다 잘돼서 편안히 눈감았을 것이라고 덕담을 나누기도 했다. 그들의 그런 분위기에 짓눌려 나는 머리가 어지러울 지경이었다. 잔치 같은 그들의 행태가 엄마를 조롱하는 것 같아 불편했다. 그러나 저녁 무렵에 엄마의 빈소를 찾아온 사람들로 우리 쪽 분위기도 비슷해져 갔다. 오정연은 남자 어르신에게 술을 권하기도 하고 받기도 하면서 목소리가 점점 높아졌다.

"그러니까 우리 어머니 육촌 되신다는 말씀이지요?"

"그렇지. 윤자가 제주에 왔다는 건 풍문으로 들어서 알고 있었지만 피차 발걸음이 가볍지 않았던 게지. 이렇게 영정사진으로나마 작별하니 마음의 짐을 던 거 같구먼. 그 짝은 윤자와 어떻게 되는가?"

"어머니 딸 혜수와 언니, 동생 하는 사이입니다. 같은 아픔을 지닌 사람끼리 서로 의지한다고나 할까요. 어르신, 한 잔 더 받으세요."

농사를 짓는 손이 분명한 투박한 손으로 내 손을 잡아주던 남자에게 오정연은 술을 더 권했다. 잔치 같은 옆의 분위기에 불편했던 마음이 이상하게도 점점 펴졌다. 영정 속 엄마의 활짝 웃는 모습에 어울리는 잔치 같은 마음으로 엄마를 잘 보내드려야 할 것 같았다.

"고생이 많구먼. 엠블란스가 와서 윤자 삼춘을 데려갔다는 얘기 듣고 마음에 턱 걸리더구먼. 친정 동네는 찾아가지도 못하고 반대편 언저리에서 살다가 이렇게 간 윤자 삼춘 불쌍해서 어떡하누."

순덕이 친정 동네에 엄마 소식을 알린 모양이었다. 순덕이 내 손을 잡았다. 엄마에게 문어 한 접시를 내왔던 순덕은 그래도 엄마가 고향에서 눈을 감을 수 있게 한 사람이었다. 나는 엄마가 순덕의 손을 이렇게 잡았을 거라는 마음으로 그녀의 손을 잡았다.

엄마는 친정 동네에 장지를 마련해 두고 있었다. 동네 사람들은 엄마가 오래전에 그곳을 샀다는 것도 다 알고 있었다. 조문을 왔던 사람들은 장지까지 따라와 엄마의 마지막 가는 모습을 지켜주었다.

12. '나의 기억' – 양길성의 죽음

제주 해안이 봉쇄됐다. 배는 바다에 뜨지 못하고 해녀의 물질도 금지됐다. 해안선을 감시하는 미 군함 두 척이 어민들의 한숨을 갈랐다.

작은아버지를 방문했을 때였다. 작은아버지는 집에 신문을 들었고 나에게도 신문을 읽어야 세상 돌아가는 것을 안다며 필독하기를 권했다. 제주 앞바다에 소련 것으로 보이는 잠수함이 떴다는 신문기사가 있었다.

"작은아버지, 왜 소련잠수함이 제주에 나타났을까요?"

"말이 아 다르고, 어 다른 법이다. 소련 것으로 보인다고 했지 소련잠수함이라고는 하지 않았다. 조사 한 건지, 만 건지 잠수함에 빨간 별이 선명했다는 식으로 본질을 흐리고 있어. 이건 모두 정확하지 않은 기사일 뿐이다. 하지만 그런 일이 있었으면 하는 사람들에게는 좋은 구실이 될 수 있겠지."

이 기사 직후에 해안선으로부터 5km 이상 들어간 중산간지대를 통행하는 자는 폭도로 간주 총살한다는 포고문이 발표됐다. 그 소련잠수함이 제주도민 초토화를 정당화하는 것처럼 때맞춰 나타났다는 사실이 믿기 힘들었다.

제주 출신 군인들이 총살됐다는 소문이 돌았다. 국방경비대 9연대 소속 군인들이 탈영하여 무장대 쪽으로 넘어간 후 반년 정도 지났을 때였다. 나는 사실을 확인할 수 없었지만 꿈에 나타났던 승기의 모습으로 승기 또한 총살됐다는 걸 직감했다. 꿈속에서 승기는 포승줄에 묶인 채 나를 바라보았다. 텅 빈 눈이었다. 승기의 눈을 바라보는데 그 눈 속에 내가 들어있었다.

승기 어머니를 지서 앞에서 봤을 때 승기 어머니는 혼이 나간 모습으로 걸어가고 있었다. 입속으로 우우, 우는 소리를 내고 있지만, 너무 기가 막혀 눈물도 나오지 않는 얼굴로 가슴을 탕탕 때리며 걸어가고 있었다. 아마 그때가 이경배로부터 승기 소식을 확인받은 날일지도 모른다.

내 동무, 승기. 어릴 때 학교가 끝나면 천방지축 날뛰던 나의 손을 이끌고 같이 공부하자던 승기. 좌도 아니고 우도 아닌 국방경비대에 들어가 나라를 지키겠다던 승기의 목소리가 들리는 것만 같았다. 승기는 어둠 속에서 끌려가며 무슨 생각을 했을까. 군사재판도 없이 총살을 당하면서 억울해했을까. 제주 출신이면 무조건 다 빨갱이 취급받으니 제주에 태어난 것을 원망했을까. 일본군 진지 동굴에 포개져 있었다는 제주 장병들의 시신 위로 무심한 파도 소리만 훑고 지나갔으

리라. 내 영혼의 반쪽이 죽어버린 것처럼 나는 제대로 슬퍼할
수도 없었다.

제주에 계엄령이 선포됐고 나는 여전히 악몽을 꿨다. 내 사
지가 찢긴 채 죽창 위에 너덜너덜 걸리기도 했고 내가 죽인
이웃 동네 어르신이 죽창으로 계속 찔러도 죽지 않고 어서 죽
이라고 눈을 부라렸다. 악몽에 시달린 밤이면 나는 땀에 젖
은 이불에서 일어나 뜬눈으로 밤을 새웠다. 그러나 기억하려
고 애썼다. 종이 위에 내가 본 것들과 들은 것들을 써 내려갔
다. 내가 한 모든 것을 기억해야만 했다. 내가 보고 듣고 느끼
는 것들을 기억하는 것이 내가 살 이유였다.

중산간 소개령이 내려지고 군경들은 중산간 집집마다 불을
놓았다. 집안에 사람이 남아있는지 확인하지도 않았다. 숨어
있다가 불길에 튀어나온 사람들은 그 자리에서 총에 맞아 절
명했다. 중산간 마을 사람들은 이부자리와 곡식을 다 챙기기
도 전에 들이닥친 토벌대 때문에 짐을 많이 이고 지진 못했
다. 나중에 곡식을 챙기러 왔다가 토벌대에게 죽임을 당하는
사람도 많았다. 식량도 제대로 챙기지 못하는데 제사 차릴
때 쓰는 병풍이나 제기들은 가지고 갈 수가 없었다. 남은 것
은 불덩이 속에서 타닥타닥 재가 돼 갔다. 저녁 어스름이 되

어가는 동안도 중산간 동네가 타는 게 그치지 않았다. 지서에서 보면 어두워지는 하늘 모서리를 붉은 불기둥이 떠받치고 있었다. 중산간 마을을 태우는 불기둥은 여러 날 계속 타올랐다.

해안마을로 소개되어 온 사람들은 죄인이 아니면서 죄인처럼 취급을 당했다. 해안마을 사람 중에는 갯거시 사람들이라며 자신들을 괄시하던 중산간 마을 사람들이 자기네 동네로 소개되어 내려오자 해묵은 앙금을 푸는 것처럼 모질게 대하는 사람들도 있었다. 그리고 중산간에서 소개되어 왔다고 하면 산폭도 가족 취급을 당했다. 해안마을 사람들도 먹을 것이 풍족하지는 않지만 소개되어 내려온 사람들은 지고 온 양식이 떨어지자 배고픔에 시달려야 했다.

집에 돌아오니 어머니와 아주머니가 서로 다투고 있었다. 아주머니는 중산간 소개령 때 내려온 사람이었다. 그 아주머니 아들이 산으로 도피했지만 남동생이 경찰이라 수용소 생활은 면했다. 그 아주머니는 우리 집의 쇠막을 빌어 기거하고 있었다.

"아니, 아주머니가 계란 가져가지 않았다면 도대체 누가 계란을 가져가마씨? 계란이 발이 달려서 혼자 도망갈 리도 없고 조금 전까지도 저기 있는 걸 봤는데 갑자기 사라지면 이

집에 아주머니하고 나만 있었는데 그게 어디로 간 거라?"

어머니가 아주머니에게 다그치고 있었다.

"아무리 내가 쇠막을 빌어서 산다고 해도 도둑 누명 씌우면 어떡헙니까. 나는 법 없이도 살 사람이우다. 그렇게 의심스러우면 내 몸뚱이 뒤져보면 될 거 아니마씨?"

아주머니가 윗옷을 벗을 기세를 취하자 어머니는 그 기세에 눌려 수그러들었다.

"내가 계란 하나로 이렇게 각박한 사람이 아닌데 토벌대 반찬 추렴하려니 우린 못 먹어도 고기랑 계란이랑 바쳐야 해서 답답해 그런거주."

"나도 알암수다. 소개 당하기 전에 우리 동네에도 토벌대가 갑자기 나타나서 백 명 넘는 군인들 아침 식사 차려 내라고 한 적 있주게. 그것만이면 좋게. 토벌 갔다 내려오면 저녁 식사까지 차렸수다."

나는 어머니 사정이 이해되지 않는 바도 아니었다. 동네에서는 돌아가면서 토벌대의 식사를 책임졌다. 반찬 추렴은 하루가 멀다하고 재빨리 돌아왔고 어머니는 계란이 먹고 싶어도 토벌대에게 바칠 반찬이어서 손을 댈 수가 없었다.

해안 지역 사람들은 토벌대에게 반찬을 해 바치는 공력을 산사람 때문이라 생각하여 소개되어 내려온 사람들에 대한 미움이 더했다. 배도 못 띄우고 물질도 못하자 생활에 큰 타격을 입은 해안마을 사람들은 모든 걸 산사람의 책임으로 돌렸다. 그래야 빨갱이라는 말을 듣지 않기도 했지만 말을 잘못하면 주위에 매일 보는 토벌대에게 봉변을 당할 수 있었기 때문이었다.

"삼춘, 도둑 누명을 쓰고 고생이 많았수다."

어머니가 방에 들어가자 쇠막에 가 아주머니에게 사과했다. 아주머니는 아무 대답도 안 하고 기력이 없는지 옆으로 돌아누웠다. 변변한 이불도 없어서 쇠막 바닥에 소를 먹이는 마른 풀을 깔고 어머니가 선심 쓴 가마니를 요 삼아 누웠다. 위에 덮는 이불도 때가 덕지덕지 앉은 홑이불이었다. 아주머니 자리가 불편하지 않게 마른 풀들을 토닥토닥 손보다가 내 손에 계란 껍데기가 잡혔다. 모른 척하고 쇠막을 나왔다. 그 아주머니는 9연대에서 2연대 교체 시기에 잡혀가 총살당했다.

큰어머니가 나를 찾았다.

"아이고, 진석아. 큰아버지 살려주라, 네 친구 누이가 지서에 높은 사람한테 시집갔다고 네 어머니한테서 들었쩌. 그 누이한테 말해서 제발 살려주라."

"좀 차근차근 얘기해봅써."

나는 이경배가 민보단 가입 때 나와 한 약속을 깨고 큰아버지를 잡아간 줄 알고 깜짝 놀랐다. 큰아버지와 큰어머니는 입산자 가족이었지만 내 민보단 가입 때문에 화를 입지 않았다는 사실을 모르고 있었다. 큰어머니는 마음이 급한지 내가 건네준 냉수 사발에 손도 대지 않았다.

"요런 일도 있을까. 큰아버지가 길을 가는데 저편에서 누가 경찰한테 잡혀서 내려오니까 그 사람을 봤는데 아는 얼굴이었어. 잡혀가는 처지라 그 사람도 아는 척은 안 하고 지나갔는데 그 날 밤에 큰아버지가 잡혀간 거라. 잡혀갔던 사람이 경찰이 심하게 고문을 하니까 길에서 만난 큰아버지 이름을 말해버린 거라. 이런 일도 있을까."

제주도 사람들 사이에 '이름 빼앗기지 말라'는 말이 부적처럼 나돌았다. 마음속에 탁 붙여놓으면 자기 목숨을 구할 수 있는 부적이었다. 토벌대에게 끌려가는 사람을 앞질러가거나 주변에 있다가 끌려가는 사람의 눈에 띄지 말라는 것이었다. 고문에 못 이겨 아무 이름이나 불게 되므로 그 사람의 기억 속에 자기 이름을 남기지 말라는 말이었다. 어떤 사람들은 평소에 감정이 상했던 마을 사람이 빨갱이라고 밀고해서 고초를 겪기도 했다. 한 번 빨갱이라는 지목이 있으면 그 사람은 빨갱이가 될 때까지 온갖 고문을 받았고 또 다른 빨갱이를 지목해야 했다. 빨갱이 색출은 끝이 없이 이어졌다. 큰어머니는 답답하여 나를 찾아왔겠지만 나 또한 등 비빌 곳이 없다는 것을 큰어머니는 모르고 있었다. 특히 윤자와 엮일 만한 일은 할 수도 없고, 할 의지도 없다는 것을. 그러나 나는 이경배를 만나야 했다. 용석의 부탁대로 여기 남아서 할 수 있는 일이 가족을 지키는 일밖에 없었다.

"난 약속을 지켰어. 그런데 먼저 들어온 놈이 고진석이 큰아버지 이름을 말하는 바람에 어쩔 수 없이 잡아들이게 된 거야. 나로서도 곤란해. 이름이 나와버렸으니까 말이야."

"부탁합니다. 당신의 힘이라면 가능하다는 거 압니다."

"하하, 나한테 아부까지 다 하고 말이야. 고진석이 똥줄 탔구먼. 그럼 나도 부탁 하나 하지. 사람 일이란 알 수가 없으니까. 내가 긴히 부탁할 일이 생기면 그때는 네가 내 부탁을 들어줘야 한단 말이지. 뭐, 그런 일이 생길 거 같진 않으니까 긴장하지 말고."

"알겠습니다. 부탁을 들어드리겠습니다."

"아, 그리고 이건 부탁도 뭐도 아니고 남자 대 남자로서 하는 말인데 말이지. 내 아내와 앞으로 어떤 식으로든 내가 신경 쓸 일이 없어야 할 텐데 말이야."

윤자가 밤에 나를 찾아왔던 것을 알고 있는 것일까.

"그건 이미 아주 오래전부터 걱정하지 않아도 되는 일입니다."

"그런가? 마음은 볼 수 없어서 말이지. 집에 가서 기다려.

오늘 안으로 방면할 테니까."

그렇게 큰아버지는 무사히 집으로 돌아왔고 나는 내 깊은 곳에 숨겨 두었던 순정마저 이경배 눈앞에서 패대기치고 발로 밟은 것 같은 기분에 시달려야 했다.

한라산에는 눈이 쌓였다. 산으로 숨어든 사람들에게는 힘든 계절이었다. 나는 군경민 합동 토벌대에 차출되자 옷을 두툼하게 입었다. 세찬 바람이 머리를 후려쳤다. 어느 한쪽에서 불어오는 게 아니라 사방에서 불어오는 바람이었다.

오래 걸어서 입에서는 단내가 났다. 산바람은 지독해서 손가락 끝과 발가락 끝에 감각이 없었다. 죽창을 지팡이 삼아 걷고 있었지만 죽창을 잡은 손이 내 손이 아닌 것만 같았다. 입산한 사람들은 이 한겨울을 어떻게 버틸까 하는 생각을 했다. 키 낮은 잡목들 위에도 눈이 쌓여 설원이 이어졌다. 구릉 아래로 키 큰 나무들이 반이나 덮이게 눈은 소복이 쌓였다. 나는 무심코 그쪽을 쳐다보다가 눈 위에 빗질이 되어있는 것을 보았다. 사람이 지나간 후 발자국을 없애기 위해서 마지막에 가는 사람이 빗질 한 것이 분명했다. 저 구릉 밑에는 사람이 숨어있을 만한 굴이 있고 거기에는 사람들이 숨어서 떨고 있을 것이었다. 나는 아무것도 보지 못한 척 고개를 하늘로 돌렸다.

"저기, 잡아."

토벌대가 오는 걸 눈치챈 사람들이 이동하려다 발각되었다. 삼십여 명의 사람들이 설원의 끝으로 뿔뿔이 흩어지고 있었다. 어머니 손을 잡고 뛰던 아이가 넘어지면서 어머니의 손을 놓쳤다.

탕!

"한 마리 잡고."

탕!

"두 마리."

내 옆의 토벌대 군인이 총을 쏘면서 숫자를 셌다.

"가서 죽었는지, 살았는지 확인해봐."

나는 무릎까지 푹푹 빠지는 눈을 차면서 쓰러진 사람들 쪽으로 뛰어갔다. 하얀 눈 위에 점점이 뿌려진 선홍빛 피는 너무 강렬해서 차라리 현실의 것이 아닌 것 같았다. 어머니의 손을 놓친 아이의 시신도, 그 아이를 안타깝게 바라보다 차마 발걸음이 안 떨어진 어머니의 시신도 현실의 것이 아닌 것만 같았다. 하얀 눈이 수의처럼 두 모녀의 시신 위로 계속 내렸다.

민보단 특공대장 박태봉은 군인처럼 활동하기를 원했다. 쉬는 때에도 자기 대원들을 훈련 시켜서 대원들의 원성을 살 정도였다.

"이거 원 죽창으로 훈련하고 죽창으로 싸우고, 애들 장난 같단 말이야. 우리도 무장시켜주면 토벌에서 군인이나 경찰들 못지않게 총 팡팡 쏘면서 싸울 건데."

박태봉은 죽창으로 훈련하는 걸 불만스러워하는 말을 자주 했다.

"그렇게 매일 말만 하지 말고 군부대에 건의해 봅시다."

특공대원 중 한 명이 얘기하자 박태봉은 그게 옳다는 생각으로 자신들도 무장을 시켜주라고 군부대에 건의했다. 군부대에서는 무장을 시킬만한 청년 11명의 명단을 제출하라고 했다.

"군에서 11명은 무장시켜준다고 명단을 제출하라고 했다. 고진석도 명단에 넣을까?"

"고진석은 죽창 들고도 벌벌 떠는 놈인데 총 주면 숨이 넘어갈 겁니다."

말을 한 청년이 눈을 뒤집으며 죽는 시늉을 하자 사무실에 앉은 특공대원들이 한바탕 웃었다. 나는 이웃 주민을 향해 죽창을 휘두를 때 벌벌 떨었다. 나는 야마다의 몸으로 쑤셔 들어가던 칼과 이웃 사람의 몸을 뚫던 죽창의 날이 같을 수 없다고 생각했다. 야마다는 내 의지대로 처단했지만 이웃 사람은 내 의지가 아니었다. 그러나 손에 느껴지던 생생한 살의 촉감은 같았고 야마다를 처단하던 그때의 나와 지금의 나는 너무나 멀리 떨어진 것 같았다.

박태봉은 36명 중에서 자신을 포함해서 11명을 고심 끝에 골라 명단을 제출했다. 군부대에서 나와서 그들을 데려갔다. 박태봉이 먼저 죽고 나머지 10명이 사흘 후에 총살당했다. 탄약고 옆에서 총살당한 그들의 죄목은 빨갱이라는 것이었다. 빨갱이이기 때문에 무기를 주라고 했고 총을 주면 자기들한테 대항하려 했다는 죄목이었다. 나는 육지 군인들이 제주 사람들을 아무도 믿지 않는다는 걸 알았다.

토벌대는 마을 주위로 성을 쌓게 했다. 무장대와 주민을 분리하겠다는 전략이었다. 무장대는 중산간이 초토화되고 군경합동작전이 치열했기 때문에 불리한 싸움을 하고 있었다. 무장대에게 가장 큰 타격을 주는 것은 투항한 무장대들이 적극적으로 무장대 토벌에 앞장서는 일이었다. 투항한 무장대들은 비밀루트를 다 알고 있었기 때문에 무장대의 모든 은신처가 위험에 처했다. 살기 위해서 투항한 무장대들은 군경보다 더 지독했다.

무장대는 무기와 식량이 절대적으로 부족했고 토벌대의 토끼몰이식 토벌로 인해 무장대의 수도 많이 줄어들어서 무장대의 사기도 예전과 같지 않았다. 전세가 기울어가자 무장대는 토벌대 쪽으로 기울었다고 판단되는 마을에서 무차별적으로 사람을 죽였다. 무장대는 민가에 들어가 사람을 끌어내 죽창으로 찌르고 불을 질렀다. 어느 집이 우익인사네 집인지 구별하지 않고 닥치는 대로 살상했다. 처음에는 경찰이나 서북청년단, 대동청년단 같은 우익단체원과 토벌대에 협조하는 우익인사들의 가족들을 지목해 살해했지만, 전세가 기울자 그것을 구별하지 않는 무차별 살상을 저질렀다.

축성 작업은 중산간 마을별로 시작되어 해안마을까지도 석성을 구축하였다. 성담을 쌓는 돌이 부족하여 밭담의 돌도, 무덤가의 돌도 갖다 쌓았다. 석성에는 초소들이 있었고 그 초소를 마을 주민들이 순번을 정하여 매일 밤 지켜야 했다.

양길성은 나를 대동하고 초소를 검문하고 있었다. 정옥은 어머니를 대신해서 야간에 계속 보초를 섰다. 두 명이 같이 서는데 다른 쪽은 나올 어른이 없었는지 국민학생이 졸음을 쫓으며 섰다. 정옥을 보는 양길성의 눈빛이 심상치 않았다.

"이녁 이쪽으로 와봐. 시킬 게 있어. 여기 초소는 고진석이 대신 서 있어."

양길성은 정옥을 가리켰다. 나는 양길성의 번들거리는 눈빛에서 불길한 예감을 받았다. 정옥은 머뭇거렸지만 경찰인 양길성의 말을 거역할 수도 없었을 것이다. 나는 불안한 눈길로 양길성과 정옥이의 뒤를 바라보았다. 정옥이는 양길성의 뒤를 따라가다가 갑자기 넘어졌다. 발을 헛디딘 모양이었다. 양길성이 나무라는 소리가 들렸고 정옥이는 코피를 흘리는 것 같았다. 양길성이 다른 초소 쪽으로 걸어갔고 정옥이는 코를 싸매며 돌아왔다.

"오라방, 이제 교대해도 됩니다."

정옥의 얼굴은 피와 흙으로 뭉쳐서 못 볼 지경이었지만 나는 정옥이의 목소리에서 아까 정옥이 일부러 넘어졌다는 것을 알 수 있었다. 내가 돌아서려 할 때 정옥이 조그맣게 속삭였다.

"용석이 오라방은 다쳐서 산에서 내려와 숨어있수다."

나는 용석이란 말이 불덩이라도 되는 것처럼 뜨겁게 느껴졌다. 나는 용석이 어디 숨어 있을지 짐작 가는 곳이 있었지만 가 볼 수는 없었다. 이경배나 양길성이 나를 항상 주시하고 있어서 섣부른 행동을 하다가는 용석이 위험할 수 있었다.

정옥의 어머니가 돌아가셨다. 먹은 것을 다 토한다고 하더니 끝내 생을 놓아버렸다. 정옥은 마을 사람들의 힘을 빌려 야산에 어머니를 묻었다. 관도 없이 입던 옷 그대로 가매장이었다. 나는 예전 할머니 장례식 때 보았던 광경과 정옥이 어머니를 묻는 광경의 격차에 가슴이 쓰렸다. 할머니를 장지에

보낼 때는 골목 앞에 만장과 명정이 휘날렸다. 어린 나는 만장과 명정이 바람에 스치는 모습을 보며 할머니 가는 길이 외롭지 않겠다는 생각을 했다. 골목 앞을 가득 메운 조문객들과 동네 사람들이 할머니 상여를 뒤따랐다. 그러나 정옥이 어머니는 관도 없이 몇 사람의 작별 인사만 받고 있었다.

양길성은 정옥이를 손안에 든 먹잇감처럼 노리고 있었다. 정옥의 어머니가 돌아가시자 양길성의 행태는 점점 노골적으로 변해갔다.

"이년 점점 이뻐지네. 이년만 말 잘 들으면 내 어렵지 않게 뒤를 잘 봐 주겠어."

정옥이 음흉한 양길성의 손아귀에서 눈치껏 요리조리 잘 빠져나오는 것 같았지만 양길성이 언제까지 인내심을 발휘할지는 모를 일이었다. 양길성보다 더 독한 그의 부인이 양길성을 휘어잡고 산다는 것이 다행이면 다행이었다.

어느 날, 양길성은 콧노래를 불렀다.

"오늘 좋은 일 있나 봅니다."

나는 양길성의 속을 떠보았다.

"나, 오늘 작은부인 만드는 날이야. 정옥이 년이 먼저 만나자고 전갈을 했단 말이지. 여자는 빼는 맛이 있어야 꺾는 맛도 있는 법이거든. 서북청년단 새끼들하고 군인 새끼들은 젊은 여자들 잘도 맛만 보던데 나는 옆에서 손가락만 빨았단 말이야. 그 년, 요리조리 잘도 피하더니 이제야 맛을 보게 됐어, 흐흐. 그 년도 나를 업으면 지 신세가 펴질 거라는 거 알고 내가 생각이 난 게지."

나는 정옥이 그런 전갈을 먼저 했다는 것이 의아했다. 그런데 그 날이 양길성이 죽은 날이었다. 정옥이 양길성에게 어디로 오라고 전갈을 하자마자 정옥의 마음이 바뀐 것으로 생각한 양길성은 콧노래를 부르며 나갔다가 영원히 콧숨을 쉬지 못하게 됐다. 양길성은 남자로서 아직도 능력이 있으며 정옥이 자기와의 교합을 원한다는 것에 우쭐했을 것이다. 정옥을 만나러 가기 전부터 달뜬 양길성의 바지에 그늘이 졌다.

양길성은 바지를 다 내리지도 못한 자세로 죽었다고 했다. 양길성이 죽은 곳에서 정옥과 한 청년이 급히 나갔다는 목격자가 있었다. 정옥과 한 청년이 종적을 감췄고 경찰은 그들을 찾을 수가 없었다. 나는 그 청년이 누구인지 알 것 같았다. 인자 누님의 복수를 통쾌하게 해치운 용석과 정옥이 부디 무사하기를 빌었다.

13. 거짓과 욕망

〈신지 씨

엄마가 돌아가셨어요. 이렇게 쓰고 있는 순간에도 엄마가 금방 부를 것만 같은데 말이죠. 신지씨와 같이 머물렀던 민박집에서 이 메일을 쓰고 있어요. 엄마와 마지막으로 머물렀던 곳이 돼버렸어요. 그래서 하룻밤 더 여기에 있으려고요.

미리 알리지 않은 건 올 수 없는 상황인데 멀리서 걱정만 할까 봐 그랬어요. 일은 잘 치렀어요. 지인들과 엄마 고향 사람들이 많이 도와줘서 엄마 가는 길 섭섭하지 않았을 거 같아요.

불에 탔던 민박집 안채는 가재도구들이 다 빠져나가서 바라보면 다른 세계로 들어가는 미지의 구멍 같아 보여요. 저기로 들어가면 망자들의 세계일까. 나는 엄마가 죽었다는 사실을 인정하기 싫어서 일부러 안채 얘기를 꺼냈는데 결국은 망자라는 말이 튀어나오고 마는군요.

내가 얼마나 못된 딸이었는지 신지 씨는 모를 거예요. 엄마한테 녹음하자고 해놓고 엄마가 아버지를 두둔하자 듣기 싫어서 그다음부터는 녹음하자는 얘기를 먼저 꺼내지도 않았어요. 그냥 들어줄 수도 있었는데 말이죠. 엄마는 내가 아버지 때문에 상처받을까 봐 자신의 인생을 부정했는데 나는 엄마 얘기를 들으려 하지 않았어요.

너무 마음이 아파요. 더 쓰지 못하겠어요. 나중에 또 쓸게요.〉

집으로 돌아왔다. 혼자였다. 엘리베이터는 육 층에서 내려오고 있었다. 도착 음을 알리며 엘리베이터 문이 열렸을 때 항상 몇 초간 머뭇거리다 타는 엄마가 생각났다. 왜 그러냐고 물었을 때 엄마는 엘리베이터 문이 열려서 무심코 탔다가 추락한 사람 얘기를 들었다면서 엘리베이터 탈 때면 꼭 그 생각이 난다고 했다. 그 얘기를 했던 엄마는 없다. 엘리베이터는 위로 올라갔다. 엘리베이터 벽면의 거울엔 피로와 수면 부족으로 피부가 거칠어지고 눈가에 다크써클이 있는 여자가 비쳤다. '혜수야, 이 거울 안에 있는 여자가 나를 보며 뉘시오 묻는 거 같구나.' 엄마의 목소리가 들리는 것 같았다. 엄마는 없었다. 나 혼자였다. '뉘시오' 조그맣게 엄마처럼 입을 모아 소리를 냈다.

가방들을 거실 안으로 들여놓고 현관의 센서등이 꺼질 때까지 신발을 벗지 않았다. 신발을 함부로 벗어놓으면 엄마는 같이 들어오다가도 내 신발을 가지런히 놓아주곤 했다. 난

습관대로 신발을 한 짝은 쓰러지게, 한 짝은 훌러덩 뒤집어
벗을 거지만 혀를 쯧쯧 차며 신발을 가지런히 놔주던 엄마는
없다. 무엇을 하고, 무엇을 생각하든 엄마가 뒤따라왔다. 집
으로 돌아왔지만 엄마가 없는 집은 낯설기만 했고 다 큰 고
아가 된 것 같은 기분이었다. 다음엔 지독한 피로가 밀려왔
다. 손가락 하나도 내 의지대로 움직일 수 없을 것 같은 피로
였다.

어지러운 꿈을 꾸며 짧은 잠이 들었다. 꿈속에 엄마가 보일
까 했지만, 엄마는 꿈속에 나타나지 않았다. 침대에 누운 채
노트북에 백업해둔 녹음 내용을 들었다. 아버지를 두둔하는
엄마 목소리조차도 전과 다르게 거슬리지 않았다. 나는 벌떡
일어섰다. 노트북에 백업 받아두고 나서 엄마에게 준 녹음기
를 챙기지 않은 게 기억났기 때문이다. 분명 엄마는 제주에서
녹음기를 받은 후 녹음을 더 했을 것이다.

나를 대신하여 오정연이 민박집에서 물건들을 챙겨 캐리어
에 담았고 장례가 끝난 후 다시 민박집에서 하루를 머물며
내가 모든 마무리를 했다. 그러나 내가 직접 녹음기를 담은
기억은 없었다. 제주에서 갖고 온 그대로 거실에 놓여있던 캐
리어를 열었다.

엄마 옷과 내 옷이 섞여 있고 엄마가 들고 다니던 손가방이

들어있었다. 엄마가 입었던 카디건 냄새를 맡아봤다. 빨지 않고 넣어둔 옷에서는 땀 냄새와 옅은 향수 냄새가 났다. 엄마가 뿌리던 향수 냄새보다도 땀 냄새와 엄마 바지에서 나는 지린내가 더 엄마다웠다. 엄마 냄새였다.

　녹음기는 엄마 손가방에 있었다. 내 예상대로 엄마는 내가 제주에서 녹음기를 준 이후에 계속 녹음을 하고 있었다. 녹음기의 재생 버튼을 눌렀다.

　'아, 아, 혜수야, 난 이게 마지막 녹음이 될지도 모른다는 생각을 한다. 바다를 바라볼 때도 이게 내 생에서 마지막 보는 바다가 될지 모른다는 생각을 하게 되고, 우리 딸 얼굴을 보다가도 이게 내 눈이 담을 딸의 마지막 얼굴이 될지 모른다는 생각을 하며 사는구나. 그래서 그런가, 옛날 일이 어제 일처럼 생생하게 보이는구나. 지서에 갇혔을 때 나는 진석 오라버니도 네 외삼촌도 모두 사는 길이 네 아버지와 결혼하는 거라 생각했다. 하지만 결국에는 네 외삼촌은 군인이었는데도 총살당하고 진석 오라버니도 아슬아슬한 삶을 살더구나. 진석 오라버니는 민보단이 해체되자 읍내에 있는 작은아버지네로 가버렸다. 그러다 전쟁이 터졌구나. 네 아버지가 지서 사람들과 집에서 술을 마시며 하는 얘기를 들었다. 예비검속 명이 떨어졌고 보도연맹 가입된 사람들이나 요시찰 인물들은 모두 잡아들일 거라더구나. 내가 아는 어떤 놈도 이번엔 빠져나갈 수 없다며 흐흐 웃는데 그게 진석 오라버니를 말한 다는 걸 알았다. 진석 오라버니한테 알려야 했단다. 뒷날 날 이 밝고 네 아버지가 나가자마자 진석 오라버니를 찾아 읍내 에 갔다. 혹시나 해서 전에 네 아버지가 만들어준 통행증까지 챙기고서 먼 길을 갔구나. 관덕정 쪽에서 한 무더기의 사람들 이 줄줄이 엮어진 채 들어왔다. 조기 두름처럼 손과 허리가 줄줄이 묶인 그들은 고개를 숙이고 걸었어. 나는 그냥 소 먹 이러 나간 겁니다, 잡아갈 때 잡아가더라도 무슨 죄로 잡아가 는지 얘기해줘야 할 거 아닙니까. 그중 한 명이 고개를 들어 옆에 총을 찬 경찰에게 하소연했구나. 말을 똑 부러지게 하 고 눈에도 총기가 가득한 사람이었다. 명단이 다 있다. 그리 고 이렇게 대꾸하는 게 죄다, 그러면서 경찰이 그 사람을 발 로 걷어찼다. 그러자 조기 두름처럼 엮인 사람들이 같이 넘어 졌단다. 진석 오라버니도 저렇게 묶여 잡혀갔을 것만 같아서 걸음이 바빴단다. 진석 오라버니네 작은아버지 댁은 쉽게 찾 을 수 있었다. 예전에 승기 오라버니가 그 댁 공장에서 일할 적에 한 번 찾아간 적이 있었기 때문이란다. 그 댁에 찾아갔 더니 여자삼춘만 있었다. 처음엔 진석 오라버니 소식을 얘기 해주지 않다가 좌우를 살피며 은밀히 속삭이더구나. 진석 오 라버니가 밀항선을 타려고 숨어 있다고. 오늘 밤이면 배가 떠

난다고.'

　난 노트북에 복사해둔 엄마 목소리가 아니라 새로운 내용을 담은 목소리를 듣고 있었기 때문에 엄마가 옆에서 얘기하는 것 같은 기분이 들었다. 다 알고 있는 사실이었지만 '그랬구나.' '외삼촌이 결국 돌아가셨구나.' 하며 나는 엄마 녹음 목소리 중간중간에 나도 모르게 반응을 하고 있었다.

　고진석 씨가 위험에 처한 걸 알고 아버지가 나가자 무작정 길을 떠난 엄마. 난 그 길이 얼마나 멀고 험한지 짐작할 수 없었다. 영구차를 타고 제주시에서 엄마 고향으로 향하는 것만도 사십 분이 넘게 걸렸다는 것밖에. 어쩌면 고진석 씨와 엄마가 만날 수 있게 하늘이 도와준 것일지도 모른다. 엄마는 하루, 아니 몇 시간만 지체했더라도 고진석 씨를 만날 수 없었다.

　'아, 아, 혜수야. 이젠 녹음하는 것도 힘들구나. 이제 할 얘기가 얼마 남지 않았다. 진석 오라버니를 만났다. 밀항하기 전에. 그때 진석 오라버니가 왜 같이 도망가자고 하지 않았는지 곰곰이 생각하는 날이 많았다. 혹 제주에 남을 우리 가족과 오라버니 가족에게 남편이 해코지할까 걱정해서 그랬을까. 밀항이 위험해서 그랬을까…… 하루를 넘겨 뒷날에야 돌아온 나를 네 아버지는 어찌하지 않고 말없이 바라보기만 하더구나. 네 아버지에게 맞아 죽을 각오하고 들어갔는데 어디에 갔었냐고 묻지도 않았고 누구를 만났는지도 묻지 않았다. 그저 싸늘하게 웃기만 했지. 그렇게 살다 몇 년 후에 네 아버지가 육지로 발령을 받았다고 말하더구나. 어쩌면 잘된 일이라 생각했다. 네 외할아버지, 외할머니 두 분 모두 승기 오라버니 죽음 후에 마음의 병인지 오래 살지 못하고 돌아가셔 버리고 아무도 없는 제주에 남을 미련도 없었다. 네 아버지를 미워하는 동네 사람들을 만나지 않게 돼서 죄인처럼 고개를 숙이고 다닐 필요도 없고 말이다…… 그 이야기만 하면 끝나는데. 그 이야기 꺼내기가 어렵구나…… 진석 오라버니가 목매달고 죽으려다 나를 귀신처럼 본 게 나를 봤다고도 할 수 있고 나를 안 봤다고도 할 수 있다면 밀항하기 전에 오라버니를 만난 건 아무에게도 말할 수 없는 만남이었다. 그래서 너는 물론이고 나한테도 숨겼다…… 진석 오라버니는 찾아간 나를 어루만졌다. 사랑하는 진석 오라버니가 내 부르튼 발도 어루만져주고 내 뺨도 어여삐 쓸어주고 내 눈물도 닦아주었지…… 어둑해진 헛간 안에 진석 오라버니와 내 벗은 몸이 달빛도 없는 밤인데 빛이 났구나. 헛간 안에 이름 모를 꽃들이 피고 향기로운 기운이 솟구쳤구나. 손과 손이 얼싸안고 입술과 입술이 목을 축이니 운우지정이로다, 내가 진석 오라버니가 되고 진석 오라버니가 내가 됐구나…… 진석 오라버니는 그 길로 밀항선을 탔다. 진석 오라버니는 그렇게 일본으로 떠났다.'

서로 웃고 얘기 나누던 사람이 갑자기 내 뺨을 후려친 것처럼 놀라면서도 화가 났다. 이게 뭔가. 내가 혹시나 하면서도 애써 눌러왔던 게 엄마 육성으로 사실이라고 실토 되고 있었다. 아버지와 달라도 너무 다른 오빠가 혹시 고진석 씨 아들이 아닐까 하는 불안감이 들어도 신지와 내 관계를 눈치채고도 아무 말 없는 엄마로 인해 그런 말도 안 되는 의심을 지워왔었다. 그러나 엄마는 오빠가 고진석 씨 아들이라고 실토하고 있는 게 아닌가. 엄마는 나와 신지의 관계를 알고도 모른 척했다. 왜 그랬을까. 그건 엄마가 이루지 못한 사랑을 신지와 내가 이루길 바라서였단 말인가. 신지와 오빠가 모두 고진석 씨의 자식들이라도? 이것은 아버지를 향한 엄마의 복수다. 신혼 첫날 보따리를 끌어안고 엄마가 아버지에게 했다는 이야기, 현재의 남편이 전남편을 쏘아죽인 범인임을 알게 되자 남편을 고발하고 아홉 자식을 불에 태워 죽였다는 이야기처럼 아버지의 자식인 나는 엄마에게 불에 태워도 그만인 죄의 산물이었던 셈이다. 아버지의 자식인 나, 이혜수를 엄마의 사랑을 완성하기 위한 도구로 만드는 것, 그렇게 함으로써 나를 절망의 구렁텅이에 빠트리는 것, 이것이 아버지를 향한 엄마의 복수다.

모든 게 역겨웠다. 나는 볼펜 녹음기를 벽에다 던져버렸다. 다시 주워 엄마의 마지막 목소리가 저장된 녹음의 삭제 버튼을 마구 눌렀다. 마치 엄마 목소리를 토막 내어 죽이는 것 같았다. '혜수야, 회가 먹고 싶구나.' 감탄 어미를 쓰던 엄마의 목소리가 수천의 파편이 되어 내 마음을 찔렀다. 엄마의 목소리를 백업받아둔 노트북의 녹음 파일도 떨리는 손으로 삭제시켰다. 이제 엄마의 목소리는, 사랑을 완성하려던 엄마의 욕망은 모두 죽었다.

신지를 향해서도 분노가 일었다. 신지도 오빠와 자신이 이복형제라는 것을 알고 있었으면서 모른 척 한 것만 같았다. 가장 사랑하던 사람들이 나만 속이고 한바탕 걸판지게 연극판을 만든 것 같았다. 거짓과 모순으로 쓰인 희곡으로 무대에 선 나를 엄마와 신지는 관객석에서 은밀한 표정을 주고받으며 나를 관찰하고 있었다. 그 모든 걸 나만 몰랐다는 게, 몇 가지 단서로 유추해볼 수 있었는데 내가 계속 외면했다는 게 화가 났다.

다시는 신지를 만나고 싶지 않았다. 나는 엄마 상을 치르고 제주를 떠나기 전에 이메일로 신지에게 엄마의 죽음을 알렸다. 지금까지 신지가 답을 했는지 열어볼 여력이 없었다. 그러나 이제부터는 신지의 이메일을 열어보지 않을 것이다. 신지가 전화해도 받지 않을 것이다. 신지는 나에게 연락해보려다가 모든 게 차단되면 내가 비밀을 알았다고 생각할 것이다. 그리고 차츰 받아들이고 잊어갈 것이다.

혼자 지내기에는 너무 넓어진 집안엔 곳곳에 먼지가 쌓였다. 내가 제주에 있는 동안에도, 돌아온 이후에도 묵은 먼지는 치워지지 않았다. 최소한의 움직임만 있었지만 먼지는 자기 존재를 드러내고 있었다. 부유하는 먼지처럼 집안에서도 머물 곳이 없다는 기분이 들었다. 엄마 아프기 전 이혜수처럼 씩씩해져야 해. 가끔 자신을 일으키는 말을 나에게 건네 보기도 했지만 몸은 쇠뭉치를 매단 것처럼 무거워 침대에서 일어날 수가 없었다.

나는 엄마의 죽음을 받아들이지 못해서가 아니라, 엄마를 이해할 수 없어서 내 속을 연료로 삼아 태우고 또 태우면서 일본에 가기까지의 상황을 곱씹고 또 곱씹었다. 아무것도 먹을 수가 없었다. 정신을 집중하기 위해 최소한은 먹어야 한다고 추스르며 음식을 입에 넣으면 쓴물과 함께 모두 게워냈다.

집 전화는 전화선을 뽑아버렸다. 오정연은 전화를 받지 않는다면 직접 찾아오거나 자신이 올 수 없으면 119로 전화해서 구급차를 보내겠다고 했다. 오정연의 말 때문에 핸드폰에 걸려온 그녀의 전화는 받았지만 신지의 전화는 받지 않았다.

신지는 내가 핸드폰을 받지 않으면 집 전화로 전화를 하겠지만 나와 연결될 수는 없을 것이다. 신지의 목소리는 전화선 안에 갇혔다. 내 미련도 영원히 가둬두고 싶었다.

14. '나의 기억' – 밀항

1949년 여름, 무장대 이덕구 사령관의 시신이 관덕정에 십자가 형태로 걸렸다는 이야기를 들었다. 어머니를 보러 왔던 작은아버지를 통해서였다.

"한쪽 머리를 비스듬히 기울인 모습이었는데 이덕구의 일본 군복 윗주머니에는 숟가락 하나가 꽂혀있었지. 이덕구의 항쟁이 단지 밥을 위한 투쟁이라 조롱하는 것인지, 아니면 저세상에 가서 밥을 빌어먹으라는 조롱인지 숟가락은 이덕구의 시신을 한껏 조롱하고 있는 것 같았다. 그러나 모여든 사람들은 서로 조심스럽게 시선만 주고받을 뿐 아무도 웃지 않았지."

다시 이덕구의 머리는 효수되어 전봇대에 걸렸다고 작은아버지는 말했다. 그 옆에는 '이덕구의 말로를 보라'는 글귀가 걸려있었다고 했다. 세월을 넘지 못한 장두의 머리가 바람에 말라 갔고 토벌대에겐 이덕구 사령관의 시신이 관덕정에 걸린 것은 무장대가 와해 되고 있다는 뚜렷한 증거였다.

이경배가 직접 술을 사 들고 우리 집을 찾아왔다. 그는 보도연맹 가입서를 꺼냈다.

"진석이 자네가 민보단 활동을 열심히 한 것은 우리가 다
알지만, 전에 시위 주동자로 경찰 취조받은 자료가 아직도 버
젓이 남아있어. 나는 깨끗하다, 절대 빨갱이가 아니다, 척 문
서화 할 수 있는 게 빨리 보도연맹 가입하는 거야. 나니까 이
렇게 발 벗고 나서서 자네를 구제하러 다니지, 누가 이러겠
나?"

나는 이경배의 속셈이 다 보였다. 어떤 마을은 마을 청년
전체가 보도연맹에 가입했는데 우리 지역 청년들은 지지부진
했다. 실적을 채우기 위해서 경찰은 좌익과 아무 상관 없는
대동청년단원들도, 마을 구장도, 평소 경찰에 우호적인 마을
사람들도 보도연맹에 가입시키고 있었다. 이경배는 직접 나
를 보도연맹에 가입시킴으로써 자기 만족감에 취하고 싶은
게 분명했다. 그는 내 피를 빨고 또 빨아도 만족하지 않는 거
대한 거머리처럼 보였다.

"이 종이 쪼가리 하나로 빨갱이에서 전향했다는 증거가 된
단 말입니까, 개가 웃습니다."

이경배가 하는 일에 동조하지 않음으로써 내 민보단 활동
도 자발적이 아니라는 걸 증명하고 싶었다.

"뭐라고? 이보라우, 고진석이, 뻣뻣하구먼. 양승기 때문에
이러는 건가? 내 처남이 총살당한 건 나로서도 어쩔 수 없는

일이었어. 제주 출신 장병들을 그렇게 감쪽같이 격리했다가 밤에 몰래 총살할 줄은 나도 몰랐으니까."

풍문으로 들었던 승기 소식을 다시 이경배에게 들으니 배가 꽉 뭉치면서 앞으로 거꾸러질 것 같았다.

이경배가 계속 말을 이었다.

"이봐, 그건 그렇고. 고진석이, 전에 큰아버지를 선처해 달라며 나와 약속한 거 잊은 건 아니겠지? 내가 긴히 뭔가를 부탁할 일이 있으면 자네가 들어주기로 약속한 거 말이야."

나는 이경배의 얼굴을 쳐다보았다. 이경배는 내가 거부할 수 없는 올가미를 만들어 내 목을 조였다. 민보단에도 그렇게 가입했다. 이번에는 보도연맹 가입이었다. 나는 대꾸하면 내 안의 분노에 목소리가 떨려 나올까 봐 이경배가 내미는 종이 위에 도장을 꾹 눌러 찍고 돌아앉았다.

경찰들이 동네를 돌아다니며 보도연맹 가입을 권유했다. 좌익에서 전향한 사람들이 보도연맹에 가입하는 것이 원칙이었다. 그러나 반란이 일단락되었다는 걸 문서로 증명하기 위해 전향자 수 부풀리기로 마을마다 경쟁이나 하듯 경찰들은 숫자 놀음을 했다. 전향했다는 자백서로 좌익세력을 없애겠다는 미군정과 이승만 정권의 취지가 경찰들에 의해 보도연맹 가입자 수를 늘리는 숫자 놀음이 되고 있었다.

1950년 여름, 나는 작은아버지 댁에 머물고 있었다. 민보단이 해체되자 집안에만 칩거하는 나를 보다 못해 어머니는 읍내에 가서 작은아버지와 같이 지내라고 독려했다.

"진석아, 네가 왜 산으로 올라가지 않았는지 나 네 마음 다 안다. 앞으로 무슨 일이 생기면 나 걱정하지 말고 네 몸을 지켜라. 그게 제일 큰 효도여."

어머니는 내가 민보단 활동으로 괴로워하면서 산으로 피신하지 않은 것이 어머니를 걱정해서 한 행동으로 생각했다. 보도연맹에 가입하라며 이경배가 집에 나타났을 때 어머니는 사색이 되어 떨었다. 어머니는 소식이 없는 형님을 가슴에 묻은 눈치였고 작은아들마저 험한 꼴을 당할까 항상 불안해하셨다. 나 또한 어머니 말씀이 없더라도 이경배와 윤자가 있는 동네를 떠나 어디로든 가고 싶었다. 사리 분별이 분명한 작은아버지와 같이 지내며 앞일을 도모하고 싶었다.

읍내에서 하얀 머릿수건을 쓴 강상수의 아내를 만났다. 그녀는 전에 봤을 때보다 더 야위었고 십 년은 더 나이 들어 보였다. 나는 강상수의 아내에게 어떻게 읍내에 있냐고 물어보았다.

"동네에 토벌대가 들이닥쳤을 때 나는 폭도 가족이라 하여 토벌대에 연행되어 갔습니다. 이틀 후 밤에 유치장에 있던 사람들이 줄줄이 묶여 트럭에 올랐는데 그 길이 황천길이라는 걸 알았습니다. 차라리 담담했습니다. 남편이 입산자가되었을 때 각오한 일이었지요. 군인들이 쏜 총에 옆의 쓰러지는 사람들과 같이 쓰러졌는데 사람들이 다 쓰러진 후에도 토벌대는 시신들 앞으로 다가와 확인 사살했습니다. 나는 빗물 속에서 황천길을 가고 있었습니다. 그러다 나는 정신이 번쩍 들었습니다. 황천길이라 생각한 곳은 내가 쓰러진 바로 그곳이고 쏟아지는 건 빗물이 아니라 내 몸뚱이 위에 차곡차곡쌓인 시신들 위에서 흘러내리는 핏물이었습니다. 난 시신들위를 기어 올라왔지요. 앞에서 누구냐고 소리치는 남자 목소리가 들려 나는 조천 사람 강상수의 아내요, 했더니 아이고, 제수씨, 살아있었구나예, 나, 상수 친구 재석입니다. 제수씨 살리려고 애썼지만 말단 경찰의 힘으로는 되는 게 없었습니다. 시신이라도 수습해 놔두면 친구한테 면목이 설까 해서와 봤는데 이렇게 살아있으니 꿈만 같습니다, 이러더군요. 그렇게 살아났습니다."

이야기를 끝마치고 강상수의 아내는 숨을 몰아쉬었다.

"정말 다행입니다. 그러나 친구분이어서 망정이지 아니, 그남자가 토벌대면 어떡하려고 강상수 아내요, 그랬습니까?"

"죽다가 살아나니 무서운 게 없었습니다. 그렇게 그분을 따라 읍내에 들어와 숨어 살게 되었지요."

"아주머니, 고생했습니다. 강상수 선생님은 어떻게 되셨습니까?"

강상수 부인의 말처럼 입산자 가족이라면 강상수는 비밀아지트에서 잡힌 게 아니란 소리였다.

"총파업 후에 검거가 심해지자 일찌감치 피신했지요."

나는 강상수가 비밀아지트에서 잡히지 않았다는데 안도했다. 그렇다고 해도 내가 윤자를 살리려고 강상수의 비밀아지트를 발설했다는 죄책감은 줄어들지 않았다.

"그때 봤던 똘똘하게 생긴 아드님, 정훈이는 잘 있습니까?"

강상수 아내의 얼굴에 어둠이 내리며 눈이 금방 젖었다.

"제가 데리고 있는 것보다는 고모네 집에 보내는 게 안전할 것 같아서 정훈이를 그리로 보냈습니다. 가다가 경찰들의 검문에 걸려서 고모네 집에 찾아가는 중이라 얘기했을 겁니다. 경찰하고 정훈이가 고모네 집에 같이 들어섰는데 경찰이 이 아이를 아느냐고 물었더니 고모가 모르는 아이라고 했더랍니다. 그 길로 정훈이는 잡혀있다가 총살당했습니다."

강상수의 아내는 가봐야 한다며 뒤로 급히 돌아섰다. 나한테 눈물을 보여주기 싫어서 그러는 것 같았다. 정훈의 고모는 강상수를 골수 빨갱이라고 생각했고 조카 정훈을 안다고 했을 때 자신의 집에 닥칠 위험을 피하려 했을 것이다. 멀어지는 그녀의 뒷모습을 바라봤다. 그녀가 휘청휘청 걸어가는

뒷모습을 보고 있을 뿐인데도 내 다리에 힘이 빠져 주저앉고
만 싶었다.

북에서 밀고 내려왔다는 소식이 들리고 얼마 지나지 않았
을 때였다. 경찰이 느닷없이 작은아버지 집으로 들이닥쳤다.
밖에서 들어오다 경찰을 발견하고 나는 재빨리 옆집으로 피
했다.

작은아버지는 도피해온 친구를 집에 숨겨준 적이 있었고
그것이 발각되어 경찰의 조사를 받았다고 했다. 그 일로 작
은아버지는 요시찰 인물이 되어 경찰의 감시 대상에 올라있
었다.

"아니, 죄를 따져봐서 연행하든가 해야지 먼저 죄인 취급해
서 이렇게 끌고 가는 법이 어디 있습니까?"

작은어머니가 소리쳤다.

"진정하세. 경찰서에 가서 취조받으면 죄가 없는 게 다 밝혀
질 걸세. 내가 며칠 내로 돌아오지 않으면 그 아이더러 얘기
하던 그대로 하라고 하게."

바짓가랑이를 잡고 늘어지는 작은어머니를 경찰이 발로
걷어찰 때 작은아버지는 내가 들으라는 듯이 말을 했다. 그
건 밀항선을 타라는 얘기였다. 경찰이 예비검속으로 보도연
맹에 가입한 사람들이나 요시찰자 및 입산자 가족들을 잡

아들이고 있었다. 나 또한 보도연맹에 이름을 올리고 있었기 때문에 앞날이 어떻게 될지 알 수 없었다. 나는 밀항을 결심하게 됐다.

나는 밀항선을 탔다. 윤자가 가슴에 걸렸다. 같이 도망가자고 했으면 내 손을 잡았을까. 밀항선은 겨우 여섯 명이 탈 수 있는 조그만 배였다. 전쟁통에 해안 경비는 더 강화되어 밀항이 안전하지 않았기 때문에, 목숨을 걸어야 하는 일이었기에 윤자의 손을 끌 수가 없었다.

윤자는 나를 찾아 먼 길을 걸어 작은아버지 댁으로 갔고 작은어머니에게서 내 소식을 듣고 내가 숨은 곳까지 다시 먼 길을 걸어왔다. 나를 보러온 윤자의 부르튼 발을 어루만져주고 뺨도 만져보고 흐르는 눈물을 닦아주는 것밖에 내가 윤자에게 해줄 수 있는 건 아무것도 없었다. 등을 토닥여주자 지쳐 잠든 윤자를 남겨두고 밀항선을 탔다. 윤자의 얼굴을 한 번 더 보고 싶었지만, 달빛도 없는 어둠에 윤자의 얼굴이 먹혀 보이지 않았다. 내가 일본에서 간직할 윤자의 얼굴은 처음 대판에서 돌아왔을 때 지는 해를 배경으로 뚜벅뚜벅 걸어오던 그 처자의 모습이다. 야학에서 눈을 빛내며 공부하던 모습이다. 접 지른 발로 일어서려다 찡그리며 내 등에 업히던 모습이다. 아름다운 모습으로 기억할 것이다. 행복한 모습만 간직할 것이다. 그렇게 늙지 않고 내 가슴에 오래 살아갈 것이다.

　나는 이 긴 이야기를 끝낸다. 밀항 후에도 내 삶은 계속 이어졌지만, 그건 부록 같은 인생이었다. 내 삶을 밀항하기 전과 밀항한 후로 나누어 봤을 때 밀항하기 전의 삶이 나, 고진석의 알맹이를 다 파먹었다. 빈껍데기 같은 몸을 이끌고 밀항 후의 삶을 살았다. 그러나 빈껍데기 같은 몸에 이따금 윤자라는 등불이 가슴에 깜박거렸다. 내가 더 나이 들어 정신이 흐려지고 지독한 병에 걸려 만약 윤자를 알아보지 못한다 해도 내 가슴이 반응할 것이다. 내 가슴은 윤자라는 등불을 꺼놓은 적이 없기에.

15. 환상과 진실 사이

신지를 밀어낼수록 그가 더 보고 싶었다. 하지 말라면 더 하고 싶은 어린아이처럼 내 마음은 나의 의지와는 별개로 신지에게 달려갔다. 사케 골목에서의 첫 키스와 제주공항을 떠날 때 다시 오겠다며 내 스카프를 여며주던 그의 손길에 난도질을 해봐도 그것들은 더 아련하고 가슴 아픈 모습으로 꿰매져서 내 기억 속을 파고들었다. 성산포 모래사장 위 가지런한 내 발자국에 자신의 발자국을 포개며 걷던 그, 산책하던 바다에서 내 입술을 더듬던 손바닥에서 나던 달콤한 욕망의 냄새. 아버지 상중이라 절제하던 그의 행동이, 나에게 감동을 줬던 그 행동이 처음부터 신지 내면에 있었던 주저와 갈등은 아니었을까.

소중해서 아껴왔던 욕망이 더럽고 추해졌다. 이루지 못한 사랑을 나를 통해 이루기를 바랐던 엄마의 욕망이 그저 삼류극장에 걸린 에로영화의 한 장면 같았다.

그럼에도 불구하고 신지가 미칠 듯이 보고 싶었다. 밀어낼수록 그가 더 가까이 다가왔다. 내 숨결 하나하나에 그가 따라 왔다.

오정연이 찾아왔다. 그녀는 문을 열어주고 나서 침대에 시체처럼 눕는 나를 위해 죽을 끓였다.

"혜수야, 엄마 잘 보내드려라. 내 엄마 얘기해 줄까? 우리 엄마 삶의 애착이 강하셨지. 아들이 그렇게 비명횡사해서 가슴에 묻어놓고도 사는데 악착같으셨어. 한번은 당신 죽을 거 같다면서 빨랑 오라면서 살아있는 오리 한 마리만 갖고 오라시더군. 그래서 내려가는 길에 재래시장 들러서 오리 한 마리 사고 내려갔지. 사료 포대에서 푸드덕대는 오리랑 같이 엄마 집에 내려간 거야. 내려가자마자 엄마는 오리 두 발을 노끈으로 칭칭 묶어서 부엌 문고리에 거꾸로 매달아 놓으셨어. 그러곤 약국 가서 가스 활명수 두 개만 사오라네. 갔다 와서 보니까 엄마는 오리 목을 부엌칼로 탁 쳐서 사발에 오리 피를 받고 있더라니까. 내가 사 온 가스 활명수 두 개를 오리 피에 콸콸 붓고는 쭉 들이키시더라. 우리 엄마는 그렇게 삶의 애착이 강하셨지. 하지만 혜수 엄마는 이미 삶의 의지를 놓으신 분이었어. 악착같음이 없었잖아. 그런데 네가 악착같이 엄마한테 매달리면 엄마 어떻게 마음 편히 가시겠니?"

내가 엄마의 죽음을 받아들이지 못해 힘들어한다고 생각한 오정연은 나를 위로한다고 자신의 엄마 얘기를 꺼냈다.

아니에요. 우리 엄마, 악착같은 분이었어요. 자신의 못다

이룬 사랑을 위해 악착같이 사셨더군요.

나는 오정연에게 할 수 없는 말을 삼켰다. 그 대신 다른 말을 꺼냈다.

"내 친구 얘긴데요. 애인의 아버지가 예전에 자기 엄마의 연인이었대요."

"시어머니가 그 결혼 반대하고 그 친구 구박하나?"

"아니요. 시어머니가 그럴 분은 아니고요. 그런데 알고 봤더니 자신의 친오빠가 시아버지의 자식이더래요."

"정리 좀 해보자. 친오빠와 애인이 같은 아버지 소생이면, 아고야, 친구도 시아버지 자식이구나, 그래서 이복남매끼리 결혼할 뻔한 거네."

"아니요. 친구는 시아버지 자식이 아니에요."

"그럼, 뭐가 문제고. 친구하고 친구 애인은 피 한 방울 안 섞였구면."

"친구의 엄마가 문제 아니겠어요. 그걸 말 안 해주고 지켜만 봤잖아요. 딸이 혹시 상처나 받진 않을까 전혀 신경 쓰지도 않고. 자기가 못다 이룬 사랑을 딸이 완성하라고 등을 떠민 거잖아요."

"뭐가 문제인지 난 하나도 모르겠네. 사위 될 사람이 마음에 들었나 보지. 예전에 사랑했던 사람의 아들이니까 얼마나 더 애틋하고 그랬을까. 지내다 보니 성품도 괜찮고 우리 딸

배필로 그만이다 싶었겠지. 그리고 사랑이 등을 떠민다고 생기는 것도 아니고 엄마가 뭔 등을 떠밀었다고 그러는지 모르겠다."

"엄마가 아버지를 많이 미워했거든요. 딸을 예전 자기 연인의 아들과 인연을 맺게 해서 아버지한테 복수하려던 것일지도 몰라요."

"아들 안 낳아봐서 너는 엄마 마음 모를 거다. 자기 배로 낳은 자식 갖고 그런 수작 부리는 엄마는 없다. 그리고 귀신은 내 남편 잡아가지 않고 뭐하나 나는 맨날 빌었어. 다 그래, 다 그러니까 쓸데없는 생각 하지 말고 먹는 거나 잘 먹어. 내 전화 안 받으면 여기 시체 하나 치워야 한다고 일일구 부를 거니까 그리 알고."

오정연이 가고 나자 방안을 가득 채우고도 모자라 내 숨통까지 틀어쥐었던 문제들이 내 손바닥 위의 스노우볼 속 풍경처럼 작아져 버렸다.

"신지 씨!"

당연히 오정연이라 생각하며 무심코 문을 열었는데 신지가 앞에 있었다. 그는 와락 나를 안았다.

"무사했군요. 걱정했습니다."

수백 번 그를 밀어내는 연습을 했고 그를 향한 마음을 밀봉했다고 생각했는데 신지의 품에 안겨서 난 위로받는 느낌이 들었다. 그러나 나는 그를 밀쳐내며 말했다.

"신지 씨도 알고 있었죠? 우리 오빠가 신지 씨 아버지 자식이라는 거."

"그런 오해 때문이었습니까? 아닙니다. 혜수 씨 오빠는 제 아버지 아들이 아닙니다. 저도 아버지 친아들이 아닙니다."

신지의 말을 믿을 수가 없었다. 고진석 씨 자서전에도 밀항하기 전 엄마와 헛간에서 보낸 하룻밤이 나와 있었다. 엄마의 장을 치르느라 고진석 씨의 자서전을 다 읽지 못했다가 엄마의 녹음 내용을 들은 후에 이어서 다시 읽었다. 엄마의 마지막 녹음 내용과 같은 내용을 찾았고 그 부분을 꼼꼼히 읽어보았다. 거기에 관계를 묘사하는 글은 없었지만, 행간에서 충분히 유추할 수 있는 문제였다. 결정적인 건 녹음에서 엄마가 고진석 씨와의 성적 관계를 얘기했다는 것이다. 이름 모를 꽃들과 향기로운 기운까지 운운하며 엄마는 고진석 씨와의 사랑 행위를 까발렸다. 무덤까지 가져갔어야 할 일을 임금님 귀는 당나귀 귀다, 얘기하고 싶어서, 나를 빌어 까발렸다. 그 전까지 아버지와 엄마 사이에 자식은 없었다. 그 후에 태어난 오빠는 유전자 감식만 안 했을 뿐 아버지 자식이라 믿기 힘들 만큼 아버지와 달라도 너무 달랐다. 그 관계에서 오빠가 태어났을 때의 나이를 계산해도 딱 들어맞았다. 모든 증거가 명백한데 오빠가 고진석 씨 아들이 아니라니. 더군다나 신지 자신도 고진석 씨의 아들이 아니라니. 신지의 말은 하나도 믿을 수가 없었다.

"혜수 씨, 나는 아버지 자서전에도 언급되어 있지만, 이모님 친구분이었던 박정옥, 그분이 제 친어머니이고 양길성을 죽이고 같이 도망쳤던 아버지의 사촌 동생인 고용석, 그분이 제 친아버지입니다. 일본으로 밀항 와서 아버지는 그분들을 만나게 됐습니다. 그런데 내가 아기였을 때 사고로 두 분 모두 돌아가시고 오갈 데 없는 저를 아버지가 아들로 입양한 겁니다. 그런 사연을 나는 중학생 때 친부모님 제삿날 아버지께 듣게 됐습니다. 특별한 분들의 제삿날이라며 술 한 잔을 주시며 말씀하셨습니다. 어머니는 일본 분이시지만 아버지를 이해하는 좋은 분이십니다. 두 분 사이에 아이가 없어서 저를 친아들 이상으로 귀애해주셨습니다. 아버지는 성불구자입니다. 그때의 고문으로 성불구자가 되셨습니다."

잠든 신지의 얼굴엔 피로가 내려앉았다. 나는 출장으로 미국에 가 있는 신지가 엄마가 돌아가셨다는 연락을 받더라도 올 수 없는 상황이라 생각했고 상을 마친 후에야 신지에게 그간의 사정을 설명하는 이메일을 보냈었다. 신지는 그 이메일을 받아 즉시 답을 했지만, 나에게서는 이메일 답변이 없었다. 신지는 미국 출장을 마치고 온 후 일본에서 계속 전화해도 내가 전화를 받지 않자 내 신변에 무슨 일이 생긴 게 아닌가 걱정했다고 한다. 신지는 고진석 씨를 만나고 한국으로 돌아간 엄마가 보낸 소포가 생각났고 그때 적어두었던 주소로 직접 찾아온 것이었다. 엄마는 한국으로 돌아오고 나서 사례비도 받지 않았던 신지에게 소포를 보낸 적이 있었다. 나는 까맣게 잊고 있었는데 신지는 그 주소로 찾아왔다.

웃을 때면 눈가에 깊게 파이는 신지의 주름살은 자는 동안에도 실금으로 보였다. 이 사람을 잊겠다며 나를 괴롭히던 시간이 떠올랐다. 신지가 엄마의 친구인 정옥이란 분의 아들이라는 것이 또한 어떤 운명처럼 느껴졌다. 제주에 갔을 때 신지가 이틀을 더 머물렀던 것은 친부모님의 예전 자취를 조금이나마 찾고 싶었기 때문이라고 했다. 신지는 친부모님이 살았던 동네를 찾아서 가 보았고 그곳이 바로 고진석 씨의 고향이기도 했다.

"같이 제주에 갔을 때라도 진실을 얘기해주지 그랬어요?"

"이모님은 알고 있었던 것 같습니다. 청수사에서 내 얼굴을 보시며 정옥이 얼굴이 얼핏 보이는 것이 신기하구나, 하셨습니다. 혜수 씨에게는 천천히 얘기할 생각이었습니다. 이모님이 말씀해 주었으면 더 좋았겠지만, 혜수 씨가 제 아버지 자서전을 읽고 그 속의 혜수 씨 아버지의 과거 행적만으로도 심하게 마음의 상처를 받은 것 같았기 때문에 제 아버지가 고문으로 성불구자가 됐다는 사실을 말하는 것이 꺼려졌습니다. 시간이 지나면 얘기할 기회가 생길 것으로 믿고 있었습니다."

"엄마도 신지 씨와 같은 이유로 신지 씨가 고진석 씨의 친아들이 아니라는 사실을 나한테 숨겼나 봐요. 엄마와 나는 서로에게 비밀이 많았네요. 나는 엄마에게 자서전을 숨겨서 엄마가 고진석 씨를 살린 것으로만 알게 하고, 고진석 씨가 엄마를 살리려고 동지들을 배신한 것을 모르게 했으니까요."

신지의 얼굴에 놀라는 표정이 어렸다.

"아닙니다. 이모님은 알고 있었습니다. 성산포 바닷가에서 이모님과 같이 산책할 때 나에게 말했습니다. 혜수 씨 아버님이 운명하기 전에 이모님에게 진실을 털어놓은 모양입니다. 제 아버님이 이모님을 살리기 위해서 동지들을 배반했다는 사실을 말입니다. 그 전까지 그런 사실을 모르고 있던 이모님은 그 후에 제 아버님을 꼭 만나야겠다고 결심했다 합니다."

신지의 이불을 잘 여며주고 거실로 나왔다. 엄마가 즐겨 마시던 차를 한 잔 받아들고 소파에 앉았다. 엄마 얼굴과 목소리를 떠올렸다. 녹음기를 통해 들을 때나 노트북 스피커로 엄마 목소리를 들을 땐 엄마 목소리를 떠올려야 한다는 생각을 한 적이 없었다. 엄마 목소리가 듣고 싶을 땐 언제나 녹음된 엄마 목소리를 들으면 되겠구나 하고 생각했다. 그러나 노트북에 백업받아둔 엄마 목소리도 사라지고 제주에서 엄마가 녹음한 목소리도 사라져버렸다. 머릿속에서 재생해보는 엄마 목소리는 길게 이어지지 않았다. 나를 부르던 목소리와 '뭐구나'하며 감탄 어미를 쓰던 특정한 어투만 강하게 남아 내가 들었던 녹음 속의 엄마 목소리를 재생해주지 않았다. 엄마가 고진석 씨와 향기로운 기운으로 운우의 정을 희롱했다고 말하던 부분을 머릿속에서 재생하려 했지만 몇몇 단어만 떠오를 뿐이었다.

고진석 씨의 자서전을 폈다. 밀항하기 전 엄마를 헛간에서 만나던 부분을 찾아 다시 읽어보았다.

'나는 밀항선을 탔다. 헛간에 잠들어 있을 윤자가 가슴에 걸렸다. 같이 도망가자고 했으면 내 손을 잡았을까. 일본으로의 밀항이 안전하지 않았기 때문에, 목숨을 걸어야 하는 일이었기에 윤자의 손을 끌 수가 없었다. 먼 길을 찾아 나를 보러 온 윤자의 부르튼 발을 쓰다듬어주고 뺨도 만져보고 흐르는 눈물을 닦아주는 것밖에 내가 윤자에게 해줄 수 있는 건 아무것도 없었다. 등을 토닥여주자 윤자는 먼 길을 걸어 피곤했던지 잠들었다. 그렇게 잠든 윤자를 남겨두고 밀항선을 탔다. 윤자의 얼굴을 한 번 더 보고 싶었지만, 달빛도 없는 어둠에 윤자의 얼굴이 보이지 않았다.'

오장에서 밀려 나오는 것 같은 울음이 터져 나왔다. 엄마가 녹음한 내용에도 고진석 씨가 엄마의 부르튼 발을 쓰다듬어주고 뺨도 만져주고 흐르는 눈물을 닦아준다는 내용이 있었다. 정확히 일치하는 것은 여기까지였다. 이게 진실이라는 생각이 들었다. 성불구자인 고진석 씨는 욕망에 떠는 엄마에게 이것밖에 해줄 수 없었을 것이다. 엄마의 기억은 조작되었다. 엄마는 그날 밤의 일을 생각하고 또 생각했을 것이다. 너무나 간절하면 상상임신을 하기도 하는 것처럼 그 기억에 살을 붙이고 붙여 서로가 옷을 벗고 향기로운 기운이 사방에 퍼지는 헛간에서 운우지정을 나누는 장면까지 연출했을 것이다. 이 이야기를 할 때 엄마는 마치 판소리 한마당을 읊는 듯했다. 자신의 이야기였지만 자신의 것이 아니었기에 엄마는 배우가 될 수밖에 없었다. 그랬기에 엄마는 내가 들을 걸 알면서도 녹음할 수 있었을 것이다. 그 일이 사실이었다면 엄마는 그 이야기를 무덤 안까지 갖고 갔을 것이다. 딸이 연인의 아들과 맺어짐으로써 엄마의 사랑을 완성하려 했다는 것은 나의 오해일 뿐, 엄마는 이미 오래전에 헛간에서의 일에 뼈와 살을 붙이며 자신의 사랑을 완성해 왔다. 엄마는 그렇게 조작된 기억을 남김으로써 자신의 사랑을 완성했고 자기 인생에 숨통을 트여줬다. 이 모든 게 벼락을 맞듯이 이해되었다.

울음소리를 듣고 깼는지 신지가 옆에 와 나를 안아 주었다. 고진석 씨가 엄마에게 그랬던 것처럼 신지는 내 눈물을 닦아주었다. 그 손길이 이미 아는 익숙한 손길인 것 같았다. 고진석 씨가 엄마에게 그랬던 것처럼 이제 그는 내가 잠들 때까지 내 등을 토닥여줄 것이다. 다른 것이 있다면 신지는 고진석 씨처럼 엄마의 가장 아름다운 모습, 행복한 모습만 기억하며 떠나지 않을 것이고 난 엄마처럼 평생 그리워하며 기억 속에서만 사랑을 나누진 않을 것이다. 신지와 나는 같이 아침을 맞을 것이다. 오래도록 아침을 같이 맞을 것이다.

〈끝〉

연인

박미윤 지음

발행처 · 도서출판 **청어**
발행인 · 이영철
영　업 · 이동호
홍　보 · 천성래
기　획 · 남기환
편　집 · 방세화
디자인 · 이수빈 ┃ 김영은
제작부장 · 공병한
인　쇄 · 두리터

등　록 · 1999년 5월 3일
(제321-3210000251001999000063호)

1판 1쇄 발행 · 2020년 11월 30일

주소 · 서울특별시 서초구 남부순환로 365길 8-15 동일빌딩 2층
대표전화 · 586-0477
팩시밀리 · 0303-0942-0478

홈페이지 · www.chungeobook.com
E-mail · ppi20@hanmail.net
ISBN · 979-11-5860-911-5(03810)

이 도서의 국립중앙도서관 출판시도서목록(CIP)은 서지정보유통지원시스템 홈페이지
(http://seoji.nl.go.kr)와 국가자료공동목록시스템(http://www.nl.go.kr/kolisnet)에서
이용하실 수 있습니다.(CIP제어번호: CIP2020047138)

이 책은 제주특별자치도, 제주문화예술재단의 2020년도 문화예술지원사업의 후원을 받아 발간되었습니다.